Bärbel Muschiol

Forbidden Bonds

8 erotische Kurzgeschichten

Klarant Verlag

Klarant Verlag, www.klarant.de
ISBN: 978-3-95573-878-5
1. Auflage, 2018
Umschlagabbildung: Klarant Verlag unter Verwendung von shutterstock-Bildern.

Printed in the EU.

Besuchen Sie uns im Internet: www.klarant.de

Fuck me Crazy

Vorwort

Ich weiß ja nicht wie es euch geht?

Aber ich für meinen Teil habe ja schon so manche Erfahrung mit der männlichen Hälfte der Menschheit gemacht. Viele dieser Erfahrungen waren äußerst befriedigend, andere hingegen waren einfach nur eine Katastrophe.

Auch wenn uns von Kind an beigebracht wird, das Männer und Frauen zusammengehören, habe ich eher das Gefühl, dass diese Behauptung eine der vielen süßen Lügen ist, die uns in der Kindheit erzählt werden, um uns glücklich zu machen.

Als Erstes lernen wir das Christkind und den Osterhasen kennen, dann kommen die Zahnfee und der Sandmann, und dann, wenn wir etwas älter werden, wird uns Mädchen dank diverser Disneyfilme, ein weiteres Märchen aufgetischt. Nämlich das Märchen vom perfekten, romantischen, fürsorglichen und hingebungsvollen Mann.

Aber was soll ich sagen?

Spätestens in der Pubertät mit der ersten Liebe wird uns klar, dass auch die Sache mit der Kompatibilität zwischen Mann und Frau nur ein Märchen war.

Versteht mich nicht falsch, ich bin wirklich der Meinung, dass Männer im Allgemeinen eine tolle Sache sind, zumindest in der richtigen Dosierung.

Meiner Meinung nach gibt es einfach noch nicht das richtige Rezept für die Liebe.

Es gibt unheimlich viele Dinge auf dieser Welt, die eine Frau glücklich machen:

- Schokolade
- Bücher
- Schuhe
- Prosecco
- Wellness
- Männer

Doch all diese Dinge sollten nur in einem gewissen Maß konsumiert werden. Denn sobald man es übertreibt, gibt es ein böses Erwachen.

Ich für meinen Teil habe mich dafür entschieden, Männer nur noch zu bestimmten Zwecken in mein Leben zu lassen. Nämlich dann, wenn ich sie wirklich und wahrhaftig brauche …

Ich werde es nie schaffen, die Aufbauanleitung eines IKEA-Schrankes zu verstehen oder mir mit meinem Dildo einen Seelenfick zu verpassen. Und in ganz genau diesen Momenten danke ich Gott für die Erschaffung des Mannes.

Doch ihr wisst ganz genauso gut wie ich, dass nicht jeder gute Vorsatz 365 Tage im Jahr konsequent eingehalten werden kann. Und das bringt mich zu meiner Geschichte.

Ich wünsche Euch Lesern viel Spaß mit meiner Erzählung über Matthew Boomer und dem fehlenden Rezept für die Liebe.

1. Kapitel

„Komm schon Lara, das wird wirklich lustig!"

Leicht genervt und doch irgendwie belustigt beobachte ich Simone, wie sie ihren Ich-bin-doch-deine-beste-Freundin-Blick aufsetzt. „Das letzte Mal, als du gesagt hast, dass es lustig wird, musste uns mein Bruder aus der Ausnüchterungszelle abholen."

Schnaubend steht sie von meiner Couch auf und schnappt sich ihr Handy vom Küchentisch. „Das kannst du mir nicht ewig vorhalten, Lara. Außerdem kann ich doch nicht wissen, dass Absinth so heftig wirkt."

Grinsend lehne ich mich in meinem Lieblingsikeasessel, den ich von meiner Mama zum Geburtstag geschenkt bekommen habe, zurück. Eigentlich wollte ich mir heute Abend ein gutes Buch schnappen, mich mit meiner Kuscheldecke zudecken und in die Welt der vielen Buchstaben abtauchen.

Doch jetzt? Tja. Jetzt ist Simone wie ein Tornado auf Ecstasy in mein Zuhause gewirbelt und bringt mein entspanntes Abendprogramm völlig durcheinander.

Schwer seufzend dreht sie sich wieder zu mir um, stemmt die Hände in die Hüften und zieht rebellisch eine Augenbraue nach oben.

Shit! Ich kenne diesen Blick! Und ich weiß, dass er absolut nichts Gutes bedeutet.

Gerade als ich meinen Mund aufmachen will, schüttelt sie energisch den Kopf.

„Stopp Lara! Erzähl mir jetzt bloß nicht, dass du ein Buch lesen willst. Süße, du bist neunundzwanzig Jahre alt. Fang endlich an, wild und hemmungslos zu werden!

In einem halben Jahr wirst du dreißig, und glaube mir, auch deine biologische Uhr tickt unaufhörlich weiter."

Nur Simone schafft es, mich innerhalb von wenigen Sätzen völlig aus der Bahn zu werfen. Tief in meinem Inneren weiß ich ja, dass sie recht hat, und dennoch habe ich keine Lust mich ins Nachtleben zu stürzen. Zu meinem großen Leidwesen, schaffen es leider immer nur die Bad Boys in meinem Romanen mir Schmetterlinge in den Bauch zu zaubern. Die Kerle, die mir bis jetzt über den Weg gelaufen sind, waren alle samt nicht der Rede wert. Keiner dieser Testosteron überladenen Waschlappen hat es geschafft, mein Interesse länger als für ein paar Nächte an sich zu binden.

Keiner außer Matthew Boomer.

Matthew ist der beste Freund meines Chefs. Und da ich den gigantischen Fehler gemacht habe, vor knapp sechs Monaten mit meinem Chef zu bumsen, ist Matthew jetzt tabu für mich. Ich meine jetzt mal ernsthaft. Ich kann froh sein das David, mein Chef, die ganze Sache ziemlich locker sieht. Aber wenn ich jetzt auch noch mit seinem besten Freund ins Bett steige, wird er das ganz bestimmt nicht gutheißen …

So eine Scheiße! Mein Chef mag zwar ein fantastischer Anwalt sein, aber im Bett ist er leider nicht so begnadet, sondern alle mal durchschnittlich. Ich habe mir also für einen mittelmäßig guten Orgasmus von meinem Chef die Chance auf Matthew versaut.

Was für eine Ironie!

Das laute Schnippen von Simones Fingern reißt mich aus meinen Gedanken. „Verdammt noch mal Süße, hörst du mir eigentlich zu?“

„Ja klar.“ Möglichst unschuldig sehe ich sie an. Hoffentlich bemerkt sie nicht, dass ich in Gedanken ganz woanders war. Denn Simone hat das unheimliche Talent, mir wie ein bluthungriger Piranha alle Geheimnisse aus den Fingern zu saugen. Und glaubt mir, Simone kann verdammt erfinderisch sein, wenn es darum, geht mein nicht wirklich vorhandenes Sexleben aufzupeppen.

Um ihren skeptischen Blick auszuweichen, betrachte ich meine frisch lackierten Fingernägel und frage sie ganz beiläufig, was sie denn für heute Abend geplant hat.

„Fuck Lara! Ich habe den ultimativen Samstagnachtplan.“

Das kann ja heiter werden ...

„Als Erstes sorgen wir für eine gute Unterlage, in dem wir in den neuen Italiener in der Stadtmitte gehen. Und dann, halt dich fest Süße, werden wir bei der Eröffnungsparty vom Cosmopolitan dabei sein.“

Hat sie gerade wirklich Cosmopolitan gesagt?

Das Cosmopolitan ist der neue InClub Berlins. Und ohne die begehrten VIP-Eintrittskarten hat man so gut wie keine Chance, in den Club zu kommen. Seit Wochen wird in der Presse von der Eröffnungsfeier berichtet, und ich muss zugeben, dass ich wirklich unheimlich neugierig auf das Cosmopolitan bin. Für so eine Party wäre ich sogar bereit, mein heiß geliebtes Buch beiseite zu legen.

„Das klingt ja alles schön und gut, aber ohne die VIP-Karten kommen wir da nie rein.“

„Das ist mir wohl bewusst.“ Aufgeregt zwinkert sie mir zu, während sie zu ihrer Handtasche geht und zwei goldene Karten aus ihrem Geldbeutel holt.

Begeistert hüpfe ich aus meinem Sessel und stürme auf sie zu.

„Wo zum Teufel hast du die nur her? Und warum hast du mir das denn nicht gleich erzählt?“

„Ich habe dir doch erzählt, dass ich vorletzte Woche diesen extrem scharfen Typen im Wartezimmer von meinem Zahnarzt kennengelernt habe. Er hatte ebenfalls Probleme mit seinem hinteren rechten Weisheitszahn …“

„Komm auf den Punkt, Simone!“

Nur Simone schafft es, sogar im Wartezimmer vom Zahnarzt Männer aufzureißen…

„Ist ja gut! Wir sind also ins Gespräch gekommen und haben Nummern ausgetauscht. Ein paar Tage später hat er mich, obwohl ich gar nicht mehr damit gerechnet habe, tatsächlich angerufen und wir sind ausgegangen. Eines kam zum anderen und wir sind in seinem Hotelzimmer gelandet.“ Verträumt seufzend verdreht sie die Augen, während sie sich anscheinend an diese Nacht erinnert.

„Am nächsten Morgen hat er mir erzählt, dass er beruflich in Berlin ist, er ist Veranstaltungsmanager oder so ähnlich. Na ja, das ist ja jetzt auch nicht so wichtig. Auf jeden Fall hat er mir diese zwei Karten gegeben. Er meinte, dass er da sein wird und dass er sich freuen würde, wenn wir uns bei der Eröffnungsfeier wiedersehen würden.“

Sprachlos sehe ich sie an. Manchmal habe ich das Gefühl, dass Simones Leben eine einzige gigantische Wundertüte ist. „Das ist absolut unglaublich.“

„Wem sagst du das!“ Grinsend verdreht sie ihre braunen Augen, während sie mich in mein Schlafzimmer zieht. „Lass uns mal sehen, was dein Kleiderschrank so alles hergibt.“

Ergeben lasse ich mich auf mein Bett plumpsen und sehe ihr amüsiert zu, wie sie einen immer größeren Stapel an Klamotten auf meinem Bett verteilt.

Simone und ich sind so unterschiedlich wie es zwei Freundinnen nur irgend sein können.

Doch ich denke, das ist ganz gut so. Denn sie reißt mich aus meinem Lesesessel und schubst mich ins Nachtleben, während ich sie, hin und wieder zumindest, etwas abbremse.

Ohne groß darüber nachzudenken, stehe ich auf und drücke ihr einen nassen Kuss auf die Wange. „Ich habe dich lieb, Süße!“

Lachend schlingt sie mir ihre Arme um den Hals und presst mir einen dicken Kuss direkt auf den Mund. „Ich dich auch, mein Schatz!“.

Fünfundvierzig Minuten und vier Gläser Prosecco später, sind unsere Outfits endlich perfekt und ich habe einen leichten Schwips.

Hoch konzentriert fahre ich mit meinem kirschroten Lippenstift die Konturen meiner Unterlippe nach, während Simone noch schnell ihren

Lidstrich nachzieht. Aus dem kleinen Radio, das auf der Fensterbank in meinem Badezimmer steht, dröhnt mein derzeitiges Lieblingslied.

Glücklich, dass mich Simone mal wieder aus der Welt meiner Bücher gerissen hat, betrachte ich unsere Gesichter im Spiegel. Meine langen braunen Haare passen perfekt zu meinen froschgrünen Augen. Simone hingegen hat wunderschöne rehbraune Augen und volle blonde Locken. Der Spruch meiner Mutter schießt mir durch den Kopf und ich muss lachen.

„Was ist so lustig? Prüfend betrachtet Simone erneut ihr Spiegelbild.

„Ich musste gerade an einen Spruch denken, den meine Mutter mir immer als Kind ins Ohr geflüstert hat: Grüne Augen Froschnatur, von der Liebe keine Spur!“

Grinsend sieht sie mich an. „Tja, sei mir nicht böse Süße, aber vielleicht hat der Spruch ja doch etwas recht? Immerhin bist du ein überzeugter Single.“

Ohne zu zwinkern, erwidere ich den Blick ihres Spiegelbilds. „Willst du wissen, was meine Mutter immer über braune Augen gesagt hat?“

Zweifelnd sieht sie mich an, doch ich warte gar nicht erst auf ihre Zustimmung und lege einfach los.

„Braune Augen sind gefährlich, aber in der Liebe ehrlich!“

Ich sehe, wie sie eine Sekunde über das gerade Gehörte nachdenkt, ehe sie zufrieden nickt. „Ich denke, das könnte hinkommen. Immerhin sage ich jedem meiner Lover gleich, dass ich nur auf eine schnelle und unverbindliche Nummer aus bin!“

Nach der langen Zeit, die wir jetzt schon befreundet sind, erstaunt es mich immer wieder, wie strikt Simone Liebe und Sex trennen kann.

Klar ist mir das bei dem Ausrutscher mit meinem Chef auch gelungen, aber selbst da habe ich extrem auf meine Gefühle aufpassen müssen. Mein Hirn weiß genau, dass ich auf mein naives Herz ganz besonders gut aufpassen muss. Denn ich bin so ein Mensch, der sich, wenn er sich erst mal verliebt hat, keine Grenzen mehr kennt.

Ich stürze mich jedes Mal wieder kopfüber in das Abenteuer Liebe, nur um dann ungebremst auf die Fresse zu fallen…

Das schrille Bimmeln meiner Klingel rettet mich aus meinem Gedankenchaos.

„Komm schon Süße, das Taxi ist da.“ Auffordernd verpasse ich Simones Po einen leichten Klaps, während ich mein Radio ausschalte.

„Berlin, nimm dich in Acht! Wir kommen!“

Simones Lachen hallt durch das leere Treppenhaus, während ich meine Wohnungstüre hinter mir zuziehe.

***

Amüsiert beobachte ich, wie Simone unseren Kellner völlig aus der Fassung bringt. Der junge italienische Kerl weiß überhaupt nicht mehr, wo ihm der Kopf steht. Mit ihren blonden Locken und ihrem perfektionierten Marilyn-Monroe-Augenaufschlag hat Simone ihn schon so den Kopf verdreht, dass er meinen kleinen gemischten Salat und ihren Weißwein komplett vergessen hat. Wenn sie so weitermacht, muss ich noch mindestens eine Stunde auf mein Essen warten.

Grrrr.

„Komm schon du Miststück, hab Erbarmen mit ihm, sonst verhungern wir noch."

Und tatsächlich, knapp zwanzig Minuten später steht ein großer Teller Spaghetti al olio vor mir. Das köstliche Aroma der Gewürze steigt mir in die Nase und mein Bauch knurrt gierig.

Gerade als ich mir ein paar Spaghetti mit der Gabel aufgedreht habe und mir in den Mund schieben will, sieht mich Simone herausfordernd an.

„Was hältst du von einer Wette?"

Eigentlich bin ich keine Spielernatur, ich glaube ich bin der einzige Mensch, der ein ganzes Wochenende in Las Vegas verbringen kann und nicht mal einhundert Euro verspielt. Aber wenn es um Spielwetten geht, tja, da setzt mein sonst so vernünftiges Gehirn leider völlig aus, und Simone, dieses Biest, weiß das ganz genau.

„Was für eine Wette?"

„Sag erst, dass du dabei bist."

„Du glaubst doch nicht ernsthaft, dass ich Ja sage, solange ich nicht weiß, worum es geht."

„Komm schon Schatzi, manchmal muss man sich eben aus seiner Komfortzone herauswagen, um ein Abenteuer zu erleben."

Wie kommt sie nur darauf, dass ich Lust auf ein Abenteuer habe? Das letzte Mal, als ich mich aus meiner Komfortzone, wie sie es nennt, herausgewagt habe, bin ich mit meinem Chef im Bett gelandet. Also nein, keine Wette und kein Abenteuer…

„Vergiss die Wette, Simone. Wenn es um Abenteuer geht, bin ich für die nächsten Monate völlig bedient." Das einzige Abenteuer, auf das ich Lust habe, heißt Matthew Boomer, doch dieser Kerl befindet sich leider völlig außerhalb meiner Reichweite.

Schmollend beißt sie in ihre Pizza und wirft mir einen kämpferischen Blick zu. Doch ich ignoriere sie einfach, bestelle mir ein Glas Prosecco und freue mich auf die geniale Party, in die wir uns gleich schmeißen werden.

2. Kapitel

Die kalte Januarluft, die sich unter mein kleines Schwarzes schleicht, beschert mir eine Gänsehaut. Die Absätze der Frauen klackern auf dem Kopfsteinpflaster, das sich direkt vor dem Cosmopolitan befindet. Die vier Securitys, die sich neben der großen Eingangstür postiert haben, sehen in ihren schwarzen Anzügen absolut zum Anbeißen aus. Wenn in diesem Club schon die Angestellten so verflucht lecker sind, wie heiß werden dann erst die männlichen Gäste sein?

Meine einsame Libido schreit verzweifelt nach männlicher Aufmerksamkeit, während meine Augen über das attraktive Gesicht des schwarzhaarigen Türstehers gleiten. Vielleicht hat ja Simone doch recht und ich sollte mir endlich mal wieder einen guten Fick gönnen?

Endlich haben wir es geschafft und sind am vorderen Ende der Schlange angekommen. Jetzt, wo ich dem heißen Kerl gegenüberstehe, beschließe ich, dass er ein kleines Abenteuer wert ist.

Fuck me crazy! Vor meinem inneren Auge sehe ich mich schon bäuchlings an der Hauswand stehen, während er sich tief und hart von hinten in mir versenkt.

Nichts gegen meinen Vibrator, aber jetzt ist mir gerade nach einem echten Schwanz aus Fleisch und Blut.

Die eisgrauen Augen des Fremden gleiten hungrig über meinen Körper, ehe er mir tief in die Augen sieht. Mutig erwidere ich seinen intensiven Blick, lege meinen Kopf leicht schief und vordere ihn visuell heraus. Einige Sekunden vergehen und unser Blickkontakt vertieft sich, sein bisher so autoritärer Gesichtsausdruck verändert sich zwar nicht wirklich, doch ich bemerke das leichte Zucken seiner Mundwinkel.

Seine markanten Kiefermuskeln bewegen sich leicht und ich atme tief ein.

Mist, verdammter…

Dieser Mann besteht aus puren Muskeln, reiner Dominanz und purer Sexyness.

Und fuck! Ich bin mehr als bereit, mich von diesem Kerl in Grund und Boden bumsen zu lassen.

„Allein oder in Begleitung?“

Versucht er etwa gerade herauszufinden, ob ich in männlicher Begleitung hier bin?

„In Begleitung.“ Ich sehe wie sich seine Pupillen leicht weiten, und weiß, dass ihn meine Antwort ganz und gar nicht gefällt. Gut gelaunt drehe ich mich zu Simone um und ziehe sie neben mich. „Ladys night.“

Erneut beginnen seine Mundwinkel leicht zu zucken.

Unsere Ein-Wort-Unterhaltung ist tatsächlich äußerst amüsant. „Brav."

Habe ich das etwa gerade richtig gehört?

Hat er gerade gesagt, dass ich brav bin? Wenn er sich da mal nicht getäuscht hat…

Simone hält ihm unsere zwei VIP-Karten unter die Nase, doch er würdigt sie keines Blickes. Der Security, der direkt neben ihm steht, öffnet die rote Absperrung, um uns hindurch zu lassen. Widerwillig reiße ich meinen Blick von ihm los und ergreife Simones Hand. Gerade als ich mich von ihm abwenden will, sehe ich, wie ein silberner Audi direkt vor dem Eingangsbereich stehen bleibt.

Immer diese unverschämten Drängler…

Neugierig werfe ich einen Blick auf das Kennzeichen – Scheiße, Scheiße, Scheiße!

Was zur Hölle hat denn mein Chef hier zu suchen?

Wie soll ich denn nur unseren feuchtfröhlichen Mädelsabend genießen, wenn sich mein Boss ebenfalls hier aufhält? Wie konnte ich nur so unfassbar dumm sein und mit ihm schlafen? Dieser verfluchte Ausrutscher wird mir noch die nächsten Jahre das Leben schwermachen.

Und während ich mir noch Gedanken über den Mann aus meiner Vergangenheit mache, spüre ich die Blicke des Securitys zwischen meinen Schulterblättern.

Die kurze Affäre mit meinem Chef war wirklich scheiße, aber verflucht noch mal, ich will diesen heißen Türsteher wirklich ganz dringend zwischen meinen Schenkeln spüren. Wenn ich schon auf Matthew Boomer verzichten muss, werde ich mir diesen heißen Kerl nicht auch noch durch die Lappen gehen lassen.

Zielstrebig gehe ich an der Garderobe vorbei und mache mich direkt auf den Weg zur Bar. Das Einzige, was mein kurzzeitiges Stimmungstief beseitigen kann, ist eine Prise Salz, eine Scheibe Zitrone und ein winzig kleines Gläschen Tequila.

Fuck me crazy!

Kann es eigentlich noch schlimmer kommen?

Wenn man bedenkt, dass ich mein Leben eigentlich Testosteron frei halten will, gibt es verflucht viele Kerle, die mich in letzter Zeit durcheinanderbringen.

Simone beobachtet grinsend, wie ich uns zwei Shots bestelle.

„Trinkst du dir Mut an, um den heißen Kerl zu verführen?"

„Mut? Oh nein! Glaube mir, mein Körper ist mehr als bereit, gevögelt zu werden."

Lachend setzt sie sich auf den freien Barhocker neben mir.

„Gut zu wissen, aber warum brauchst du dann jetzt so dringend einen Kurzen?“

„Nathan ist da.“ Routiniert streue ich mir eine Prise Salz auf meinen linken Handrücken, lecke es ab und spüle es mit einem großen Schluck Tequila runter.

Der Alkohol brennt in meiner Kehle und ich beiße laut fluchend in die Zitrone.

Lecken – Schlucken – Beißen

„Du meinst den Nathan? Den Nathan, der dein Chef ist, und von dem du dich hast bumsen lassen?“

Habe ich eigentlich schon erwähnt, dass meine geliebte Freundin dann und wann verdammt anstrengend sein kann?

„Ja ganz genau den meine ich.“

Der scharfe Nachgeschmack des Alkohols brennt angenehm in meiner Kehle, während sich Simone ebenfalls daranmacht, sich eine Prise Salz auf die Hand zu streuen. Langsam leckt sie das Salz ab, trinkt den Tequila und grinst mich frech an, während sie in ihre Zitronenscheibe beißt.

„Komm schon Lara, das könnte doch wirklich interessant werden…“

„Was könnte interessant werden?“

Das übermütige Funkeln in ihren Augen verrät mir, dass sie meine Situation ziemlich amüsiert.

„Na ja. Ich meine, jetzt sind es schon drei Männer, die heute Nacht hier sind und die dich aus der Bahn werfen werden.“

Fragend sehe ich sie an. „Warum drei?“

Aufgeregt schnalzt sie mit der Zunge. „Ganz einfach, Süße. Wenn ich die eindeutigen Blicke, mit denen dich der heiße Security angesehen hat, richtig deute, wird er alles in seiner Macht Stehende tun, um dich schnellst möglich zu bumsen.“

Da kann ich ihr nur recht geben. Aber das ist nur ein Mann.

„Okay. Damit hätten wir Mann Nummer eins. Aber was ist mit Mann Nummer zwei und drei?“

Simone scheint es offensichtlich Spaß zu machen, mich zu ärgern, denn anstatt mir zu antworten, bestellt sie seelenruhig zwei weitere Tequila.

Wenige Minuten später stehen zwei kleine Schnapsgläser vor uns, die mit einer frischen Zitronenscheibe garniert sind.

„Mann Nummer zwei ist dein Chef, und wenn du immer noch nicht weißt, wer der Kerl Nummer drei ist, solltest du dich jetzt langsam umdrehen …“

Die Schadenfreude, die ihr ins Gesicht geschrieben steht, macht mir langsam aber sicher etwas Sorgen.
Shit! Wenn ich nur nicht so verflucht neugierig wäre…
Tief durchatmend drehe ich mich ein wenig nach rechts und sehe neugierig über meine Schulter.
Fuck me Crazy!
Simone dieses hinterhältige Miststück von einer Freundin, hätte mich auch einfach vorwarnen können. Keine zwei Meter von unserem Platz an der Bar entfernt sitzt mein Chef in Begleitung seines besten Freunds Matthew Boomer.
Aus Angst, dass mich einer der beiden erkennen könnte, drehe ich mich schnell wieder zurück und funkle Simone wütend an.
„Es sollte wirklich verboten werden, dass sich so eine böse Hexe, wie du eine bist, meine Freundin nennen darf."
Lachend hält wie sich den Bauch, während sie mir mit einer nicht wirklich dezenten Kopfbewegung zu verstehen gibt, dass ich meinen Blick mal Richtung Eingangstür wenden soll. Noch immer wütend auf sie, lasse ich meine Augen Richtung Eingang wandern. An einem Paar sturmgraue Augen bleibt mein Blick hängen.
So eine verfluchte Scheiße! Wenn ich gewusst hätte, dass mein Exlover, der rein zufällig mein Chef ist, mit dem Mann meiner schlaflosen Nächte im Schlepptau hier auftaucht, hätte ich doch nie diese Sache mit dem Türsteher angefangen.
Arggg.
Ganz typisch für mich habe ich mich mal wieder voll in die Scheiße geritten. Es gibt Frauen, die es schaffen, mit vielen heißen Kerlen Sex zu haben, ohne sich in so verzwickte Situationen zu bringen wie die, in der ich gerade stecke.
Aber ich? Tja, die einzigen Orgasmen, die ich mir gönne sind die, die mir mein Vibrator verschafft, und trotzdem befindet sich mein Leben irgendwie immer im Testosteronchaos. Vielleicht bin ich ja einfach zu dumm für unkomplizierte Affären?
Es gibt unzählige Selbsthilferatgeber, aber in keinem dieser superschlauen Bücher wird einem erklärt, wie *Frau* es schaffen kann, viel guten Sex mit wenig Ärger zu bekommen.
Was soll ich denn jetzt nur machen?
So wie ich das sehe, habe ich genau drei Möglichkeiten:
1. Ich gönne mir den heißen Fremden und lasse mich von ihm ins Walhalla ficken.
2. Ich ignoriere einfach alle Männer um mich herum und ertränke mich im Tequila.

3. Ich konzentriere mich auf Matthew Boomer und scheiße auf alle Konsequenzen.

Warum muss nur immer alles so verdammt kompliziert sein?

Die Natur hätte es doch auch ganz einfach machen können. Pinguine zum Beispiel suchen sich einmal den Partner fürs Leben, und wenn sie ihn gefunden haben, bleiben sie sich ein Leben lang treu. Aber es gibt auch den lockeren Liebesstil in der freien Wildbahn. Löwen machen es ganz anders als Pinguine.

Sie treffen sich einmal im Jahr und bumsen dafür acht lange Tage ununterbrochen durch. Wenn diese acht Tage dann allerdings vorbei sind, geht wieder jeder seiner Wege und freut sich über seine ungebundene Freiheit.

Jetzt stellt sich mir allerdings die Frage, was ich lieber wäre, ein Löwe oder ein Pinguin?

„Erde an Lara? Erde an Lara!"

Na klasse, mal wieder ist es mir gelungen, in meinem eigenen Gedankenchaos verloren zu gehen. Simone sitzt mir gegenüber und sieht mich breit grinsend an. Anscheinend ist ihr der ziemlich intensive Blickaustausch zwischen mir und dem Besitzer der grauen Augen nicht entgangen.

„Stell dir vor, du könntest es dir aussuchen, was wärest du gerne? Ein Löwe oder ein Pinguin?"

Nachdenklich zieht sie ihre Augenbrauen zusammen.

„Also wenn ich schon ein Tier sein muss, dann würde ich mich für das Leben einer Schwarzen Witwe entscheiden."

Also ich für meinen Teil finde es ja schon ziemlich merkwürdig, mich gedanklich in einen Pinguin zu verwandeln, aber in eine Spinne? Nie im Leben!

„Und warum zur Hölle entscheidest du dich für eine Spinne? Igitt … die haben acht lange behaarte Beine."

„Das mag ja sein, aber sie müssen sie sich im Gegensatz zu uns nicht rasieren. Außerdem sind die Witwen verflucht gerissen.

Denn anstatt sich mit ihren Männern herumzuärgern, fressen sie ihre Kerle einfach nach dem Poppen auf und machen sich dadurch selbst zur Witwe. Wenn du mich fragst, klingt das verflucht schlau. Erst lassen sie sich einen ordentlichen Orgasmus bescheren und danach dient ihr Lover auch noch als Mitternachtssnack!"

Lachend schnappe ich mir die Cocktailkarte, die vor uns auf der Bar liegt, und lese mir die vielen köstlichen Kreationen durch.

Dank meiner Schwäche für Kokosnuss und Ananas fällt meine Wahl auf eine Piña colada.

„Okay, okay. Vielleicht hast du recht und es wäre wirklich gar nicht so schlecht, eine Schwarze Witwe zu sein, aber wenn du nicht weißt, wie wir uns so schnell wie möglich in so ein ekeliges Vieh verwandeln können, hilft mir das jetzt leider auch nicht weiter. Denn um ehrlich zu sein, weiß ich nicht, was ich jetzt machen soll."

Simone tut es mir gleich und wirft ebenfalls einen intensiven Blick auf die Cocktailkarte. Nachdem sie sich für einen entschieden hat, hebt sie ihren Kopf und sieht mir verschwörerisch in die Augen.

„Glaube mir, Süße. Die Situation, in der du dich befindest, ist ganz einfach zu lösen."

Na klasse … Das Miststück, das sich meine Freundin nennt, scheint einen Heidenspaß daran zu haben, mich zappeln zu lassen. Wenn ich nicht so verflucht verzweifelt wäre, würde ich ihr nicht die Genugtuung geben und nachfragen, doch im Moment ist mir das alles scheißegal.

Denn ich brauche jetzt wirklich eine erfolgversprechende Exit-Strategie.

„Und wärest du bitte so freundlich mir die Lösung zu verraten? Denn ich für meinen Teil, sehe nur drei Kerle die jeder für sich, eine Menge Ärger bedeuten."

Äußerst zufrieden mit ihrer Welt schlägt sie ihre Beine übereinander und sieht mich herausfordernd an.

„Weißt du Lara, wenn es möglich wäre, würde ich sofort mit dir tauschen. Aber da das leider nicht möglich ist, verrate ich dir, was du tun musst, um am Ende doch noch mit Matthew zwischen deinen Schenkeln im Bett zu landen."

Alleine bei der Vorstellung, dass ihre Worte wahr werden könnten, breitet sich eine angenehme Gänsehaut auf meinem Rücken aus. Das letzte Mal, als ich Matthew Boomer gegenübergestanden bin, war sein Blick so heiß, dass mein String beinahe Feuer gefangen hat. Die sexuelle Anziehung, die zwischen uns beiden herrscht, ist pure Magie, doch jedes Mal, wenn wir kurz davor sind, uns die Klamotten vom Leib zu reißen, ziehe ich den Kopf ein und trete die Flucht an.

So verflucht heiß er auch sein mag, ich kann es mir einfach nicht leisten, meinen Job zu verlieren. Und ganz genau das wird passieren, wenn ich Matthews eindeutigem Blick nachgebe.

Es ist ein ungeschriebenes Gesetz, das man nicht mit dem besten Freund seines Exlovers ins Bett steigt, ganz besonders dann, wenn der Exlover auch noch der eigene Chef ist.

Fuck me crazy!

Das Leben kann so verflucht unfair sein. Matthew Boomer ist die lebende Mischung aus Brat Pitt, Collin Farrell und Jamie Dornan. Seine schokobraunen Haare stehen immer leicht verstrubbelt in alle Richtungen ab, seine vollen Lippen, die gerade Nase und der Blick seiner azurblauen Augen sind in Kombination mit seinem perfekten Körper absolut Schlüpfer in Brand setzend.

Und wisst ihr, was das Beste an der ganzen Sache ist? Dass er mich will! Jedes Mal, wenn wir uns sehen, spüre ich die unheimliche Intensität seines Blickes auf meiner Haut, die Art und Weise, wie er auf mich zukommt und seine beinahe schon routinemäßige Essenseinladung sprechen nun wirklich für sich. Also wenn Simone tatsächlich die Lösung für meine verzwickte Situation weiß, dann nur her damit!

„Hör mir zu Lara, die Sache mit deinem Chef war wirklich nicht besonders klug, aber was soll's. Ich meine, seitdem ist ein halbes Jahr vergangen… und ein halbes Jahr ist in der Welt des Bettgeflüsters eine kleine Ewigkeit."

Ihre Hand legt sich auf die meine.

„Nathan ist ein erwachsener Mann, ich bin mir sicher, dass es ihm völlig egal sein wird, wenn du bumst, solange du es nicht direkt vor seinen Augen auf seinem Schreibtisch mit Matthew treibst."

Lachend beuge ich mich vor und drücke ihr einen Kuss auf die Lippen.

„Weißt du Simone, es mag ja sein, dass du ein echtes Miststück bist, aber ohne dich wäre ich wirklich aufgeschmissen."

Gespielt emotional ergriffen, legt sie sich ihre rechte Hand aufs Herz und sieht mich melodramatisch an. „Danke für deine süßen Worte, mein Schatz!"

Breitgrinsend winkt sie den Kerl hinter der Bar zu sich und bestellt unsere Cocktails. Nach dem sie unsere Bestellung aufgegeben hat, wendet sie mich wieder mir zu.

„Also Süße, nachdem wir die Sache mit deinem Chef endlich geklärt haben, können wir uns ja auf deinen sexy Security und Mister Boomer konzentrieren."

Täusche ich mich oder hat sie verflucht viel Spaß daran, mir den Arsch zu retten?

„Hör mir zu Lara. Ich sehe das so: Typ A und Typ B wollen dir an die Wäsche. Doch du hast viel größeres Interesse an Typ B als an Typ A. Also nimmst du Typ A dazu her, Typ B eifersüchtig zu machen!"

What the fuck?

„Also wenn ich dich richtig verstanden habe, dann ist Typ A der Security und Typ B Matthew? Glaubst du wirklich, dass es so eine gute Idee ist, Matthew mit dem Türsteher eifersüchtig zu machen? Ich meine, was ist, wenn das schiefgeht?"

Nachsichtig verdreht sie ihre Augen.

„Lara, wie oft hast du zu Matthew jetzt schon Nein gesagt?"
Nachdenklich schließe ich für eine Sekunde meine Augen. „Ich schätze, so um die sechs, sieben Mal."
„Aha, und woher soll der Kerl dann bitte wissen, dass du ab jetzt doch bereit bist dich auf ein Abenteuer mit ihm einzulassen?"
Wie seht ihr das? Aber ich finde das ist eine berechtigte Frage…
„Na ganz einfach, ich betrinke mich jetzt so richtig, und dann, wenn ich meine persönliche Hemmschwelle mit Alkohol davongeschwemmt habe, gehe ich auf ihn zu, schnappe ihn mir und zerre ihn schnurstracks in mein Bett!"
Liegt es den vier Prosecco, die wir beim Italiener getrunken haben, oder warum finde ich meinen Plan absolut genial, während Simone zu lachen anfängt?
Die grellen Lichtreflexe der Scheinwerfer werfen bunte Punkte an die Wände, während der durchdringende Beat des gerade laufenden Songs, durch meinen Körper fährt. Die Tanzfläche beginnt sich zu füllen, und ich spüre, wie mein Bein ganz automatisch mitwippt.
„Sag mal kommt dein Zahnarztlover auch noch? Du hattest doch gesagt, dass er auch hier sein würde."
Nickend greift sie nach ihrem orange-pinken Cocktail, als sie mit einer Hand ihr Handy aus ihrer Handtasche fischt. „Bis jetzt habe ich noch nichts von ihm gehört."
Durstig schnappe ich mir meine Piña colada. Das intensive Aroma der Kokosnuss erfüllt meine Geschmacksnerven, während sich die fruchtige Süße der Ananas auf meiner Zunge ausbreitet. *Köstlich!*
Vielleicht sollte ich endlich aufhören, mir um alles und jeden Gedanken zu machen. Ich meine, jetzt mal ehrlich. Was kann es schon schaden, wenn wir die ganzen Kerle einfach mal ausblenden und einfach mal nur unseren Spaß haben?
Und wenn mich Matthew wirklich will, dann wird er schon seinen Arsch hochbekommen und zu mir kommen. Und wenn nicht? Tja, dann greife ich einfach zu Typ A, denn jetzt mal unter uns. Der Security ist absolut heiß, und so peinlich es mir auch ist es zuzugeben, irgendwie finde stehe ich auf Autoritätspersonen.
Sonst wäre ich ja auch schließlich niemals mit meinem Chef im Bett gelandet …

3. Kapitel

Der tiefe Bass des Songs vibriert regelrecht durch mein Nervensystem.

Ich schließe meine Augen und lasse mich völlig treiben. Meine Arme über meinen Kopf rekelnd, lasse ich meine Hüften kreisen, meine Füße bewegen sich wie von selbst und ich spüre, wie ich mich endlich entspanne. Der DJ legt den perfekten Mix auf, und Simone und ich amüsieren uns prächtig.

Lied für Lied genießen wir den Abend, lachen und flirten was das Zeug hält. Als der DJ einen etwas älteren Song von Jenifer Lopez auflegt, beschließe ich, eine kleine Verschnaufpause zu machen. Denn Miss Lopez ist absolut nicht mein Musikgeschmack.

Die kleine Türe, die zu einem extra Raucherbereich führt, befindet sich auf der anderen Seite der Tanzfläche.

Im Gegensatz zu mir scheint Simone keine Pause zu brauchen, doch das könnte auch an dem süßen Typen liegen, der sich ziemlich eindeutig an ihren Rücken presst.

Mit wenigen Handzeichen gebe ich ihr zu verstehen, dass ich kurz verschwinde, ehe ich mich umdrehe und mir einen Weg durch die tanzenden verschwitzten Körper bahne. *Geschafft!*

Die angenehm frische Nachtluft lässt mich leise seufzen. Genussvoll atme ich tief durch, während ich mich neugierig umsehe. Mehrere mit weißen Hussen bezogene Bistrotische, die von Heizpilzen gesäumt werden, warten auf die rauchenden Gäste des Cosmopolitans. Doch außer mir befindet sich nur ein einziges Pärchen hier draußen.

In meinem kleinen Schwarzen leicht fröstelnd, schlinge ich mir die Arme um den Körper und werfe einen Blick in den Himmel hoch.

Der mitternachtsblaue Himmel wird von vielen funkelnden Sternen gesäumt. Mein Atem kondensiert zu kleinen Wölkchen, sodass es wirklich aussieht, als würde ich eine rauchen. Das Pärchen, das gerade eben noch eine Zigarette geraucht hat, geht leise tuschelnd an mir vorbei. Gerade als ich mich ebenfalls zurück ins warme Innere des Cosmopolitans begeben will, spüre ich, dass ich beobachtet werde. Instinktiv verziehen sich meine Lippen zu einem leichten Lächeln, während sich mein Herzschlag erwartungsvoll beschleunigt. Mein Körper weiß intuitiv, dass sich die Testosteronbombe Matthew Boomer in meiner Nähe aufhält. Dieser Mann ist wie mein magnetischer Gegenpol.

Er ist das Plus und ich bin das Minus, wir ziehen uns magnetisch an, weil unsere Körper auf primitivster Ebene spüren können, dass wir zusammengehören. Dass der Sex zwischen uns nicht einfach nur das Aufeinandertreffen zweier Körper sein wird.

Oh nein ...

In dem Augenblick, in dem wir uns vereinigen, wird die Welt aufhören, sich zu drehen, die Zeit wird stillstehen und alles in meinem Leben wird sich verändern.

Vielleicht könnt ihr ja jetzt verstehen, warum ich mich bisher von ihm ferngehalten habe und warum ich bis zu dieser Nacht extrem darauf bedacht war, nicht in Versuchung zu geraten. Denn bei den Göttern, alles, was ich von diesem Mann weiß, ist folgendes: Er ist der beste Freund meines Chefs und ich will ihn so dringend in mir spüren, wie ich meinen nächsten Atemzug brauche!

Noch bevor ich mich zu ihm umdrehen kann, spüre ich, dass er sich mir nähert. Jetzt steht er so dicht hinter mir, dass ich seinen warmen Atem auf der empfindlichen Haut in meinem Nacken spüren kann. Der erwartungsvolle Schauder, der mir über die Arme rieselt, lässt meinen Puls erneut in die Höhe schnellen.

Dank Simone habe ich endlich den Mut, mich diesem Mann hinzugeben ...

Zwar habe ich noch immer keine Ahnung, wohin mich das alles führen wird, aber was soll ich sagen?

Auch meine Selbstbeherrschung ist irgendwann mal an einem Punkt angelangt, an dem sie an ihre Grenzen kommt.

Und diesen Punkt habe ich ganz genau jetzt erreicht. Jede Zelle meines Körpers sehnt sich nach seiner Nähe und nach seinen Berührungen.

Seine Hände legen sich besitzergreifend auf meine Taille, während er mich bestimmend an seinen großen Körper zieht. Keiner meiner bisherigen Lover war so groß und so muskulös wie der Mann, der jetzt hinter mir steht.

Wenn er wollte, könnte er sich einfach nehmen, was er will, und ich hätte ihm rein gar nichts entgegenzusetzen.

Doch auch wenn sein Griff fest und besitzergreifend ist, fürchte ich mich nicht vor ihm.

„Endlich hat meine Jagd ein Ende!“ Das dunkle Timbre seiner Stimme, lässt mich erbeben. Tief in meinem Bauch beginnt es erwartungsvoll zu glühen, während sich meine Nippel lustvoll zusammenziehen.

Nervös lecke ich mir mit meiner Zungenspitze über die Unterlippe ...

Ich spüre, wie er seine Finger spreizt, und ich stelle fasziniert fest, dass seine Finger meine Taille beinahe komplett umfassen.

Trotz der ungeheuren Nervosität, die sich immer weiter in mir ausbreitet, beschließe ich, dass ich sein Spiel nur allzu gerne mitspiele.

„Welche Jagd?“ Wie macht dieser Mann das nur? Shit! Ich meine, es ist eigentlich noch gar nichts passiert und dennoch klingt meine Stimme wie die einer gerade frisch gefickten Frau.

Seine Lippen befinden sich jetzt so nah an meiner unterkühlten Haut, dass ich regelrecht spüren kann, wie sein Mund die verhängnisvollen Worte formt. „Die Jagd nach dir!“

Sein Mund streift leicht meinen Hals, seine Zähne knabbern an meinem Ohrläppchen und seine Hände pressen meinen Po immer fordernder gegen seinen Schritt.

Fuck me crazy – ich bin verloren!

Die kühle Nachtluft steht im krassen Kontrast zu seinem heißen Atem. Sein breiter Brustkorb, der sich von hinten gegen meinen Rücken presst, strahlt eine unheimliche Wärme aus und ich frage mich zum bestimmt hundertsten Mal, wie es sich wohl anfühlen muss, unter ihm zu liegen?

In dem Augenblick, in dem seine Hände über meine Rippen hinauf zu meinen Brüsten wandern, schließe ich die Augen. Schwer und warm bedecken seine großen Handflächen meine Brüste. Meine harten Brustwarzen schicken einen Schauder der Lust direkt in das Epizentrum zwischen meinen Schenkeln.

Seufzend lasse ich meinen Kopf gegen seinen Brustkorb sinken und genieße die heißen Wellen der Lust, die sich in meinen Adern ausbreiten.

„Fuck Lara!“

Sein lauter Fluch beinhaltet so viel männliche Gier und unbefriedigte Lust, dass sich ein äußerst zufriedenes Grinsen auf meinen Lippen ausbreitet. Ich bin also nicht die Einzige, die kurz davor ist, vor lauter sexueller Gier die Wände hochzugehen!

Gerade eben lehne ich noch an seiner Brust, doch dann bewegt sich Matthew so schnell, dass ich ins Wanken gerate. Von einer Sekunde auf die andere hat er mich in seinen Armen umgedreht und seine Lippen auf die meinen gepresst.

Erbarmungslos, gierig und unfassbar leidenschaftlich erobert er meinen Mund. Seine linke Hand legt sich besitzergreifend auf meinen Po, während er seine rechte an mein Gesicht legt, zärtlich streicht sein Daumen eine lose Haarsträhne hinter mein Ohr, während er seine Finger in meinen Haaren vergräbt. Mit seiner Zungenspitze zeichnet er die Konturen meiner Lippen nach, ehe sie hart in meinen Mund eindringt. Süchtig nach ihm und seinen herben Geschmack erwidere ich seinen Kuss, duelliere mich mit seiner Zunge und versinke in den Wogen der Lust.

Oh mein Gott!

Seine Nähe und dieser Kuss lassen mich alles andere vergessen. Vergessen sind meine Zweifel, die kalte Luft und die Tatsache, dass wir hier alles andere als ungestört sind.

Gierig und unfassbar erregt, spüre ich wie sich unser Kuss immer weiterentwickelt. Aus dem sinnlichen Aufeinandertreffen zweier Münder ist ein wildes Vorspiel geworden. Stöhnend lege ich ihm meine Hände auf die Schultern, lasse sie immer weiter nach oben wandern, sodass ich meine Finger in der Fülle seiner Haare vergraben kann. Süchtig nach mehr stelle ich mich auf die Zehenspitzen und recke mich seinen göttlichen Lippen entgegen.

Dieser Kerl kann vielleicht küssen!

Abrupt beendet er unseren Kuss, schwer atmend öffne ich blinzelnd meine Augen und unsere Blicke treffen sich. Das Azurblau seiner Iris hat sich in ein dunkles Mitternachtsblau verwandelt. Der angespannte Zug um seinen Mund und die Tatsache, dass jeder noch so kleine Muskel seines Körpers angespannt ist, verrät mir, dass es ihm ganz genauso geht wie mir. Nur noch eine weitere Berührung, nur noch ein kleiner bedeutungsvoller Kuss und wir sind verloren!

Der Ausdruck in seinen Augen verändert sich, wird dunkel und gefährlicher. Doch noch bevor ich verstehe, was er vorhat, tritt er leise fluchend einen Schritt zurück, schnappt sich meine Hand und zieht mich zurück ins Cosmopolitan. Im Gegensatz zu mir muss er sich nicht erst einen Weg durch die Menschenmassen bahnen, denn Matthew Boomer ist einer dieser Männer, die so viel Autorität ausstrahlen, dass ihnen sofort Platz gemacht wird, wenn sie kommen.

Zielstrebig lotst er mich an der Tanzfläche vorbei, und ich stelle interessiert fest, dass Simone ihren Tanzpartner gewechselt hat. Wenn ich es im schummrigen Licht richtig erkenne, dann sieht der Mann, mit dem sie gerade verflucht aufreizend tanzt, aus, wie ihr mysteriöser Zahnarztlover. Anscheinend hat er sein Wort gehalten und ist doch noch aufgetaucht. Matthew zieht mich ungeduldig weiter und ich muss aufpassen, dass ich mir in meinen High Heels nicht den Knöchel verstauche.

Langsam habe ich das Gefühl, dass er sich hier verdammt gut auskennt. Aber wie kann das sein?

Immerhin hat der Club erst heute eröffnet. Ohne zu zögern, folge ich ihm immer tiefer in die heiligen Hallen der Cosmopolitan.

Mittlerweile hat er mich so weit von der Tanzfläche weggebracht, dass die lauten Bässe der Musik nur noch dumpf zu hören sind. Ganz gentlemanlike hält er mir eine dicke, eiserne Feuerschutztüre auf und ich weiß, dass wir jetzt einen Bereich betreten, der eigentlich nicht für die normalen Besucher zugänglich ist. Wenige Schritte später öffnet er uns eine dicke, sehr antik wirkende Holztüre. Die unbekannte Umgebung und die Tatsache, dass wir seit unserem Kuss kein einziges Wort mehr gewechselt haben, lässt mich immer nervöser werden!

Fuck me crazy!

Auf was habe ich mich da nur eingelassen?

Jetzt, wo ich durch die dicke geheimnisvolle Märchentüre gegangen bin, befinde ich mich in einer völlig anderen Umgebung.

Neugierig sehe ich mich um. Auf dem schwarzen Granitboden spiegeln sich die Flammen der Fackeln, die an den bordeauxroten Wänden hängen. Von der Musik aus dem Club ist jetzt gar nichts mehr zu hören, ganz im Gegenteil. Ich höre ein wunderschönes, melancholisch klingendes Klaviersolo durch die Luft hallen.

Wo zur Hölle bringt er mich eigentlich hin?

Verunsichert sehe ich Matthew in die Augen. Und das, was ich darin entdecke, erschreckt mich. Aus dem verspielten, attraktiven Geschäftsmann ist ein dominanter, selbstbeherrschter Fremder geworden.

Er scheint meine aufsteigende Angst zu spüren, denn er ergreift erneut meine Hand und zieht mich nah an seinen Brustkorb. Sein sexy Geruch steigt mir in die Nase und benebelt meine Sinne. Dieser Mann ist ein einziges Rätsel …

Seine Hand legt sich unter mein Kinn und mit seinem Daumen streicht er über meinen Mund. „Vertrau mir Baby."

Seine dunkle Stimme dringt tief in mein einsames Herz ein und durchbricht meine letzte Schutzmauer. Und während mein Verstand ganz genau weiß, dass ich gerade eine unsichtbare Grenze überschreite, fliegt ihm mein naives, einsames Herz regelrecht entgegen. Noch immer habe ich keine Ahnung, was hier eigentlich gerade passiert, und dennoch weiß ich, dass ich nicht umkehren und flüchten will.

Ich will diesen Mann und ich will wissen, wohin mich dieser unheimliche Gang führt.

Meine Kehle wird trocken und ich fahre mir mit der Zungenspitze über die Unterlippe. Soll ich es wagen? Kann ich diesem Mann vertrauen? Ich meine, was habe ich denn schon zu verlieren? Eigentlich nichts!

Matthews Blick legt sich auf meine Lippen, ehe er hinab zu meinem Dekolleté wandert. Zufrieden bemerke ich, wie sich seine Atmung automatisch beschleunigt. Dieser unfassbar geheimnisvolle, erfolgreiche und attraktive Mann will mich …

Alleine dieses Wissen hilft, meinem nicht wirklich ausgeprägten Selbstbewusstsein zu einem enormen Wachstumsschub.

Matthews Nasenflügel blähen sich, so als würde er meine wachsende Erregung wittern. Gerade als ich denke, dass wir weitergehen, kommt er knurrend auf mich zu. Seine Hände fangen die meinen ein, während er mich rückwärts gegen die rote Wand schiebt. Das Licht der Fackeln erhellt flackernd seine markanten Gesichtszüge, als er mich mit seinem Körper gegen die Wand presst.

Seine Atmung kommt nun immer schneller, und obwohl ich weiß, dass er mich endlich ficken will, bewegt er sich langsam und kontrolliert. Undurchdringlich fesselt er meinen Blick an den seinen, während er meine Hände über meinen Kopf hebt und in einem unnachgiebigen Griff gefangen hält. Sein Knie schiebt sich zwischen meine Beine und zwingt mich so, meine Schenkel für ihn zu spreizen. Schmerzlich erregt überlasse ich ihm die Führung und zum ersten Mal in meinem Leben spüre ich, wie unfassbar verführerisch es sein kann, die Kontrolle abzugeben.

Leise seufzend spüre ich, wie er mit seiner linken Hand die Konturen meines Körpers nachfährt. Seine Finger umkreisen meine harten Brustwarzen, streichen sanft darüber, ehe er sie hart zwickt. Verwirrt spüre ich, wie der bittersüße Lustschmerz direkt von meinen Brüsten hinab in meinen Schoß schießt.

„Du bist so unfassbar schön."

Seine leisen Worte verbinden sich mit den Klängen des Klaviers, während sich unsere Münder endlich wieder treffen. Meine Sehnsucht nach seinen Händen auf meiner nackten Haut wird immer intensiver. Kleine Schweißtropfen sammeln sich in meinem Nacken, während sich unsere Zungen sehnsüchtig umschlingen.

Seine Hand legt sich auf meinen Oberschenkel und wandert langsam hinauf zum spitzenbesetzten Rand meiner halterlosen Strümpfe. Oben angekommen lässt er seine Fingerspitzen sanft über den Rand der Strümpfe gleiten.

Crazy! Bis gerade eben war mir nicht bewusst, dass die Haut auf meinen Schenkeln so empfindlich sein kann. Jede noch so sanfte Berührung schickt Stromstöße der Lust durch meine Venen. Endlich spüre ich, wie er seine Finger höher gleiten lässt, sein Daumen legt sich über den Stoff meines Strings direkt auf den Punkt, wo sich mein Kitzler befindet.

Alleine der sanfte Druck, den er ausübt, sein animalischer Blick und sein herber Geruch schicken mich beinahe über die Klippe des Erträglichen.

Ein winziger Teil meines Gehirns realisiert, dass wir mitten in einem Flur stehen, während Matthew langsam seine Hand unter meinen String gleiten lässt.

Was ist, wenn jemand kommt? Was passiert, wenn uns jemand beobachtet?

Gerade als ich ihn darauf hinweisen will, schiebt er seinen Finger in meine feuchte Öffnung. Blitzartige Hitze überrollt meine Nervenbahnen, während sich meine Lippen zu einem stummen Schrei öffnen.

Meine Pussy ist vor ungestillter Leidenschaft so nass und angeschwollen, dass es mir eigentlich peinlich sein müsste. Doch Matthews Reaktion auf meine Erregung, lässt mich meine letzten Zweifel vergessen.

Kreisend dringt er immer tiefer in mich ein, während sein Daumen meinen Kitzler massiert. Das alles – dieser Moment und dieser Mann überschwemmen meine Emotionen und ich muss die Augen schließen, damit ich mich in diesem intimen Augenblick nicht verliere.

„Sieh mich an!"

Keuchend tue ich, was er sagt. Meine Augen versinken in den dunklen Tiefen seines Blicks.

„Ich will nicht, dass du deine Empfindungen vor mir verbirgst!"

Atemlos sauge ich meine Unterlippe zwischen meine Zähne und beiße darauf, um meinen lauten Schrei zu unterdrücken. Matthew ist gnadenlos in seinem Begehren. Während ich verzweifelt versuche, zumindest ein winziges bisschen meiner Selbstbeherrschung zu behalten, dringt er mit einem weiteren Finger in mich ein.

Als erstes Anzeichen meines nahenden Höhepunkts, spüre ich, wie sich meine Zehenspitzen krümmen, meine Beine beginnen zu zucken, und mein Atem kommt immer lauter. Bunte Punkte blitzen vor meinen Augen, während er seinen Mund auf den meinen presst. Ich spüre, wie er meinen Lustschrei in sich aufsaugt, wie er meine Hingabe genießt und immer mehr von mir fordert. Vor Leidenschaft und Lust völlig hemmungslos presse ich mich seinen Fingern entgegen. Noch immer hält er meine Hände mit seinem eisernen Griff gefangen und mir bleibt nichts anderes übrig, als mich seiner Macht zu ergeben.

Wimmernd spüre ich, wie sich meine Pussy um seine Finger herum zusammenzieht. In meinem Unterleib sammelt sich flüssige Lava, während meine Nervenbahnen zu explodieren beginnen. Kraftlos sinke ich gegen seinen Brustkorb, schnappe nach frischem Atem und versuche meine sieben Sinne wieder zu sammeln.

Unter den Händen dieses Mannes beginnt mein Körper zu glühen …

4. Kapitel

Bumm – Bumm – Bumm

Kraftvoll schlägt mein Herz gegen meinen Brustkorb.

Das eben erlebte hat meine Welt zum Wanken gebracht, und das, obwohl er noch nicht einmal wirklich in mir war.

Mit jedem Atemzug komme ich Stück für Stück zurück in die Realität.

Was habe ich nur getan?

Jetzt, wo mein Verstand endlich wieder zu funktionieren beginnt, wird mir klar, wo wir uns befinden und was eigentlich gerade wirklich passiert ist.

Fuck, ist das peinlich!

Unsicher sauge ich meine Unterlippe zwischen die Zähne und fahre mit meinen Handflächen den Stoff meines Kleides glatt. Auch ohne dass ich Matthew ansehe, weiß ich, dass sein intensiver Blick auf mich gerichtet ist.

Nachdem mein Kleid wieder richtig sitzt, hebe ich langsam meinen Kopf und sehe ihm ins Gesicht. Wenn ich vor dieser Wahnsinnsnummer schon dachte, dass er kurz davor ist, endgültig seine Kontrolle zu verlieren, dann weiß ich jetzt, dass er kurz davor ist durchzudrehen. Seine vollen Lippen bilden jetzt einen schmalen Strich, zwischen seinen Augenbrauen befinden sich zwei tiefe Falten und seine Kieferpartie wirkt ziemlich angespannt. Nervös suche ich seinen Blick. Aufgrund meiner mangelnden Erfahrung habe ich nicht wirklich eine Ahnung, wie ich mich jetzt verhalten soll …

„Tu das nicht!“

Verwirrt lege ich meinen Kopf schief. Wovon redet er?

Gerade als ich ihn fragen will, was er meint, ergreift er meine Finger und haucht mir einen zärtlichen Kuss auf die Stelle meines Handgelenks, an dem noch immer die Abdrücke seiner Finger zu sehen sind.

„Hör auf, alles in deinem hübschen Kopf zu analysieren. Denn das gerade eben, war nur ein Bruchteil von den Dingen, die ich mit dir anstellen will!“

Der Tonfall seiner Stimme hat sich verändert und ich spüre instinktiv, dass er jedes seiner Worte ernst meint. Mit einer schnellen Bewegung kommt er mir noch näher, küsst mich sanft auf den Mund und zieht mich erneut immer tiefer den geheimnisvollen Gang entlang. Nach einer kurzen Fahrt im Lift bleibt er endlich stehen. Nervös sehe ich mich um. Der sechseckige Raum, in dem wir uns gerade befinden, ist eigentlich gar kein richtiger Raum. Zwar stehen mehrere sehr gemütlich aussehende Sofas um einen wunderschönen Holztisch herum, aber es befinden sich auch sieben weitere märchenhafte Türen zwischen jede der Ecken.

Wo bin ich hier nur gelandet? Kann es sein das, dass Cosmopolitan nur ein Teil eines sehr viel luxuriöseren, dekadenteren Clubs ist? Und woher zum Teufel weiß Matthew das alles? Woher wusste er, wo er mich hinbringen kann, beziehungsweise wieso kennt er sich hier so gut aus?

Nachdem ich meine visuelle Entdeckungsreise beendet habe, drehe ich mich langsam zu ihm um und sehe ihm fragend in die Augen.

„Wo zur Hölle sind wir hier?“

„Wir sind im CMC.“ Matthew tut gerade so, als würde diese kryptische Antwort alles erklären, aber eher das Gegenteil ist der Fall.

„Was bedeutet CMC?“

Das geheimnisvolle Lächeln, das sich auf seinen Lippen ausbreitet, lässt auf seinen Wangen leichte Grübchen erscheinen – sehr sexy. Matthew ist der Inbegriff eines Bad Boys, und mein verfluchtes, naives Herz ist auf dem besten Weg, sich in ihn zu verlieben.

Allein das, dass alles verkomplizierende L-Wort nur zu denken, lässt mich innerlich frustriert aufseufzen.

Ich will und ich brauche keinen festen Freund. Und diese ewige Lügerei über die große Liebe kann ich schon gar nicht gebrauchen. Meiner Erfahrung nach ist die wahre Liebe eine Erfindung. Die meisten Männer, die ich kenne, sind gar nicht in der Lage bedingungslos zu lieben. Sie schleichen sich wie ein Kuckuckskind in das Herz einer Frau, verkomplizieren ihr Leben und lassen sie die verrücktesten Dinge tun. Und dann, wenn der werte Herr die Nase voll hat, packt er seine sieben Sachen und lässt die Frau mit einem gebrochenen Herzen zurück. Doch im Gegensatz zu den meisten meiner Freundinnen bin ich in der Lage mein Leben sehr wohl ohne einen Vertreter der männlichen Gattung zu genießen. Zumindest dachte ich das, bis mir Matthew Boomer über den Weg gelaufen ist …

Denn seit sich unsere Blicke das erste Mal begegnet sind, will mir dieser verfluchte Kerl einfach nicht mehr aus dem Kopf gehen. Ohne groß darüber nachzudenken, fahre ich mit meinen Fingerspitzen die Konturen meiner Lippen nach.

Als wir uns vorhin geküsst haben, war das nicht einfach nur ein bedeutungsloser One-Night-Stand Kuss, oh nein, in dem Moment, in dem sich unsere Lippen berührt haben, als sich unsere Zungen umschlungen und unsere Körper das erste Mal gekostet haben, ist etwas in mir passiert. Ich konnte diesen Kuss bis tief in mein Herz spüren.

Und das ist mir in meinen neunundzwanzig Jahren noch nie passiert.

Während sich in meinem Kopf die Gedanken nur so überschlagen, warte ich immer noch darauf, dass mir Matthew die genaue Bedeutung von CMC erklärt.

„Cosmopolitan Men's Club."

Ach du Scheiße? Ist das etwa ein Sexclub?

Fuck me crazy!

„Und was für ein Club ist das bitte?"

Anstatt meine erneute Frage zu beantworten, kommt er auf mich zu und umkreist mich wie ein Raubtier seine Beute.

„Meinst du nicht, dass wir bereits genug geredet haben?"

Ich spüre, dass er sich mir von hinten nähert und zum zweiten Mal an diesem Abend, verspüre ich das intensive Bedürfnis, mich an seinen Körper zu lehnen und mich von seinen starken Armen beschützen zu lassen.

Was zur Hölle ist nur los mit mir?

Seine Finger legen sich auf meine nackten Schultern und ich spüre, wie er langsam den Reißverschluss an meinem Rücken öffnet. Das leise Geräusch von raschelndem Stoff vermischt sich mit dem unseres Atems und ich weiß, dass ich diesem Mann niemals widerstehen kann. Dieser Kerl ist mein persönliches Kryptonit …

Langsam jedoch bestimmend schiebt er mir die Spaghettiträger meines Kleids über die Schultern. Unsicher sehe ich zu den vielen Türen. Dieser Mann scheint es heute darauf angelegt zu haben, mich an öffentlichen Orten zu verführen.

„Was ist wenn uns jemand zusieht?"

Matthew scheint meine Sorge nicht zu teilen, denn ich höre nur sein tiefes Lachen. „Na so was, Lara. Vor wenigen Augenblicken hat dich diese Sorge doch auch nicht gequält."

Tja, auch wenn mir bereits eine flapsige Antwort auf der Zunge liegt, hat er dennoch recht. Ein weiterer Beweis dafür, dass mein Verstand in der Nähe dieses Mannes offline geht. Ich spüre seine harte Erregung an meinem Hintern und weiß, dass Matthew nicht mehr lange warten kann. Alleine bei der Vorstellung, ihn endlich tief in mir zu spüren, rieselt ein angenehmer Schauder zwischen meinen Schulterblättern hinab zu meinem Po.

Zärtlich zeichnen seine Fingerspitzen unsichtbare Kreise auf meine Haut, was meine Atmung natürlich prompt beschleunigt.

Fuck! Wenn er so weitermacht, ist es mir völlig egal, ob wir erwischt werden oder nicht …

Zentimeter für Zentimeter legt er immer mehr meiner Haut frei, meine Brustwarzen ziehen sich erregt zusammen, während es zwischen meinen

Schenkeln erneut lustvoll zu glühen beginnt. Fordernd schieben seine Hände mein Kleid immer weiter nach unten, und noch bevor ich realisiere, was jetzt passiert, stehe ich nur noch in meiner Unterwäsche vor ihm. Sein muskulöser Arm schlingt sich besitzergreifend um meine Körpermitte und presst mich an seinen trainierten Brustkorb.

Groß und kraftvoll spüre ich seinen Körper, jeder seiner Muskeln ist vor Erregung angespannt. Mit einer schnellen Drehung dreht er mich einmal um meine eigene Achse, sodass sich jetzt meine bereits vor Sehnsucht prickelnden Brustwarzen gegen seine Brust pressen.

Vielleicht ist das hier alles ein großer Fehler! Aber das ist mir in diesem Augenblick wirklich ziemlich egal: Mist, verdammter! Mir ist gerade absolut alles egal, das Einzige, was für mich zählt, ist, dass er mich nur schnell wieder küsst. Ich will seine warmen Hände auf meiner Haut spüren und bei allen Göttern, ich will ihn endlich nackt und hart auf mir liegen haben. In genau diesem Augenblick weiß ich endlich, wie es sich anfühlt, vor Leidenschaft beinahe durchzudrehen …

Ungeduldig stelle ich mich auf die Zehenspitzen und schlinge meine Arme um seinen breiten Nacken, damit ich ihn zu mir herunterziehen kann. Matthew reagiert sofort, er hebt mich leicht an, während sich eine Art Knurren aus seiner Kehle löst.

Hungrig berühren sich unsere Lippen, seine Zunge streicht verführerisch über meine Unterlippe.

Hinter meinen geschlossenen Augenlidern explodieren grelle Punkte, während sich unser Atem stöhnend vermischt. Feucht, gierig und wild umschlingen sich unsere Zungen, saugen und fordern immer mehr des anderen.

Kiss me crazy!

Sein Arm lockert sich etwas und ich spüre, wie er seine Hand auf meinen Po legt. Sein Daumen streicht über den dünnen Stoff meines Strings, während unsere Münder regelrecht miteinander verschmelzen. Matthews Küsse bringen mich um den Verstand, sie lassen meine Synapsen Feuer sprühen und meine erogenen Zonen aus ihrem Dornröschenschlaf erwachen.

Hungrig gleitet seine raue Zungenspitze über meine Unterlippe, ehe er unseren Kuss zart schmelzend beendet. Schwer atmend und maßlos erregt stehen wir uns gegenüber, seine angespannte Mimik und das Zucken seiner Kiefermuskeln verraten mir, dass sich seine Selbstbeherrschung gerade atomarisiert. Seine Finger streichen erkundend durch den Spalt meiner Pobacken und folgen dem Stoff meines Strings zwischen meine feuchten Schamlippen.

Ohne es zu bemerken, habe ich die Finger meiner linken Hand in seinen Haaren vergraben, während meine rechte Handfläche direkt auf seinem Herzen liegt. Ohne meinen Blick loszulassen, hebt er mich an, automatisch schlinge ich meine Beine um seine Taille …

Süchtig nach seinem Geschmack küsse ich seinen Hals, knabbere an seinem Ohrläppchen und lasse meine Zungenspitze über die leicht kratzigen Bartstoppeln an seiner Wange gleiten. Ich bin so damit beschäftigt, sein köstliches Aroma in mich aufzusaugen, dass ich nur am Rand bemerke, wie er eine der Märchentüren öffnet und mich in eines der dahinterliegenden Zimmer trägt.

„Verflucht Lara! Du hast keine Ahnung, wie lange ich schon darauf warte, dich endlich zu nehmen."

Jeder Zentimeter meines Körpers ist angespannt und glüht vor Lust, mein Puls rast durch meine Venen und mein Verstand hat sich schon vor Sekunden verabschiedet.

„Wegen dir werde ich noch jede meiner Regeln brechen …"

Mehr geknurrt als gesprochen, presst er mich noch fester an seinen Ständer.

Animalisch, roh und besitzergreifend erobert er erneut meinen Mund, während seine Hände fieberhaft über meine Haut streichen. Seine animalische Art berührt meine vibrierenden Sinne, seine suchenden Finger necken sanft meine Schulter und seine Zunge küsst mich beinahe ins Nirwana.

Ich weiß nicht wirklich, was ich da gerade tue, doch ich weiß zu 100 Prozent, dass ich diesen Mann will.

Ohne mich loszulassen, betätigt er mit seinem Ellenbogen einen Lichtschalter und eine dezente Beleuchtung erhellt den mir fremden Raum. Seine Lippen gleiten über die empfindliche Haut an meinen Hals, saugen sich an meinem Schlüsselbein fest und lösen ein intensives Ziehen in meinem Schoß aus.

Mein sehnsüchtiges Keuchen durchbricht die Stille, seine Finger streichen sanft über meine Taille, während sich die Finger seiner anderen Hand in meinen Haaren vergraben. „Ich muss dich endlich spüren!"

Noch bevor sich meine uralten Zweifel störend zu Wort melden können, hat er mich auf das breite Bett gelegt, das ebenfalls aus einem Märchen stammen könnte, und ist dabei, seine Kleidung auszuziehen. Achtlos wirft er sein Sakko und sein Hemd auf den Boden, bevor er sich an der Schnalle seines Gürtels zu schaffen macht.

Oh, oh, jetzt wird es ernst!

Der weiche Stoff der goldenen Tagesdecke streicht sanft wie eine Liebkosung über meine Haut. Meine schwarzen Spitzendessous locken Matthews Blick an, und ich weiß, dass ich selbst diese nicht mehr lange tragen werde.

Die Matratze gibt unter seinem Gewicht nach, als er sich neben mich ins Bett legt. Ich spüre, wie er sanft über meine Brustwarze streicht, sie zupft und mit bittersüßer Lust erfüllt. Stöhnend drücke ich meinen Rücken durch und biete mich im wortlos an. Der Nektar meiner Lust durchdrängt den Stoff meines Strings, als seine Finger zwischen meine Beine wandern und er mit genau dem richtigen Druck über meine pochende Perle streicht.

„Du bist absolut perfekt."

Mit jedem seiner eindringlichen Blicke, mit jedem süßen Kuss und jeder Berührung lässt er mich spüren, wie sehr er mich begehrt.

Sehnsüchtig lege ich meine gespreizten Finger auf die nackte Haut seiner Brust. Seit ich ihn das erste Mal gesehen habe, habe ich mir vorgestellt, wie er wohl nackt aussehen muss. Und trotz meiner sehr gründlichen Fantasie hat mich die Realität sprachlos gemacht. Sein breiter Rücken der sich zur Taille hin verjüngt, besteht fast nur aus Muskeln, sein traumhaftes Sixpack lässt mir das Wasser im Mund zusammenlaufen. Seine leichte Brustbehaarung lässt ihn maskulin und sexy wirken.

Sein gut trainierter Bizeps und seine gepflegten, langen Finger runden das Bild meines Traummannes perfekt ab. Zwar habe ich nur einen kurzen Blick zwischen seine Beine riskiert, ich will ja nicht ganz so ausgehungert wirken, wie ich eigentlich bin. Aber das, was ich da zu sehen bekommen habe, hat mich gleich noch feuchter werden lassen. Sein Schwanz ist geradezu anbetungswürdig und ich kann es kaum erwarten, ihn endlich ganz tief in mir zu spüren!

Ungeduldig kralle ich meine Finger in sein volles Haar und ziehe ihn zu mir herunter, endlich treffen sich unsere Lippen, doch dieser Kuss hat nicht wirklich viel mit einem normalen Kuss gemein … Denn Matthew überfällt meine Zunge wie ein Tornado und mit jedem weiteren Zungenschlag, raubt er mir mehr und mehr den Atem. Wenn er so weitermacht, werde ich meinen nächsten Orgasmus nur durch seine Küsse bekommen. Mit jeder Sekunde, die vergeht, wird aus meinem zärtlichen Liebhaber ein dominanter Bad Boy, der es auf nichts anderes abgesehen hat, als mich um den Verstand zu küssen.

Atemlos erwidere ich seine Leidenschaft völlig rückhaltlos.

Als er das sinnliche Duell unserer Zungen beendet, brauche ich einen Augenblick um wieder zu Atem zukommen.

Wie in Trance beobachte ich ihn dabei, wie er sich zwischen meine gespreizten Schenkel kniet und ohne zu zögern mein Höschen zerreißt.
Achtlos wirft er den Stofffetzen durch den Raum, während er seinen Blick über meine Muschi gleiten lässt. Verführerisch lässt er seine Finger über meine Beine tanzen, bis sie die empfindliche Innenseite meiner Oberschenkel erreicht haben.
Wimmernd, genieße seinen gierigen Blick und seine geschickten Finger. Millimeter für Millimeter hinterlassen seine Fingerspitzen eine prickelnde Spur auf meiner sensiblen Haut. Und in dem Augenblick, in dem seine Fingerspitzen meine bereits feuchte Pussy erreichen, bin ich endgültig und hoffnungslos verloren!
Im bebenden Zentrum meines Unterleibs findet eine Kernschmelze statt, kleine Schweißtropfen bilden sich in meinem Nacken, während er mit seinem Finger langsam und tief in mich eindringt. Stöhnend gebe ich mich ihm rückhaltlos hin, nehme alles, was er mir schenkt, und fordere in meiner Lust dennoch immer mehr…
Matthew beugt sich knurrend über mich, seine Zunge umkreist meine Nippel, ehe er sie langsam zwischen seine Zähne saugt. Züngelnd und knabbernd foltert er mein williges Fleisch und schickt immer neue Wellen der Lust durch mein Nervensystem.
„Ich will dich endlich tief in mir spüren!“
Meine eh schon atemlosen Worte brechen ab, als er mit einem weiteren Finger in mich eindringt. Stöhnend drücke ich meinen Kopf in die Matratze, während ich ihm meinen Unterleib entgegenpresse.
„Sieh mich an! Ich will, dass du siehst, wer dich über die Klippen schickt!“
Blinzelnd befolge ich seinen Befehl. Rhythmisch dringt er in mich ein, massiert meinen Kitzler und treibt mich in ungeahnte Höhen. Schwer atmend spüre ich, wie sich mein Inneres bebend zusammenzieht. Der angenehme Druck, der sich in meinem Unterleib ausbreitet, raubt mir den Atem.
Stöhnend erwidere ich seinen Blick, ehe ich von meinem Höhepunkt fortgerissen werde.
Als Erstes verkrampfen sich meine Zehenspitzen, dann stockt meine Atmung, während sich meine inneren Muskeln krampfend um seine Finger zusammenziehen. Mein lustvoller Schrei erfüllt die Stille des fremden Zimmers, während mich ein fucking geiler Orgasmus überrollt.

Ahhhhhhhh.
Knurrend spreizt er meine zitternden Schenkel und lässt seinen gierigen Blick hungrig über meine Haut wandern. Seine Zunge liebkost

meinen Bauchnabel, kleine Bisse und süße Küsse bringen mich zum Keuchen. Während sich seine eine Hand abwechselnd um meine aufgerichteten Brustspitzen kümmert, teilt seine andere meine feuchten Falten.

„Ich muss dich einfach kosten!“

Mit seiner Zungenspitze leckt er über meinen Eingang, umkreist meine Klitoris, während ich atemlos nach Luft schnappe.

„Fuck Lara …!“ Das dunkle Timbre seiner Stimme bringt mich an den Rand des nächsten Höhepunkts. Verzaubert langsam leckt er meine Öffnung, sanft saugt er sich an meinem Kitzler fest, bevor er mit seiner Zunge in mich eindringt.

„Ich muss endlich in dir sein!“ Fluchend verlässt er das Bett, sucht eilig seine Hose und zieht eine goldene Kondomverpackung heraus.

Fuck me crazy!

Der Herr steht also auf goldene Gummis. Mal sehen, ob sein Schwanz das Gold auch verdient hat …

Durch meinen Körper rasen noch immer glühende Sternschnuppen. Matthew hat es geschafft, mich so sehr zu erregen, dass mir sogar das Atmen schwerfällt.

Endlich hat er den goldenen Gummi über seinen harten Schwanz gezogen – was für ein Anblick! Seine vor Lust dunklen Augen suchen meinen Blick, als er sich auf mich legt. Ich spüre, wie sich sein Penis hart und dick auf meine angeschwollene Pussy legt. Und alleine diese Berührung lässt mich aufstöhnen. Sanft streifen seine Lippen über meine Schläfe, während er sich in Position bringt.

Dieser Mann ist ein Lover der Superlative. Einerseits ist er zärtlich und aufmerksam, aber andererseits ist er bestimmend und dominant.

Die Spitze seiner dicken Eichel dringt langsam in mich ein, dehnt meine Muschi und nimmt mich endlich in Besitz. Unsere Zungen treffen sich, keuchend vermischt sich unser Atem, während er immer tiefer in mich gleitet.

„Sieh mich an.“

Meine Lust und die verwirrenden Emotionen, die durch meine Venen rauschen sind zu intensiv, das köstliche Ziehen in meinen Schenkeln kündigt einen erneuten Orgasmus an und ich bin kurz davor, zu explodieren. So sehr ich es auch will, aber ich schaffe es einfach nicht, meine Augen zu öffnen.

„Oh Gott, Baby…“ Seine tiefen Stöße werden immer härter und sein Schwanz dringt so hart in mich ein, dass ein leichter, jedoch angenehmer Schmerz entsteht. Er verändert seine Position und touchiert bei jedem neuen Vorstoß meinen göttlichen Punkt.

Der über mich hereinbrechende Orgasmus ist wie Orkan an Gefühlen und Empfindungen, die Kontraktionen in meinem Schoß sind so stark, dass ich ihn mitreiße und er sich laut stöhnend in mir ergießt. Völlig kraftlos schlinge ich meine Beine um seine Taille und ziehe ihn noch tiefer in mein zitterndes Inneres.

Wow, ich würde sagen, er hat sich das goldene Kondom redlich verdient!

Meine verrückten Gedanken lassen mich lächeln. Endlich, endlich ist es passiert und ich liege nackt, feucht und befriedigt bei meinem ganz persönlichen Bad Boy.

Es ist verrückt, aber ich warte die ganze Zeit darauf, dass ich aufwache und dieser geile Fick nur ein heißer Traum war …

Glücklich sehe ich ihn an. „Noch mal, und zwar ganz langsam!"

Stöhnend verdreht er die Augen, während sich ein leichtes Lächeln auf seinen Lippen ausbreitet. „Fuck Frau, du bist ja unersättlich!"

Mit meinen Fingernägeln kratze ich leichte Spuren auf die Haut seines muskulösen Rückens. Mit ein bisschen Glück hat das liebe Schicksal ja gerade eine Sekunde Zeit und erhört meinen Besitzanspruch!

Trotz meines Versuchs, ihn mit meinen Beinen einzusperren, gleitet er aus mir heraus und entfernt den Gummi von seinem besten Stück.

Dieser Mann ist einfach viel zu sexy für diese Welt. Jeder Muskel meines Körpers fühlt sich an wie aus Zuckerwatte.

Matthew hat es geschafft, mich völlig auszulaugen.

Zufrieden seufzend spüre ich, wie er seinen Arm um meine Taille legt und mich an seine Brust zieht, als er endlich wieder zurück ins Bett kommt.

Also eines ist schon mal klar, selbst wenn das gerade eben Erlebte ein Fehler war. Es war der genialste, befriedigendste und hammergeilste Fehler meines Lebens!

Und ich bin mehr als nur ein bisschen bereit, ihn noch viele Male zu wiederholen …

5. Kapitel

Träge drehe ich mich zu ihm um und kuschle mich in seine Armbeuge. In seinen Augen sehe ich den zufriedenen Ausdruck eines Mannes, der endlich das bekommen hat, was er so dringend wollte.

Mit jedem Atemzug spüre ich, wie sich mein postkoitales Hirn von den vielen Endorphinen befreit und langsam wieder zu funktionieren beginnt.

Dass Matthew ein genialer Liebhaber ist, habe ich ja schon geahnt, aber dass er so gut ist, tja, damit habe ich nicht gerechnet …

Mein Blick wandert durch den leicht beleuchteten Raum. Und ich komme mir ein bisschen so vor wie eine Prinzessin, die in das Disneymärchen Aladdin gefallen ist.

Das große Fenster, das sich links vom Bett befindet, wird von schweren goldenen Samtvorhängen eingerahmt.

Von der hohen Zimmerdecke hängt ein wunderschöner Lüster, dessen Glas im dezenten Licht, kleine Sterne an die bordeauxroten Wände zaubert.

Wo zum Henker bin ich hier nur gelandet?

Langsam aber sicher wird es wirklich Zeit, dass mir Matthew ein paar Fragen beantwortet!

Während sein Blick auf die Zimmerdecke gerichtet ist, spielen seine Finger mit einer meiner Haarsträhnen.

Eigentlich will ich nur ungern die angenehme Stimmung verderben, aber ich platze jetzt dann bald vor Neugierde. „Verrätst du mir bitte, was für ein Club das hier genau ist? Und woher du ihn kennst?"

Ich spüre, wie seine Finger nur kurz ihr Spiel unterbrechen, doch das reicht mir schon, um noch nervöser zu werden. Die Sekunden, in denen ich auf seine Antwort warte, vergehen zäh wie Kaugummi und gerade, als ich mir fast sicher bin, dass ich keine Antwort mehr erhalte, hör ich ihn leise Luft holen.

„Der CMC ist ein Ort für Männer. Hier können wir entweder unsere Mädels mitbringen oder wir können uns welche, na ja wie soll ich es dir erklären, ohne dass du gleich wütend wirst? Es ist so …"

Ich spüre, wie er meine Haare loslässt und sich neben mir auf den Ellenbogen aufstützt. In dieser Position sind wir uns zwar immer noch ganz nah, auch wenn er auf mich herabschaut.

„Dieser Club hat für seine Mitglieder eigene Escortgirls."

Fuck! Fuck! Fuck!

Versucht er etwa mir gerade mitzuteilen, dass er mich in seine Bumshöhle geschleppt hat? Ich bin nicht naiv, mir war sehr wohl klar, dass das nicht der Anfang vom Rest unseres gemeinsamen Lebens ist. Aber das? Verdammt! Das ist hart!

In seinen Augen spiegelt sich eine gewisse Unsicherheit. Anscheinend spürt er meine aufsteigende Wut.

Fuck ich bin so naiv!

Während wir miteinander geschlafen haben, hatte ich wirklich das Gefühl, dass es auch für ihn etwas Besonderes war. Aber anscheinend habe ich nur seine Standartnummer abbekommen! Das zeigt mal wieder, dass ich einfach nicht genug Erfahrung in solchen Dingen habe.

Tief in meinem Bauch verwandelt sich das eben noch angenehme warme Prickeln in eine säurehaltige Mischung aus Angst, Enttäuschung und Wut …

Am liebsten würde ich ihn jetzt anschreien, ihm eine schmieren und völlig durchdrehen. Doch ich entscheide mich für einen etwas würdevolleren Abgang. Für ein paar Sekunden sehe ich ihm tief in die Augen, ehe ich langsam aus dem Bett krieche.

„Was machst du da Lara?"

Aha, jetzt bin ich also wieder Lara. Vor ein paar Minuten war ich noch sein Baby!

„Da wir jetzt fertig sind, verlasse ich deine Bumshöhle und mache Platz für meine Nachfolgerin."

Gerade als mich an die Bettkante setze um aufzustehen, spüre ich, wie er seine Hand auf meinen Rücken legt.

„Hör mir zu, es ist wirklich nicht so, wie es jetzt aussieht."

Will er mich etwa verarschen?

Scheiße! Er hat ein goldenes Kondom benutzt. Fast schon wie in einem Porno. Und ich dumme Kuh fand das auch noch witzig …

„Es ist mir völlig egal wie es aussieht! Ich gehe jetzt zurück zu Simone."

Ich höre, wie er sich hinter mir räuspert. „Das wird nicht möglich sein."
Wie? Was meint er damit?

„Warum nicht?"

Langsam stützt er sich mit seinen Ellenbogen in eine aufrechtere Sitzposition. „Vorhin, als wir hierher gegangen sind, war sie mit Kendrik auf der Tanzfläche und ich schätze, dass sie mittlerweile im Zimmer nebenan liegt."

What the fuck soll diese Scheiße!

„Wer ist Kendrik?"

„Kendrik ist mein Freund und Geschäftspartner, er hat deine Freundin beim Zahnarzt kennengelernt."

Verwirrt ziehe ich meine Augenbrauen zusammen. Das kann doch alles nicht wahr sein. Simones Zahnarztlover ist also ein Geschäftspartner von Matthew. Und Matthew ist der beste Freund meines Chefs.

„So eine verfluchte Scheiße! Wie schrecklich klein kann diese Welt eigentlich sein?“ Leise vor mich hin schimpfend, laufe ich durch das Zimmer und sammle meine Klamotten wieder ein. Wütend auf mich, auf Matthew und auf das blöde Schicksal, schlüpfe ich in meinen BH und steige in mein Kleid.

Und trotz meiner Wut ist mir mehr als bewusst, dass mich Matthew keine Sekunde aus den Augen lässt. Der Ausdruck auf seinem Gesicht verrät mir, dass er gerade nicht weiß, wie er mit mir und der Situation umgehen soll. Anscheinend ist es der Bad Boy nicht gewöhnt, dass eine Frau mal nicht rundum zufrieden damit ist, von ihm gefickt zu werden.

Eigentlich habe ich ja kein Problem mit der Tatsache, dass es nur Sex war, aber ich will einfach nicht, dass er mich an einen Ort bringt, an dem er es sonst mit irgendwelchen Escortschlampen treibt!

Versteht ihr das?

Endlich habe ich es geschafft und bin wieder komplett angezogen, da sehe ich im Augenwinkel wie er splitterfasernackt aus dem Bett steigt und auf mich zukommt.

Dieser Anblick ist mein Untergang! Trotz meiner Wut auf ihn, kann ich einfach nicht verhindern, dass mein Blick über sein Gesicht, seine breite Brust und seinen hammergeilen Bauch gleitet. Ja selbst sein Goldschwanz bleibt nicht vor meinem eingehenden Blick verschont.

„Verflucht Lara! Hör auf zu zicken und hör mir zu. Ich bin kein CMC-Mitglied!“

Hat er gerade echt gesagt, dass ich aufhören soll zu zicken? Ganz klar, darauf gibt es nur eine richtige Antwort! „Verflucht Matthew! Hör auf so ein Arschloch zu sein!“

In einer verzweifelten Geste fährt er sich mit beiden Händen durch seine verwuschelten Haare. Seine Nacktheit scheint ihn nicht im Geringsten zu stören – scheiß Macho!

„Lara! Hast du mir eigentlich gerade zugehört?“

Wütend wirble ich zu ihm herum, überwinde den Abstand zwischen uns und stelle mich direkt vor ihn hin.

Die Wärme seines Körpers, sein köstlicher Geruch und die magische Anziehung, die er auf mich ausübt … Wie soll ich da nur standhaft bleiben?

Vor Wut schnaubend hole ich tief Luft. „Jetzt hörst du mir mal zu! Es ist mir egal, ob du da Mitglied bist oder nicht. Du hast mich hierher gebracht, du hast hier Zugang und du kennst die Regeln. Also für mich bedeutet das, dass du sehr wohl ein Mitglied in eurem tollen Cosmopolitan Men's Club bist."

Fassungslos schüttle ich meinen Kopf, während ich in meine High Heels schlüpfe. „Mach was du willst, ich gehe jetzt. Aber tu mir einen gefallen und bezieh zumindest das Bett frisch, bevor du die Nächste flachlegst!"

Ohne ihn eines weiteren Blickes zu würdigen, schnappe ich mir meine Handtasche und verlasse den Raum.

In dem Augenblick, in dem die Türe mit einem lauten Knall hinter mir zufällt, höre ich aus dem Nebenzimmer ein lautes, sehr eindeutiges weibliches Stöhnen.

Fuck! Zumindest hat Simone ihren Spaß!

Warum zur Hölle muss mein Leben immer so crazy sein? Warum kann nicht einmal alles so laufen, wie ich es mir wünsche? Ist das Karma? Habe ich in meinem letzten Leben irgendetwas Schlimmes verbrochen?

Ungeduldig mit dem Fuß auf den Boden tippend, warte ich darauf, dass der Lift endlich kommt, um mich abzuholen.

Mit einem erlösenden Ping öffnen sich die Schiebetüren und ich verschwinde in der silbernen Kabine. Wenn das Aufzuginnere jetzt auch noch golden gewesen wäre, hätte ich einen lauten Schrei losgelassen! Ich glaube die Farbe Gold ist ab heute ein absolutes No-Go für mich!

Als sich der Lift endlich in Bewegung setzt, spüre ich, wie sich mein Herzschlag wieder etwas verlangsamt. Vor knapp fünfzehn Minuten war ich noch die glücklichste Frau aller Zeiten und jetzt? Jetzt fühle ich mich verarscht und hundemüde. Da ich auf dem Hinweg etwas abgelenkt war, orientiere ich mich jetzt an der immer lauter werdenden Musik. Als ich an der Stelle vorbeikomme, an der mich Matthew das erste Mal zum Höhepunkt gebracht hat, bildet sich ein dicker Kloß in meiner Kehle.

Es würde nicht halb so weh tun, wenn ich nicht selber schuld an dieser ganzen Scheiße wäre. *Mist!* Ich meine, jede Frau weiß, was passiert, wenn sie sich auf einen Bad Boy einlässt – sie wird verletzt! Und dennoch konnte ich Matthew einfach nicht widerstehen…

Über mich selbst verärgert schüttle ich meinen Kopf und bahne mir einen Weg durch die gut gelaunte Meute auf der Tanzfläche. Mein Blick bleibt an einer sehr attraktiven Frau hängen, die mir direkt entgegenkommt. Ob sie vielleicht die Nächste ist, die sich mit Matthew auf die goldene Tagesdecke legt, während er seinen in Gold verpackten Schwanz in sie schiebt?

Endlich habe ich es geschafft, mich zur Ausgangstüre durch zu kämpfen. Ich werde Simone eine SMS schreiben und ihr mitteilen, dass ich schon auf dem Heimweg bin. Aber ich kann einfach keine Sekunde länger in diesem Haus verbringen!

An der frischen Luft angekommen, atme ich ein paar Mal tief durch, während ich mir ein Taxi rufe. Ab heute Nacht sind das Cosmopolitan und Matthew Boomer für mich gestorben. Ungeduldig warte ich auf mein Taxi, während ich mich gedanklich selber ausschimpfe. Männer sind für mich in nächster Zeit absolut tabu …

Kaum habe ich den Satz zu Ende gedacht, spüre ich, wie sich eine große Hand auf meine Hüfte legt. In der Annahme, dass mir Matthew hinterhergelaufen ist, drehe ich mich um und hole schwungvoll aus.

Laut klatschend trifft meine Handfläche auf die Wange des sexy Türstehers …

Fuck me crazy!

Sein verdutzter Gesichtsausdruck entlockt mir fast ein Lächeln. Ich weiß nicht, womit ich gerechnet habe, aber ganz bestimmt nicht damit, dass er einfach nur entspannt stehen bleibt und mich herausfordernd angrinst.

Bedeutet seine Reaktion, dass ich zuschlage wie ein Mädchen?

Endlich hat das Schicksal Mitleid mit mir und schickt mir das Taxi.

Auf eine komische Art und Weise belustigt, streiche ich sanft über seine Wange und sehe ihm entschuldigend in die Augen. „Tut mir leid…“

Jetzt ist es doch soweit und ein lautes Lachen entringt sich meiner Kehle. Vielleicht liegt es daran, dass mein Abend eine verrückte geradezu skurrile Katastrophe gewesen ist, oder daran, dass sich die restlichen drei Securitys vor lauter Lachen den Bauch halten.

Aber was auch immer es war, ich werde mir nicht die Zeit nehmen es herauszufinden. Denn alles, was ich will, ist, möglichst schnell hier weg!

Während ich mich anschnalle, nenne ich dem Fahrer meine Adresse und lehne mich entspannt zurück, während er mich sicher nach Hause bringt.

Dunkle Sehnsüchte

1. Kapitel

Falsche Hoffnungen ...

Das Leder des Barhockers berührt den Streifen nackter Haut, der zwischen meinen halterlosen Strümpfen und dem Mini unbedeckt ist. Gelangweilt lutsche ich an dem Stück Ananas, das ich mithilfe des Strohhalms aus meinem leeren Cocktailglas gefischt habe. Zwanzigprozentiges Gleichgewicht berauscht meine Sinne, so hatte ich mir meinen Abend nicht vorgestellt. Die Kontaktanzeige klang interessant, lockte mich und meine bisher schlummernde devote Seite:

Du (w/18-35) wünschst dir eine starke Hand, die dich erfahren und sicher besitzt. Die sich darauf versteht, dich lustvoll zu fesseln und mit gekonnten Griffen zum Höhepunkt bringt. Der dich mit deinen devoten Bedürfnissen erkennt, deine Wünsche und Sehnsüchte lesen kann, dir hilft, deine Grenzen kontinuierlich zu erweitern.

Mittlerweile sitze ich seit zwei Stunden in meiner Lieblingskneipe, die schwarze Rose, die als Erkennungszeichen gedient hat, welkt langsam vor sich hin - welch eine Verschwendung. Der Abend war ein kompletter Reinfall, der Inserent der Anzeige sah aus wie einer der Typen von ‚Schwiegertochter gesucht'.

Seine Körperhaltung war quasi nicht vorhanden, die beginnende Glatze wurde deutlich von seinen vor Schweiß glänzenden Geheimratsecken angekündigt. Viel zu lange Fingernägel und eine ockerfarbene Stoffhose, die mit Bügelfalten aufgepeppt war, rundeten sein Outfit perfekt ab. Dass seine Klamotten noch von Mutti gewaschen und gebügelt werden, war für ihn kein Problem. Spontanes Sodbrennen und ein schlagartiger Fluchtreflex waren auch schon alles, was er mir an körperlichen Reaktionen entlocken konnte.

Dank meines nicht vorhandenen Pokerfaces hat er meine Abfuhr sofort erkannt. Es brauchte nur eine Handvoll Wörter, um sich zu begrüßen und zu verabschieden.

„Hey Honey, das mit deinem Date war wohl nichts." Ben, der Barkeeper und Inhaber, stellt mir unaufgefordert einen weiteren Cocktail auf Tequila-Basis unter die Nase, zwinkert mir frech zu und gibt mir zu verstehen, dass diese Runde aufs Haus geht. Frustriert plündere ich als Erstes die Deko, rühre ihn mehrmals um, genieße das klirrende Geräusch des Crushed Ices, das an den Glasrand stößt. Einzugestehen, dass in mir eine devote Seite schlummert, ist mir schwer genug gefallen. Der nächste Schritt war ganz logisch. Dank des World Wide Webs war es ein Leichtes, mich mit den Feinheiten des Spiels der Unterwerfung vertraut zu machen. Je mehr ich mich mit der Thematik beschäftigt habe, umso intensiver wurde mein Bedürfnis. Ich wollte es, will es und werde es ausprobieren.

Dank meiner Mitgliedschaft auf der Online-Plattform „VOLUPTAS", das ist Latein und bedeutet Lust, habe ich die Möglichkeit, interessante Chat-Partner und einschlägige Inserate anzusehen. Der heutige Abend war nur eine weitere Erkenntnis darüber, dass es nicht so leicht ist, einen geeigneten Partner zu finden, Schwachmaten und Aufschneider gibt es unzählige.

Doch ich suche einen Mann mit Charisma, Ausstrahlung und einer natürlichen Autorität. Maskulin und herb muss er sein, so wie die Cowboys auf den Marlboro-Schachteln. Wenn ich das Bedürfnis habe, ihn zu bemuttern oder ihn im Dunkeln zu beschützen, fällt es mir schwer, ihm die Oberhand zu lassen.

Mein Bedürfnis will sich nicht unterdrücken lassen, in der Dunkelheit meines Schlafzimmers liege ich wach, Bilder von Frauen, unterwürfig und vor Lust stöhnend, flimmern hinter meinen geschlossenen Lidern, während ich masturbiere.

Tief seufzend genieße ich den Geschmack meines Drinks, wohltuend läuft der Tequila über meine Zunge, während die Süße der Ananas mit der Säure der Zitrone über die Vorherrschaft meiner Geschmacksnerven streitet. Angenehm kühl beruhigt er mein erhitztes Gemüt. In meinem Selbstmitleid versunken, spüre ich nicht die intensiven Blicke meines attraktiven Tischnachbarn.

Die Kneipe ist am Samstagabend um kurz vor Mitternacht gut besucht, durch den Temperaturunterschied sind die Scheiben beschlagen. Das schummrige Kerzenlicht und die Stimmung in der Bar wirken beruhigend auf meine aufgekratzten Nerven. Trotz meines Stylings werde ich nicht wie sonst üblich angebaggert. Für heute Abend ist mir das ganz recht, mein Bedarf an Versagern ist für diese Nacht gedeckt.

Devot, zu diesem Wort fallen mir so manche Synonyme ein: demütig, ergeben, hingebungsvoll. In meiner Fantasie ergebe ich mich der Lust, lasse mich fallen und werde gehalten. Zwinkernd gebe ich Ben zu verstehen, dass ich genug für heute Abend habe, wie üblich lege ich mein Geld auf die dunkle, verkratzte Tischplatte, nicke ihm ein letztes Mal zu und begebe mich auf den Heimweg. Die Absätze meiner Pumps klackern auf dem Gehweg, die unbarmherzige Januarkälte beißt auf meiner Haut, mein Atem verwandelt sich in kleine Wölkchen, die ich über meine rot geschminkten Lippen in die Dunkelheit der Nacht hauche. Bis zu meiner Wohnung ist es nicht weit, nach drei Kreuzungen und einer Handvoll Straßenlaternen wartet meine Haustür. In der gewohnten Umgebung meiner Stammkneipe musste ich mir keine Gedanken um mein knappes Outfit machen, in der Dunkelheit der Nacht und der Einsamkeit der Straße verhält sich das allerdings anders. Unbewusst beschleunige ich meinen Schritt, versuche, das ungute Gefühl nicht alleine zu sein abzuschütteln. Meine Handtasche, in dem sich mein Pfefferspray befindet, fest umklammernd überwinde ich die Entfernung zu meinem sicheren Zuhause.

2. Kapitel

Blind Date ...

Meine Schwäche für Cocktails auf Tequila-Basis habe ich schon oft bereut, jedoch geht es mir heute Morgen recht gut. Es ist nicht der Alkohol, der meine gute Laune auf dem Gewissen hat, es ist die Gewissheit, auf meinem Weg zur sexuellen Erfüllung keinen Schritt weitergekommen zu sein. In die Annonce habe ich all meine Hoffnung gesteckt, Stunden bin ich vor meinem MacBook gesessen, habe das Für und Wider einer Internetanzeige abgewogen. Nicht nur der Sicherheitsaspekt hat mich zweifeln lassen, sondern auch die Angst vor meinem Inneren Ich. SM und die Szene sind selbst in der heutigen Zeit ein Tabuthema, Vorurteile und falsche Moralvorstellungen verunglimpfen die Macht der Dominanz und die Sinnlichkeit der Unterwerfung. In meiner Recherche habe ich so einiges mitbekommen, anscheinend ist es nichts Ungewöhnliches, doch es passiert meist abgeschieden hinter verschlossenen Türen. Mein Interesse besteht nicht am SM selbst, jedoch wünsche ich mir einen Mann, der zupackt, mich besitzt. Sehnsüchtig wünsche ich mir eine härtere Gangart.

Das Wochenende ist vorbei, mein Wecker krächzt verzweifelt, doch ich ignoriere ihn, drehe mich um und ziehe meine Decke über den Kopf, nur noch fünf Minuten. Der Morgen ist nicht meine Tageszeit, die Nacht lockt mich, ruft nach mir und weckt meinen Appetit auf das Leben. Resigniert schalte ich den Lärm aus, ziehe die Decke weg, beginne die neue Woche und starte in den neuen Tag.

***

Die letzte Kundin blättert mehr oder weniger interessiert durch unseren derzeitigen Verkaufsschlager. Mit dreiundzwanzig, also vor vier Jahren, habe ich meinen Traum verwirklicht und meine eigene Buchhandlung eröffnet. *"Voyage de rêve"* heißt mein Laden, das ist Französisch und bedeutet Traumreise.

Ein gutes Buch lässt den Leser abschalten, verführt ihn in eine andere Epoche, lässt ihn leiden oder lachen. Lesen ist wie reisen. Gemütliche Sessel in vielen bunten Farben laden zum Verweilen ein, der Geruch von Orange und Vanille sorgt für eine angenehme Stimmung. Das Ambiente wird von dem alten Parkettboden perfekt abgerundet, dunkel und frisch poliert, passt er mit seiner Individualität, die ihm seine Kratzer und Abnutzungen verleihen, perfekt zum Gesamtbild des Ladens. Die kleine

Messingklingel über der Eingangstür kündigt neue Kunden an, das einzig Moderne ist der große Apple-iMac-Monitor, der auf dem Verkaufstisch steht. Auf einem Antikmarkt hatte ich das Glück, einen antiken Holzschreibtisch zu ergattern, er ist alt und benutzt, strahlt jedoch Persönlichkeit aus.

Die meisten Kunden kenne ich beim Namen, Sonderwünsche versuche ich prompt zu verwirklichen. Mit Stolz kann ich behaupten, dass ich noch jeden erfüllen konnte. Um 17:00 Uhr ist es mittlerweile dunkel, auch die letzte Kundin hat sich hinaus ins Schneegestöber gewagt. Melody Gardots Stimme und die dicken weißen Schneeflocken bewirken, dass ich mich entspannt zurücklehne. Die letzten 60 Minuten der Öffnungszeit sind angebrochen, das so gut bekannte *Ping* meines Online-Accounts kündigt eine eingehende Nachricht an.

Dunkle Stimmen verwirren deinen Geist.
Locken und flüstern Versprechungen.
Leiden und Lust vermischen sich.
Dein Schrei durchbricht die Nacht.
Geführt von meiner Hand, wirst du Erfüllung finden.

Aaron

Ein Schauer durchfährt mich, so unheimlich diese Nachricht auch ist, so sehr reizt sie mich. Soll ich darauf antworten?

Der Name Aaron sagt mir nichts, ist er einer meiner Chatpartner?

Da die Mail in meinen Profilnachrichten ist, muss es jemand aus dem „VOLUPTAS“ sein.

Bevor ich dazu komme eine Antwort zu tippen, unterbricht mich ein erneutes *Ping*.

Versuchung vernebelt deinen Verstand.
Neugier lässt dein Herz erbeben.
Bist du bereit, deine Seele zu befreien?
Vertrauen, gepaart mit Angst, erweckt deine Sinne.

Aaron

Ich spüre die Intensität dieser Worte, fieberhaft suche ich nach einer Antwort. Gerade als meine Finger die Tastatur berühren, werde ich erneut unterbrochen.

Wenn du bereit bist für ein Treffen, Laura,
gehe in die Kneipe, so wie gestern.
Setze dich auf denselben Barhocker, an denselben Tisch, bestell dir einen Black Death und warte dort auf mich.

Aaron

Okay. Jetzt wird es unheimlich, woher weiß er davon? Woher kennt er meinen Namen? Im Chat benutze ich sicherheitshalber einen Nicknamen, schließlich weiß man nie, wer sich dort so herumtreibt. Doch Aaron kennt meinen wahren Namen und weiß, dass ich in der Kneipe ein Treffen hatte.

Adrenalin schießt durch meine Venen, es steht keine Uhrzeit in der Nachricht. Verunsichert laufe ich durch den Laden, räume herumliegende Bücher auf, ordne die Kissen in den Sesseln. Zu guter Letzt puste ich die Duftkerzen aus, betätige den Lichtschalter, begebe mich auf den Heimweg.

Die Straßenbahnstation befindet sich auf der anderen Straßenseite.

Froh darüber, dass ich heute keinen weiten Weg im winterlichen Dunkel zurücklegen muss, sperre ich den Laden ab. Der typische Geruch nach vielen Menschen, Schweiß und Deo ist unangenehm, leise surrend beginnt die 10-minütige Fahrt. Erleichtert, den Tag hinter mich gebracht zu haben, setze ich mich. Haltestelle für Haltestelle wechseln meine Mitfahrer, fremde Gesichter, gerötet durch die eisige Januar-Luft.

***

Nach langem Hadern und Zaudern beschließe ich, Aaron zu treffen - immerhin bin ich in der Bar in Sicherheit. Ben ist da, trotz seiner Arbeit wird er ein Auge auf mich haben. Das hat er immer, auch wenn er mir seine Zuneigung nie gestanden hat, sind seine Blicke und das offensichtliche Flirten nicht fehlzudeuten.

Dick in einen Schal gewickelt und mit meiner warmen Mütze, komme ich in der Kneipe an. Auf mein gestriges Outfit habe ich verzichtet, eine ausgewaschene Jeans, die sich eng an meinen Hintern schmiegt und eine eng anliegende Bluse müssen für heute reichen. Meine langen schwarzen Haare fallen offen über meine Schultern, schwarzer Kajal in Kombination mit der passenden Mascara umrandet meine grünen Augen.

Auch ohne zu wissen, wie Aaron aussieht, weiß ich intuitiv, dass er nicht da ist. Von den zehn Tischen sind gerade einmal zwei belegt. Eine jüngere Gruppe Männer spielt im schummrigen Licht der grünen Lampe Billard, während Ben hinter der Bar beschäftigt ist. Mich aus meiner Jacke schälend, gehe ich auf die Bar zu, setze mich auf einen Hocker, es ist zwar nicht derselbe Tisch wie letzte Nacht, doch das ist mir egal. Bei meinem Glück wird Aaron wieder einer der *Übriggebliebenen* sein.

„Hey Honey." Ben begrüßt mich begeistert. „Hast du mich vermisst? Oder was treibt dich bei diesem Wetter vor die Tür?" Lässig umrundet er die Theke, kommt auf mich zu und umarmt mich fest.

Ben ist attraktiv, wenn ich nicht so besessen davon wäre, meine unterwürfige Seite zu entdecken, hätte er eine realistische Chance bei mir. Seine herrlich blonden Haare, die verstrubbelt in alle Richtungen abstehen, wirken sexy. Warme braune Augen, aufmerksam und intelligent, werden begleitet von einer kecken Nase und vollen Lippen. Er ist gut gebaut, breite Schultern und eine schmale Hüfte versprechen einen knackigen Hintern. Seine großen Hände, die immer noch warm auf meiner Hüfte liegen, sind gepflegt manikürt. Sein Dreitagebart streicht über meine von der Kälte sensibilisierte Haut, während er mir einen Kuss auf die Stirn gibt.

„Nein, ich habe ein Date, falls man es so nennen kann."

Auch wenn etwas Enttäuschung über sein Gesicht huscht, so bleibt sein Lächeln doch freundlich und ehrlich. „Oh Laura, wo ist denn dein Auserwählter?"

Ben ist wieder mit seiner Arbeit beschäftigt, und ich beschließe ehrlich zu sein.

„Keine Ahnung", schulterzuckend checke ich die Speisekarte. „Ehrlich gesagt kenne ich ihn nicht."

Bens Lächeln verschwindet, zurück bleibt ein grimmiges Gesicht.

„Honey, weißt du, wie gefährlich das ist?" Sein Blick fokussiert mich. „Im Netz wimmelt es nur so von Psychos." Seine Hände an der Bar abgestützt, beugt er sich näher zu mir. „Honey, vergiss diese ganze Internetscheiße, öffne deine Augen, sieh dich um, Männer gibt es überall."

Ohne mir wirklich bewusst zu sein, was ich tue, erwidere ich seinen intensiven Blick und seufze leise. „Nur leider nicht solche, wie ich sie brauche."

Etwas Dunkles vermischt sich mit der Wärme seiner Augen. „Und was genau brauchst du, Honey?" Sein Tonfall ist rau und animalisch.

„Einen dominan ..." Weiter komme ich nicht, kalte Luft streift meinen Nacken, das Gefühl beobachtet zu werden, ergreift mich. Reflexartig drehe ich mich zur Tür um – Aaron. Woher ich es weiß? Keine Ahnung, seine natürliche Autorität erfüllt den Raum. Schnee und Matsch haben keine sichtbaren Spuren an ihm hinterlassen. Eine dunkelblaue Jeans verschwindet unter einem schwarzen Parka, sein beigefarbener Schal umschmeichelt sein markantes Kinn.

Ein leichter Bartschatten lässt ihn maskulin und verrucht wirken, seine Körperhaltung ist aufrecht. Heroisch steht er in der Tür, schüttelt lässig die glänzenden Schneeflocken von seinen schwarzen kurzen Haaren. Er ist bestimmt 1,90 Meter, wenn nicht noch größer. Zielstrebig kommt er auf mich zu, bleibt neben meinem Barhocker stehen und widmet seine Aufmerksamkeit sofort Ben. Ein Blick reicht aus, damit sich dieser von der Bar abstößt und sich wieder seiner Arbeit widmet, endlich bekomme ich seine Aufmerksamkeit.

Unsere Blicke treffen sich. Versprechungen, Lust und Selbstsicherheit schlagen mir entgegen.

Das Atmen fällt mir schwer, während sich meine Nippel aufrichten und sich hart und erregt gegen meinen roten Spitzen-BH drängen. Mein Körper reagiert automatisch auf seine Nähe, Erregung durchschwemmt meine Venen, lässt mein Herz schneller schlagen.

„Guten Abend, Laura."

Sein dunkles Timbre verschlägt mir den Atem, vielleicht liegt es daran, dass ich seit knapp einem halben Jahr keinen Schwanz zwischen meinen Schenkeln hatte. Anders kann ich mir nicht erklären, dass ich nur durch seine Stimme feucht werde. Nachdem er seine Jacke und seinen Schal auf den leeren Hocker neben sich gelegt hat, wendet er sich wieder mir zu.

Mein Blick bleibt an seinem schwarzen Hemd hängen, das sich mühevoll um seinen muskulösen Brustkorb spannt, sein viriler Hals verläuft in einem breiten Nacken, der Ansatz eines Tattoos lockt mich ...

Wow, was für ein Mann, endlich mal ein Exemplar, das diese Titulierung tatsächlich verdient hat. Obwohl ich den ganzen Tag noch nichts außer einer Banane und den restlichen Weihnachtsplätzchen gegessen habe, ist mein Interesse an der Speisekarte völlig erloschen.

Erwartungsvoll sehen wir uns an. „Du hast dich also umentschieden?"

Es dauert einen Moment, bis ich verstehe, was er meint. Weder sitze ich an dem vereinbarten Tisch, noch habe ich meinen Cocktail bestellt. „Ja, und zum Bestellen bin ich noch nicht gekommen."

Sein dunkles Knurren fährt mir direkt ins Höschen, ungeachtet der Tatsache, dass ich ihn kaum kenne. Ohne zu wissen, ob seine Vorliebe darin besteht, Frauen zu dominieren, will ich ihn. Pochend und feucht bettelt meine Klit um Aufmerksamkeit. Durch meine Erregung unaufmerksam, bemerke ich erst, dass Aaron bestellt hat, als er sich ein kühles Jever an die Lippen hält. Das Funkeln seiner Augen beweist, dass er genau weiß, wie es um mich steht.

„Trink deinen Cocktail, Laura, der wird dich beruhigen."

Langsam kommt er mir näher, sein herbes Aroma steigt mir in die Nase, verwirrt meine Sinne.

„Der süße Duft deiner Erregung ist mir nicht entgangen."

Oh Gott, wie peinlich. Einen großen Schluck von meinem Black Death nehmend, versuche ich cool zu bleiben. Das volle Aroma der Blutorange passt hervorragend zum Geschmack des Tequilas. Während meine Geschmacksnerven sich an der leckeren Kreation erfreuen, spüre ich Aarons Blicke auf meinem Gesicht. Seit Wochen wünsche ich mir genau diesen Mann herbei, endlich ist es so weit.

3. Kapitel

Stöhnend an der Wand ...

Was nun? Seit Wochen wünsche ich mir nichts sehnlicher an meiner Seite, in meinem Bett, zwischen meinen Schenkeln als genau diesen Mann. Doch jetzt, wo es endlich so weit ist, klebt meine Zunge an meinem Gaumen.

„Entspann dich, Süße, bei mir bist du sicher." Aarons Hand legt sich besitzergreifend auf meinen Oberschenkel.

Im Gegensatz zu der Buchstabensuppe in meinem Kopf herrscht auf meiner Zunge totale Flaute. Um Zeit zu schinden, nippe ich an meinem Black Death. Ben versucht möglichst beschäftigt zu wirken, doch seine Blicke entgehen mir nicht. Aaron weiß genau, was in mir vorgeht, er gibt mir die Zeit, mit der Situation zurechtzukommen. Sein Einfühlungsvermögen erstaunt mich, rein vom Optischen her wirkt er nicht besonders einfühlsam.

Mein innerer Konflikt erreicht seinen Höhepunkt, Pro und Kontra abwägend, entscheide ich mich für das Jetzt und Hier. Mein feuchtes Höschen und das erregende Kribbeln, das dann und wann über meinen Rücken huscht, zeigen mir deutlich, wie sehr ich es mir wünsche. Bestätigen mir, was ich schon lange weiß, dass ich diesen Mann brauche. Auch wenn er mir fremd ist, kennt er meine Bedürfnisse, meine bislang nicht gelebten Sehnsüchte. Entschlossen schiebe ich alle meine Zweifel beiseite, spüle sie mit dem letzten Schluck des Cocktails fort. Verlangen, alt wie die Zeit und genauso beständig, durchfährt meinen Körper. Mutig lehne ich mich zu ihm. „Jetzt!", raune ich ihm ins Ohr. Um mein Wort zu bestätigen, lege ich meine Hand auf die seine, schiebe sie auf meinem Schenkel weiter nach oben.

Aarons Kiefermuskeln spannen sich an, während seine Augen in einem tiefen Sturm versinken.

Ohne zu zögern, stehe ich auf, nehme seine Hand, führe ihn in den Raum neben den Toiletten. Wie üblich hält sich hier niemand auf. Die abgewetzte braune Ledercouch lädt nicht unbedingt zum Verweilen ein, die Dartscheiben an der Wand und das schummrige Licht sind die einzigen Zeugen meines Übermutes.

Aaron reagiert sofort, mit seiner Hand an meinem Kiefer neigt er meinen Mund zu seinen Lippen.

Gierig zerre ich ungeduldig an seinem Hemd, während unsere Zungen das gegenseitige Verlangen schüren. Mein String reibt über meine pochende Perle, während seine Hand meinen Nippel stimuliert.

Innerhalb weniger Sekunden ist meine Bluse geöffnet, meine Brüste sind aus den Körbchen befreit, und sein Hemd hängt geöffnet und locker über seiner Brust. Während ich seinen Hosenknopf öffne, lecke ich über seinen Hals, umkreise die harte Brustwarze. Die Verschlingungen des Tribals nehmen seine komplette rechte Körperhälfte ein. Dunkel und geheimnisvoll rekelt es sich über seine Brust, abwärts zu seinem Sixpack. Der Geruch unserer Erregung hängt in der Luft. Oxytocin, Dopamin und Endorphine, der Cocktail unseres Hormonfeuerwerkes leistet volle Arbeit. Nachdem wir uns gegenseitig aus den Hosen geholfen haben, sind wir nicht mehr zu bremsen. Fordernd teilt er meine Weiblichkeit, pochend und zuckend umschließt meine feuchte Pussy seine eindringenden Finger. Stöhnend und mich windend, reite ich Aarons rechte Hand, leichte Bisse, versöhnt von seiner Zunge, bedecken meinen Hals. Gierig greife ich nach seinem harten Schwanz, streichle seine Eichel, bevor ich ihn mit meiner Faust umschließe, pumpend und massierend werde ich mit seinem Lusttropfen belohnt. Aaron umkreist mit seinem Daumen rhythmisch und fordernd meinen Lustknoten. Seine Zunge dringt tief in meinen Mund ein, stürmisch küssen wir uns.

„Fühle es, Kleines ...“

Seine dunkle Stimme heizt mich noch mehr an, unsere Blicke treffen sich. Süßer Lustschmerz durchfährt meine rechte Brust, zwirbelnd und ziehend werden meine Nippel unter seiner Aufmerksamkeit immer größer und härter. Leichte Zuckungen kündigen meinen nahenden Höhepunkt an.

„Sieh mich an!“

Warm und stark spüre ich seine Hand an meiner Kehle. Dominant und kraftvoll drückt er leicht zu, demonstriert mir meine Unterlegenheit. Bewusst kontrolliert er meinen Körper, während er jede meiner Reaktionen beobachtet, verstärkt er seinen Druck. Der Atementzug und seine harten fordernden Finger bringen meine Klit zum Zucken. Die Stille des Raumes wird durchwoben von meinem Stöhnen und Keuchen.

Das tiefe Knurren Aarons, während er seinen Penis in Position bringt, entlockt mir ein sehnsüchtiges Seufzen. Mit einem Ruck hebt er mich hoch, presst meinen Körper an das harte Holz der Tür. Während unseres Kusses positioniert er mich über sich, langsam setzt er mich auf sein Glied.

Zentimeter für Zentimeter nehme ich ihn in mir auf, tief und hart füllt er mich aus. Sein Rhythmus ist langsam, fast schon quälend reibt er mit jedem Stoß über meine Klit, die Spasmen meines Körpers werden immer stärker.

Zuckend und stöhnend komme ich an der Holztür meiner Lieblingskneipe. Sterne flimmern hinter meinen geschlossenen Lidern, während meine Pussy Aarons Schwanz bis auf den letzten Tropfen aussaugt. *Fuck!* Keuchend versuche ich, frischen Atem in meine Lunge zu bekommen.

Sein Glied pulsiert tief in mir. Sturmgraue Augen und ein freches Lächeln auf den Lippen, Aarons Sex-Gesicht gefällt mir. Nach diesem Quickie kann ich kaum erwarten, mehr davon einzufordern. Süß, fast schon schmerzlich sanft küsst er mich, während er aus mir herausgleitet. Dank des Serotonins in meinem Blut fühle ich mich selig und beschwingt, alle Anspannung der letzten Zeit fällt von mir ab. Dem Sex und dem dadurch produzierten Prolaktin verdanke ich meine berauschte Stimmung. Ich fühle mich wie Rotkäppchen. Vom bösen Wolf gebissen und dennoch nicht gefressen – *noch nicht* jedenfalls!

4. Kapitel

Beschützer gesucht ...

Heute vor genau einer Woche, vor 168 Stunden oder 10.080 Minuten hat Aaron mich zu Hause abgesetzt. Es vergeht keine Stunde, in der ich nicht auf seinen Anruf warte. Vor sechs Tagen musste er geschäftlich nach New York. Somit hat uns seine Arbeit wieder voneinander entfernt. Eigentlich wollte er sich heute bei mir melden, doch sein Anruf blieb aus. Die Erinnerungen an den Abend sind so frisch und intensiv, dass ich erregt werde, wenn ich nur daran denke.

Realistisch gesehen, hat mich dieser Abend jedoch nicht weitergebracht, Aaron ist zwar der perfekte Kandidat und seine Tendenz zur Dominanz ist offensichtlich, nur weiß ich nicht, wie ausgeprägt sie ist.

Dicke weiße Schneeflocken fallen auf mein Gesicht, verwandeln die Welt um mich herum in eine glitzernde Märchenlandschaft.

Der Tag im Laden war stressig und die Heizungsluft zu trocken, zwei der vielen Gründe, warum ich heute zu Fuß nach Hause gehe. Die Schneedecke ist weiß und unschuldig, das knirschende Geräusch meiner Stiefel durchbricht die Stille. Dunkel und verlassen liegt der Park vor mir, das Licht der Straßenlaternen bricht sich auf den eisigen Kristallen. Der Winter war schon immer meine Jahreszeit, ich liebe die Stille der Kälte. In Gedanken versunken erreiche ich die Mitte des Parks, eine Gänsehaut überzieht meine Arme, das ungute Gefühl von drohender Gefahr beschleicht meine Sinne.

Vorsichtig beschleunige ich meine Schritte, das Geräusch von sich nähernden Schritten dröhnt in meinen Ohren. Mein Hang zur Paranoia ist eher gering, doch der Geschmack von Gefahr breitet sich auf meiner Zunge aus. Bevor ich es schaffe, prüfend über meine Schulter zu blicken, legt sich eine behandschuhte Hand auf meinen Mund und meine Nase, erstickt meinen Aufschrei. Ein fester Griff umfasst meine Körpermitte, Adrenalin überschwemmt meine Venen, lässt mein Herz schneller schlagen.

Die Hand meines Angreifers ist zu stark für meine Gegenwehr, verzweifelt versuche ich zu atmen, mein Verstand wird immer langsamer ...

Bevor ich im schwarzen Nichts versinke, zieht ein stechender Schmerz durch meinen Kopf.

Kalte Nässe arbeitet sich durch meine Jacke, Matsch und Schnee bedecken meine geschlossenen Lider, die Geräusche des Parks dringen langsam wieder zu mir durch. Bleiern und schwer wehren sich meine Augen dagegen, sich wieder zu öffnen.

„Laura!"

Aarons Stimme hallt durch den Park, noch bevor ich reagieren kann, legt sich ein starker Arm unter meinen Kopf. Ein Schwall Flüche, derb und primitiv dringen zu mir durch.

Mir ist so schrecklich kalt, am liebsten hätte ich einfach weitergeschlafen. Aaron greift nach meinen Schultern, schüttelt leicht meinen Körper.

„Laura! Kannst du mich hören?"

Meine Zunge versagt ihren Dienst, blinzelnd komme ich in die Realität zurück.

Aaron kniet neben mir, sein Gesicht ist angespannt – in seinen Augen lodert pure Wut.

„Mir ist kalt, wie hast du mich gefunden?"

Mühelos hebt er mich auf seine Arme, seine Kieferknochen stechen markant hervor.

„Durch dein Handy, ich habe es geortet."

Auch wenn ich es gehört habe, bin ich mir nicht sicher, ob ich ihn richtig verstanden habe.

„Ich bringe dich ins Krankenhaus, dort wirst du erst einmal durchgecheckt."

Ich lehne mich näher zu ihm, sauge seine Körperwärme in mich auf.

„Bitte bring mich heim, bitte Aaron."

Sein Blick sagt mir deutlich, dass er nicht gewillt ist, meiner Bitte nachzukommen.

„Verdammt Laura, was hast du auch bei dieser Dunkelheit im Park zu suchen?"

Verständnislos schüttelt er den Kopf. „Ich hätte dir schon damals verbieten sollen, alleine im Dunkeln herumzuspazieren."

Damals? „Wann damals?" Vielleicht liegt es an der Situation, doch im Moment verstehe ich gar nichts mehr.

„An dem Abend, an dem wir das erste Mal verabredet waren."

„Das erste Mal?"

Zum Glück haben wir das Ende des Parks erreicht, Aaron antwortet mir nicht mehr, auch meinen Vorschlag, dass ich selber laufen kann, hat er stoisch ignoriert.

Das begrüßende Blinken eines BMWs signalisiert mir, dass es sich um Aarons Auto handeln muss. Vorsichtig stellt er mich ab.

„Kannst du stehen?“

Mit einem Nicken versichere ich ihm, dass alles okay ist. Sein Blick bleibt an meinem Dekolleté hängen, bisher ist mir nicht aufgefallen, dass mein Shirt zerrissen ist. *Oh mein Gott*, was hat das zu bedeuten? War das ein gescheiterter Versuch einer Vergewaltigung? Ging es um die Tageseinnahmen des Ladens? Oder war ich einfach nur zur falschen Zeit am falschen Ort? Übelkeit schwappt in einer Welle hoch. Damit beschäftigt, den Brechreiz zu unterdrücken, bemerke ich Aarons prüfenden Blick nicht.

„Du kommst mit zu mir, in diesem Zustand werde ich dich nicht alleine lassen.“

Seine Kontrolle und der angenehme Klang seiner Stimme beruhigen meine aufgekratzten Nerven.

***

Badeschaum mit dem Aroma von Magnolien umgibt mich, langsam verschwindet die Kälte aus meinem Körper. Völlig zeitlos und bis ins Innerste aufgewärmt, klettere ich aus der komfortablen Eckbadewanne.

Es läutet an der Tür, selbst die Türklingel klingt angenehm, an diesen Luxus könnte ich mich durchaus gewöhnen. Frisch belebt, entspannt und in Sicherheit freue ich mich auf das Abendessen. Italienisch, Aaron hat es bei seinem Lieblingsitaliener bestellt. Schnell wickle ich mich in das flauschige Badetuch ein, folge dem lockenden Geruch von Pizza und Pasta.

Der anthrazitfarbene Marmorboden harmoniert perfekt mit den edlen Designermöbeln. Aarons Wohnung ist puristisch, gerade Linien, glatte Oberflächen und kühle Farben bestimmen die minimalistische Einrichtung. Herb und männlich wie in der Höhle des Löwen. Seine Wohnung ist das genaue Gegenteil von meiner, aber das warme Licht einer Kerze und die Anwesenheit Aarons reichen aus, damit ich mich sicher und geborgen fühle.

Bruce Springsteen rockt leise im Hintergrund die Soundanlage. Das dunkle Rot des Weines lockt mich an, bringt mich in Versuchung, einen Schluck zu nehmen.

Fasziniert lausche ich Aaron, er spricht mit Hingabe über seinen Beruf. Verträge, Verhandlungen und Geschäftsabschlüsse sind genau sein Metier. Es geht ihm um Kontrolle und Macht, die Möglichkeit, seine Ideen umzusetzen, begeistert ihn.

Er schenkt Wein nach, blutrotes Gold erfüllt das durchsichtige Glas. Morgen ist Dienstag, der Laden hat Ruhetag, ohne Stress und tiefenentspannt genieße ich Aarons Gesellschaft. Die Beule an meinem Hinterkopf schmerzt nicht mehr arg, es fühlt sich an wie ein leichtes Pochen. Der Schock über das Vorgefallene sitzt tief, noch immer bin ich mir nicht sicher, ob ich Anzeige erstatten soll. Gegen Unbekannt hat das meistens kein erfolgreiches Ende. Aarons merkwürdige Andeutung fällt mir wieder ein. „Was meintest du eigentlich mit unserem *ersten Treffen*?"

Lässig lehnt er sich auf der Couch zurück, streichelt sanft meinen Knöchel. „Die Annonce, das Blind Date hattest du mit mir. Seit Längerem bin ich auf der Suche nach einer geeigneten Partnerin. Aber Laura, du hast nicht die geringste Ahnung. Im „VOLUPTAS" finde ich unzählige Damen, die geneigt sind, sich meiner speziellen Vorlieben anzunehmen. Doch ich wünsche mir mehr als nur eine Sexgespielin. Erotik, Leidenschaft und Hingabe setzte ich voraus. Unser heutiger Abend ist ebenfalls etwas, was ich mir wünsche. Beisammensein, Fürsorge und Geselligkeit, das ist die Ergänzung meiner Bedürfnisse. Ich war kurz davor aufzugeben, die Frauen, die sich gemeldet hatten, waren abschreckend. Während du meinen Buchhalter abserviert hast, saß ich an der Bar und habe dich beobachtet.

Dein Outfit hat mich um den Verstand gebracht, es hat mich meine gesamte Selbstbeherrschung gekostet, dich nicht über meine Schulter zu werfen, um dich in mein Bett zu tragen. Andere Männer habe ich mit meinen Blicken erdolcht, sobald sie sich dir nähern wollten. Seit dem Abend verzehre ich mich nach dir."

Scheiße ... jetzt kommt mir einiges sinniger vor. „Bist du mir an dem Abend gefolgt?"

Er zögert, das ist mir Antwort genug. „Laura ..."

Verneinend schüttle ich den Kopf, stelle mein Glas beiseite und setzte mich rittlings auf seinen Schoß.

„Aaron, ich danke dir." Sanft küsse ich seine Unterlippe, knabbere leicht daran. „Damals wolltest du mich beschützen." Meine Finger öffnen langsam die Knöpfe seines Hemdes. „Heute hast du mich beschützt." Zärtlich und intim fahre ich mit meinem Fingernagel die Konturen seines Tattoos nach. Zielstrebig nähere ich mich meinem eigentlichen Ziel.

5. Kapitel

Rosette – französisch „kleine Rose“

„Ich gehöre dir ... Aaron. Nimm mich!“

Das tiefe Knurren, das sich seiner Kehle entringt, heizt mich an, fährt mir direkt in den Unterleib. Heiß und innig treffen sich unsere Zungen, sein Atem wird zu meinem. Hastig öffne ich das Handtuch, werfe es achtlos zu Boden. Als Nächstes öffne ich seine Hose, doch bevor ich meine Hand hineinschieben kann, packt er mich an der Hüfte und dreht sich mit mir um. Im Nu liege ich unter ihm, beobachte gebannt, wie er sich seiner Hose entledigt. Sehnsüchtig pocht meine Klit, verlangt nach Aufmerksamkeit, meine Finger streicheln meine Nippel, zupfen und zwirbeln sie, bis sie sich begierig aufstellen. Kreisend erreiche ich meinen Bauch, umspiele meinen Nabel, langsam und aufreizend. Unsere Blicke treffen sich, verschlingen sich ineinander, erregt steht Aaron vor mir, hart und prall pocht sein Schwanz, bettelt um Aufmerksamkeit. „Ich will deine Lippen spüren.“

Begierig ihn zu schmecken, komme ich seinem Wunsch nach. Vor ihm kniend umkreist meine Zunge seine pralle Eichel. Stöhnend dringt Aaron in meine Mundhöhle ein, hält sich mit einer Hand in meinen Haaren fest. Züngelnd verwöhne ich die Unterseite seines Schwanzes, massiere seine prallen Hoden, unter meiner Aufmerksamkeit wird er noch größer. Zwischen meinen Schamlippen beginnt es gierig zu pochen, mein Körper bereitet sich für ihn vor. Rhythmisch sauge ich an seinem prallen Glied, immer härter stößt er zwischen meine Lippen, hart und fordernd benutzt er mich. Das Atmen fällt mir schwer, seine saftige Eichel berührt meine Kehle. „Genug!“ Seine Stimme klingt rau, durchtränkt vor Verlangen.

Langsam erhebe ich mich. „Wie willst du mich?“

Er versteht sofort. „Leg dich auf den Rücken, Beine gespreizt.“

Ohne zu zögern, befolge ich seinen Befehl, Überlegenheit und Verlangen schlagen mir entgegen, tief durchatmend schließe ich meine Augen.

Er entfernt sich von mir, wie lange ich alleine bin, kann ich nicht sagen. Feucht und erregt warte ich auf die Versprechungen der Nacht.

Seine Schritte nähern sich, direkt vor mir bleibt er stehen.

„Sieh mich an.“ In seiner Hand hält er einen silbernen Stöpsel, die Form erinnert leicht an einen Flaschenverschluss, nur größer – ein Buttplug. Wie ein Tiger seine Beute mustert er mich, durch meine weit gespreizten Schenkel liegt meine Weiblichkeit offen für ihn da.

Feuchtigkeit benetzt meinen Schoß, seine Hand greift in mein Genick, grob und lustvoll dringt seine Zunge in meinen Mund ein. Aaron berührt meinen Po, massiert und knetet ihn. Mit einem Finger fährt er durch meine Pobacken, teilt die feuchten Falten meiner Pussy. „So bereit für mich."

Gebannt beobachte ich, wie er seinen, mit meinen Säften benetzten Finger in den Mund nimmt und an ihm saugt. Ehe ich mich versehe, hebt er mich hoch, intuitiv verschränke ich meine Beine hinter seinem Rücken, drücke mich fester an ihn. Küssend und stöhnend legt er mich auf den weichen Teppich.

Wie ein Orkan fegt er über meinen Körper, kraftvoll und bestimmend. Stöhnend und mich unter ihm windend, genieße ich die süße Folter.

Meine Nippel stehen erregt ab, recken sich Aaron entgegen, kleine Bisse an der Innenseite meiner Schenkel, versöhnt durch seine Zunge, schicken Schauer der Erregung durch meinen Körper. Saugend und züngelnd reizt er meine Klit, mit zwei Fingern füllt er mich aus, weitet mich. Hart und hemmungslos führt er mich zu den Sternen. Sein Daumen massiert meine Rosette, verwöhnt den engen Muskel, schnelle Zungenschläge auf meinem Kitzler bringen mich zum Stöhnen. Das köstliche Ziehen in meinen Beinen kündigt den nahenden Orgasmus an. Aaron nutzt den Moment und führt seinen Daumen in meine dunkle Grotte ein.

Oh mein Gott, eng und heiß umschließt mein Po seinen Finger.

Immer wieder dringt er in mich ein, um sich dann wieder zurückzuziehen. Mein Körper entspannt sich, lässt sich von seiner Verführung mitreißen. In einem Schwebezustand aus Lust und Hingabe spüre ich etwas Kaltes an meiner Rosette, Aaron entzieht mir seinen Daumen, ersetzt ihn durch den silbernen Buttplug. Hart und fordernd führt er das kalte Metall in mich ein. Das Gefühl der Dehnung ist intensiv, bringt mich an meine Grenzen, noch bevor ich protestieren kann, küsst er mich zügellos. Mit einem gnadenlosen Stoß ist der Plug tief und breit in meinem Körper, groß und hart spüre ich ihn in mir. Sein Kuss verschluckt meinen Schrei, der Schmerz verwandelt sich in pure Lust, Feuchtigkeit benetzt meine Schenkel, langsam kommen unsere Zungen zum Stillstand. „Spüre den Plug, nimm ihn an." Mit einem Finger dringt er in mich ein, ertastet das Toy. „Du wirst gleich so unglaublich eng sein." Mit einem kraftvollen Stoß ist er in mir, füllt mich aus. Die Reibung ist durch den Plug unglaublich intensiv, das Spiel seiner Rückenmuskeln unter meinen Fingern, sein Atem an meinem Hals. Zügellos ficken wir uns gegenseitig, nehmen, was wir kriegen können, und geben das Doppelte zurück. Mehr braucht es nicht, zuckend umschließt meine Scheide seinen Schwanz. Goldene Sternschnuppen flimmern hinter meinen geschlossenen Lidern,

Schweiß bildet sich in meinem Nacken, während meine Seele zu den Sternen schwebt. Der Plug intensiviert das intime Gefühl des Eindringens, nur wenige Stöße später kommt auch Aaron. Das erlösende Pochen seines Gliedes zaubert ein entspanntes Lächeln auf mein Gesicht.

6. Kapitel

Dominanz statt SM ...

Devot, ja das bin ich. Kraftvolle herbe Dominanz turnt mich unheimlich an, jedoch benötige ich kein SM ... Aaron erkennt meine Sehnsüchte, besitzt meinen Körper, lässt mich treiben. So schade es auch ist, es gibt fast keine echten Männer mehr.

Verunsichert durch die Emanzipation, laufen leere, kraftlose Hüllen durch die Stadt. Tennissocken und Hawaii-Hemden-Träger dominieren das Erscheinungsbild, rosa Shirts und rasierte Achseln sind das Erscheinungsbild des Mannes von heute. Nur wenige Männer haben sich ihre Maskulinität erhalten. Aaron ist männlich, selbstsicher und leidenschaftlich.

Seit vierzehn Tagen holt er mich abends ab, sein ausgeprägter Beschützerinstinkt gehört zu seinem Wesen, und ich genieße ihn in vollen Zügen. Das Wissen, dass er für mich da ist, meine Nähe und meine Sicherheit schützt, gibt mir das angenehme Gefühl, kostbar zu sein.

Die Anzeige gegen Unbekannt hat noch nichts ergeben, alles andere hätte mich auch sehr überrascht. Wahrscheinlich würde mir Alice Schwarzer den Hals umdrehen, wenn sie meine Gedanken kennen würde.

Doch wie heißt es so schön? Die Gedanken sind frei!

Selbstständigkeit und Courage sind nur zwei Wörter, die mein Wesen beschreiben, devot und sinnlich ebenfalls, auf die Mischung kommt es an. Metrosexuelle Männer sind ein No-Go, genau wie Machos. Aaron ist männlich, akzeptiert meine Selbstständigkeit und erfüllt mein Bedürfnis nach Dominanz. Es ist ein schönes Gefühl beschützt zu werden, wenn es jemanden gibt, der einem den Rücken stärkt.

Aufgeregt und voller Vorfreude behalte ich die Uhr im Auge, es dauert nicht mehr lange, bis sein schwarzer Wagen vorfährt. Sobald ich in seine Arme sinke, fällt alle Last von meinen Schultern, frei von Zwang und Sorge genießen wir unsere Zeit.

Aufgeregt wie ein Kind an Weihnachten fällt mein Blick immer wieder auf die kleine schwarze Plastiktüte, die in der oberen Schublade liegt. Eine Kombination aus Spitze und Seide wartet auf ihren ersten Einsatz. Wie weit wir die Macht der Dominanz noch ausweiten? Ob er der Mann meines Lebens ist? Diese Fragen sind offen, würzen unsere Zukunft, bestärken unsere Freiheit.

So wie eine Blume ihre Farbe nicht selber erwählt, so wenig erwähle ich meine Bedürfnisse.

Dieser Satz beschreibt mein inneres Verlangen perfekt. Ob meine Blüte schon blüht oder sich eben erst öffnet, kann ich nicht sagen. Mit Aaron an meiner Seite werde ich es herausfinden.

Zuckerwatte

1. Kapitel

Vorgespielt ...

Das Quietschen des Lattenrostes mischt sich mit seinem grunzenden Stöhnen. Alleine diese Geräuschkulisse macht es mir unmöglich, mich auf mein eigenes Vergnügen zu konzentrieren. Mit immer schnelleren Stößen versucht er, uns beide Richtung Orgasmus zu bringen. Ich beschließe, ihm zu helfen. Langsam steigere ich mein Stöhnen, versuche, völlig berauscht von seinem Können zu wirken in der Hoffnung, dass er dann ebenfalls in naher Zukunft fertig wird. Ausdauer hat er ja, nur leider keine Raffinesse, keine Ahnung vom weiblichen Körper und auch sonst nichts, was mich auch nur annähernd hätte kommen lassen.

In Gedanken gehe ich meine To-do-Liste durch. Wäschewaschen, Fensterputzen und die Präsentation für das Meeting nächste Woche überarbeiten. Der Gedanke, dass ich jetzt in genau diesem Moment Wäsche waschen könnte, lässt mich aufseufzen. Der stöhnende Mann auf mir nimmt das als genüssliche Zustimmung für sein Tun. Mir soll es recht sein, wenn es dieses Trauerspiel der menschlichen Fortpflanzung um ein paar kostbare Momente meines Lebens verkürzt. Wie gerne wäre ich jetzt Wäsche waschen, anstatt mich hier vollschwitzen zu lassen. In Gedanken überlege ich mir einen möglichst eleganten Abgang und das am besten in den nächsten zwei Minuten. Ich erhöhe die Lautstärke meines Stöhnens und Seufzens - spiele möglichst überzeugend einen Höhepunkt vor.

Herr im Himmel ... lass ihn doch endlich fertig werden.

Bei jedem anderen Mann wäre ich schon längst auf dem Weg nach Hause. Nur rackert sich dummerweise gerade mein Chef auf mir ab, was die ganze Sache um einiges verkompliziert. Innerlich vor mich hinfluchend, versuche ich, möglichst postkoital zu wirken. Endlich, er ist fertig. Der Geruch nach seinem Schweiß und anderen Körperflüssigkeiten, an die ich jetzt gar nicht weiter denken will, durchsetzt die Luft. Ich muss hier raus, schnellstens. Der Nebel des Rotweins lichtet sich langsam. Von Sekunde zu Sekunde wird mir immer deutlicher bewusst, dass ich gerade den schlechtesten Sex meines Lebens hatte – und das ausgerechnet mit meinem neuen Chef.

Beides ist nicht besonders toll, doch das Beschissenste daran ist, dass mir einfach keine Ausrede einfällt, die mich jetzt möglichst schnell aus diesem Dilemma rettet. Immer noch auf dem Rücken liegend, warte ich vergeblich auf eine intelligente Eingebung.

Seit vier Jahren arbeite ich mittlerweile als Werbetexterin. Zu jedem noch so sinnlosen Produkt ist mir ein toller Slogan eingefallen, alles konnte ich verkaufen. Doch nun, wo ich eine lebensrettende Idee brauche, ist mein Hirn wie leer gefegt. Wahrscheinlich hat es sich gedacht, dass ich es an diesem Abend nicht mehr benötige. Denn wenn ich es heute auch nur einmal wirklich benutzt hätte, würde ich jetzt nicht hier liegen. Mein Hals kratzt von dem verzweifelten Versuch, völlig hingerissen zu wirken. Meine Frisur ist bestimmt komplett ruiniert. Mein Chef liegt neben mir, völlig außer Atem und mehr als nur begeistert von seiner erbärmlichen Leistung. Sonst habe ich nach einer schlechten Nummer immer das Bedürfnis, mein sexuelles Verlangen zu einem angenehmen Höhepunkt zu bringen. Doch dieses Mal war es so schlecht, dass ich nicht annähernd das Gefühl habe, erregt zu sein. Scheiß drauf, ich stehe jetzt einfach auf und gehe. Für Diplomatie habe ich heute wirklich keine Geduld mehr.

***

Während ich hier gelegen und fieberhaft überlegt habe, wie ich mir einen möglichst eleganten Abgang verschaffen kann, ist mein genialer Lover einfach neben mir eingeschlafen. Was für ein Glück. Schnell schlüpfe ich in meinen Rock, meine Bluse und meine Heels. Die Zeit, meine Unterwäsche anzuziehen, nehme ich mir nicht. Alleine bei der Vorstellung, dass er in wenigen Minuten wieder aufwacht, überkommt mich ein Gefühl von Panik. Also stopfe ich sie möglichst schnell in meine Handtasche. Was für ein Glück, dass ich mich nicht so verhalte wie die meisten anderen Frauen. Alle meine Freundinnen befolgen eine unausgesprochene Regel. Je knapper die Unterwäsche ist, die sie tragen, umso kleiner ist die Handtasche, die sie mitnehmen. Warum man die Größe der Handtasche der des Stoffes der Unterwäsche anpasst, weiß ich nicht. Allerdings bin ich froh, dass ich immer, und ich betone *immer*, meine Lovely-Handtasche mit mir herumtrage. Und gerade heute Nacht zahlt es sich ja aus. Ausgestattet mit meinen desinfizierenden Tüchern (die ich immer dabeihabe, falls ich auf eine Toilette muss, die nicht meine eigene ist), rettet sie mich heute Nacht. Schnell schlüpfe ich ins Bad, schnappe mir fast schon panisch eines dieser Sagrotantücher und halte es kurz unter den Wasserstrahl des Waschbeckens. Schnell reinige ich mich damit zwischen den Beinen.

Es brennt etwas, immerhin ist das Zeug ja nicht für den Körper gedacht, schon gar nicht für diese spezielle Region. Doch mein Bedürfnis nach gründlicher Reinigung ist jetzt gerade enorm. Nachdem ich meine Hände, mein Gesicht und fast alle anderen Regionen meines Körpers desinfiziert habe, verlasse ich möglichst leise die Wohnung des Grauens.

***

In meiner besonderen Situation kann man es wirklich nur Glück nennen. Entweder war Markus Schmidt, mein Chef, vor vier Wochen dermaßen betrunken, dass er sich nicht mehr an diese verhängnisvolle Nacht erinnert. Oder er hatte die gleiche Idee wie ich, die Nacht einfach so lange totzuschweigen, bis man selbst davon überzeugt ist, dass sie nie stattgefunden hat. Ich für meinen Teil kann mit beiden Varianten leben. Hauptsache, wir können im Büro professionell miteinander umgehen.

In Gedanken versunken sitze ich an meinem Schreibtisch, wickle mir nachdenklich eine Strähne meines schulterlangen Haares um den Zeigefinger und versuche, mir einen Werbeslogan zum Produkt Zuckerwatte einfallen zu lassen. Es ist Jahre her, dass ich das letzte Mal eine gegessen habe. Ich bin jetzt neunundzwanzig, es dürften also mindestens vierundzwanzig Jahre seit meiner letzten Zuckerwatte vergangen sein.

Süß und pappig, auf einem Holzstäbchen klebend, ist das nun wirklich die falsche Süßigkeit für mich. Eine Firma in Berlin hat sich in den Kopf gesetzt, mit farbiger Zuckerwatte einen neuen Trend zu schaffen. Jetzt liegt es an mir, eine Strategie zu finden, sie möglichst vorteilhaft zu vermarkten. Der normale Trubel, der in einer Werbeagentur herrscht, beruhigt mich. Telefone klingeln, Stimmen surren durch die perfekt temperierte Büroluft. Ich beobachte meine Kollegin, die mittlerweile den Titel *Freundin* viel mehr verdient hat. Sie hat die undankbare Aufgabe, sich mit dem Thema Esspapier herumzuärgern. Auch wenn Zuckerwatte schon nicht so besonders ist, Esspapier ist noch mal eine ganz andere Nummer.

Mit neuem Elan schnappe ich mir mein Telefon und wähle ihre Durchwahl. „Hey, Anne, Lust auf ein bisschen Recherche zum Thema Zuckerwatte?“ Grinsend beobachte ich, wie sie sich zu mir umdreht. Räumlich durch drei Schreibtische getrennt, erkenne ich trotz der Entfernung das Lächeln auf ihrem Gesicht. „Das ist unfair, das hilft mir nicht weiter. Diese Sache mit dem Esspapier schlaucht mich.“

Natürlich weiß ich, worauf sie hinauswill und gebe mich geschlagen. „Abgemacht, ich spendiere dir eine Zuckerwatte und dann suchen wir uns irgendeinen Laden, in dem es auch Esspapier gibt. Auf geht's, Süße, gib dir einen Ruck." Um ganz sicherzugehen, setzte ich noch schnell meinen Trumpf ein. „Du weißt ganz genau, dass das Volksfest nur noch dieses Wochenende ist, dann habe ich keine Möglichkeit mehr, mich gute zwanzig Jahre zurückzuversetzen."

Ich höre ihr übertrieben lautes Seufzen durch den Hörer - gewonnen. „Abgemacht, wir treffen uns in zwanzig Minuten unten." Ich kenne Anne mittlerweile gut genug und weiß, dass sie in maximal zehn Minuten unten steht. „Abgemacht Süße, bis gleich."

Während des Telefonates habe ich die Zeit genutzt, meinen Rechner auszuschalten, meinen Schreibtisch einigermaßen in Ordnung zu bringen und meine Lippen nachzuziehen.

Damit beschäftigt, die Schachtel Gauloises in meiner Handtasche zu suchen, setze ich meine Füße Schritt für Schritt Richtung Aufzug. Es ist Freitagabend und ich habe nichts Besseres zu tun, als auf ein Volksfest zu gehen, um dort Zuckerwatte zu essen. Mein letzter Sex ist auf den Tag genau vier Wochen her und war zudem der schlechteste meines Lebens. Wie um alles in der Welt soll ich so kreativ und spritzig sein? Es muss sich dringend etwas in meinem Leben ändern. Diese ewige Monotonie macht meine Woche zu einer Dauerschleife. Woche für Woche arbeite ich und erledige meine Pflichten. Und wenn ich mich dann endlich durch die sieben Tage der Frustration gekämpft habe, beginnt alles von Neuem. Jetzt, in genau diesem Moment, muss sich mein Leben ändern, ich muss mich ändern. Mit neuem Mut, Selbstsicherheit und einer gehörigen Portion Entschlossenheit öffne ich die oberen zwei Knöpfe meiner weißen Bluse. Der gerade noch knielange Rock wird schnell etwas weiter nach oben gezogen und so in einen Mini verwandelt. Der brave Pferdeschwanz hat ebenfalls ausgedient. Schnell ziehe ich das Haargummi heraus und wuschle meine Mähne auf. Fertig!

Die verspiegelte Wand des Aufzugs zeigt mir, dass ich genau das Richtige getan habe. Meine grünen Augen, eingerahmt von meinen schwarzen Haaren, strahlen. Der weiße Spitzen-BH ist nur leicht zu sehen, reizt das männliche Auge und macht Appetit auf mehr. Damit, dass ich keine Kleidergröße 36 trage, habe ich mich vor langer Zeit angefreundet. Was soll's? Auch mit einer 42 ist eine Frau sexy, besonders mit diesen Kurven. Marilyn Monroe, das Sexsymbol der Sechzigerjahre, ist heute noch in aller Munde. Durch das Hochziehen meines Stretchrockes ist mein runder Po perfekt in Szene gesetzt. Das bekannte *Ping* signalisiert mir, dass ich im Erdgeschoss angekommen bin. Ein letzter Kontrollblick in den Spiegel, ich greife nach meiner Handtasche und will aussteigen.

2. Kapitel

Zuckerwatte im Kopf ...

Voller Elan und Tatendrang drehe ich mich um, bereit, aus dem Lift auszusteigen. Doch anstatt in der Lobby zu landen, knalle ich gegen eine Mauer. Starke Hände stützen mich, was vermutlich der einzige Grund ist, weshalb ich nicht auf meinem Hintern gelandet bin. *Gott wie peinlich.* Ich wünsche mir ein schwarzes Loch, das sich direkt unter meinen Füßen öffnet, doch es passiert nichts. Wenn ich mich nicht noch mehr blamieren will, sollte ich den Blick auf meinen Retter lenken. Zögernd und bestimmt feuerrot im Gesicht versinke ich in den sturmgrauen Augen meines Gegenübers. Eine gerade Nase, betont durch einen sinnlichen Mund, der mich frech angrinst. Zum Glück habe ich vor nicht ganz einer Minute mein Dekolleté aufgeknöpft. Das markante Kinn und der leichte Bartschatten unterstreichen seine Männlichkeit. Sein Griff an meine Taille ist stark, seine Hände sind groß und warm. Sein herber Geruch lässt meine Sinne erbeben.

Ich kann nicht anders, so bin ich nun mal. Langsam schließe ich meine Augen, genieße diesen besonderen Moment. Es ist ein bestimmtes Gefühl, ein Knistern, das mir zeigt, dass die Chemie zwischen diesem Mann und mir perfekt harmoniert. Mein Körper fühlt sich an wie eine Ansammlung von Molekülen, die immer und immer wieder magisch von ihm angezogen werden. Verlangen breitet sich in mir aus, durchflutet meine Adern. Es ist ein außergewöhnlich intimer Moment, in dem die Zeit stillzustehen scheint. Ich kann nicht sagen, ob es Minuten oder nur Sekunden sind, die wir ineinander versunken dastehen, es gibt keine Arbeit, keinen Aufzug, keine Zeit und keinen Stress. Nur ihn und mich, in meinem Gehirn herrscht ein wirres Durcheinander, ein Mix aus Magie und Zauber.

***

Langsam komme ich in die Wirklichkeit zurück, die Geräusche um uns herum gewinnen ihre normale Lautstärke zurück, die Zeit beginnt wieder ihre unaufhörliche Reise und meine Gehirnzellen realisieren langsam, was gerade passiert ist. Ich habe einen wildfremden Mann umgerannt, der sich als die personalisierte Sinnlichkeit herausgestellt hat. „Sorry ... ich hätte besser aufpassen müssen."

Frech zeigt er mir charmant seine perfekten weißen Zähne, während er mich aufreizend anflirtet.

„Kein Thema, Sie dürfen mir jederzeit in die Arme laufen.“

Auch wenn ich mittlerweile sicher und geerdet auf meinen eigenen Füßen stehe, seine Hand liegt immer noch warm und erregend auf meiner Hüfte. Und wenn es nach ihm geht, scheint es auch dabei zu bleiben.

„Für gewöhnlich achte ich auf meine Umgebung ... es ist nur so ... Na ja ... Anscheinend habe ich Zuckerwatte im Kopf. Denn Sie hatte ich überhaupt nicht auf dem Schirm.“ *Fuck. Fuck. Fuck.* Was rede ich denn da? Erst fange ich an zu stottern und jetzt rede ich auch noch wirres Zeug. Zuckerwatte im Kopf ... Entweder ist das genial oder der absolute Scheiß. Trotzdem werde ich mir das als Slogan im Hinterkopf abspeichern. Doch solange seine Hände meinen Körper berühren, scheint es tatsächlich der Realität zu entsprechen. Klebrig und süß durchfluten sinnliche Tagträume meinen Verstand. Er und ich, nackt in meinem Bett, auf dem Küchentisch, unter der Dusche.

„Geht es Ihnen wirklich gut?“ Intensiv und forschend sieht er mir in die Augen. „Ja, wirklich, es ist nur ziemlich peinlich.“ Vorsichtig trete ich einen Schritt zurück, versuche verzweifelt, Abstand zwischen uns zu bringen.

„Sie hatten es wirklich eilig.“

Eilig?

„Ein Date?“

Sein prüfender Blick mustert meinen Körper, verweilt an meinem Brustansatz, er genießt den Anblick der leicht zu erahnenden BH-Spitzen.

„Nein, ich war auf dem Weg, Zuckerwatte zu essen.“ Okay, was auch immer er bis jetzt von mir gedacht hat, spätestens jetzt hält er mich bestimmt für verrückt.

„Zuckerwatte?“ Er zieht eine Augenbraue in die Höhe. „Was halten Sie davon, wenn ich Sie begleite?“

„Mich begleiten? Sie kennen mich doch gar nicht, noch nicht einmal meinen Namen.“

Er nickt mir zu. „Das ist ein Mangel, der sich leicht beheben lässt.“

Förmlich, mit einer gewissen Arroganz, streckt er mir seine rechte Hand entgegen. „Jonas.“ So merkwürdig die ganze Situation auch ist, ich kann nicht anders. Möglichst selbstsicher reiche ich ihm ebenfalls meine Hand.

„Patricia.“ Die ganze Situation ist schon sehr amüsant, beherzt füge ich meinem Namen noch hinzu: „Mit einer Schwäche für Zuckerwatte ...“

Die Wege des Schicksals sind unergründlich, eben bin ich noch mit meiner Freundin verabredet, um uns zwanzig Jahre zurückzuversetzen.

Und fünf Minuten später bin ich mit Mister Hot zu einer Zuckerwatte verabredet. Warum er mich begleiten möchte, kann ich zwar nicht nachvollziehen. Doch was soll's. Vielleicht hält er mich ja für eine Verrückte, die nicht alleine unterwegs sein sollte. Oder, was aber nach meinem merkwürdigen Verhalten von eben eher unwahrscheinlich ist, er hat tatsächlich Interesse an mir gefunden. Was auch immer der wahre Grund für seine Einladung ist, ich bin happy. Schnell zücke ich mein Handy und schicke Anne eine SMS. Wahrscheinlich wird sie zunächst sauer auf mich sein, doch wenn ich ihr morgen den Grund für meine Unpässlichkeit erkläre, ist bestimmt alles verziehen.

Jonas geht neben mir, hält mir ganz gentlemanlike die Tür auf, führt mich in den dunklen Herbstabend. Ganz selbstverständlich wende ich mich Richtung Straßenbahnhaltestelle. Doch mein fremder Begleiter führt mich zu einem silbernen Porsche, der direkt vor dem großen Hochhaus, in dem sich unsere Werbeagentur befindet, im Halteverbot steht. Die Selbstsicherheit, die natürliche Autorität, die er ausstrahlt, ziehen mich in ihren Bann, wie das Licht die Mücke. Hoffentlich ergeht es mir besser und ich verbrenne mir nicht die Flügel.

Die weichen Ledersitze fühlen sich himmlisch an, schnurrend erwacht das Auto zum Leben. Während von *Milky Chance* der Song *Stolen Dance* läuft, fährt uns Jonas selbstsicher und gekonnt Richtung Volksfest. Was für ein merkwürdiger Abend.

3. Kapitel

Süße, klebende Lippen ...

Bunte blinkende Lichter, Clowns und Pantomime empfangen uns im Gewirr der verschiedenen Songs. Ich liebe es, es ist, als würde die Welt vor dem Volksfest warten, die alltäglichen Probleme, Sorgen und Hemmungen fallen von einem ab. Offen für alles und beschwingt genieße ich die Stimmung. Mittlerweile ist es zwanzig Uhr, ein lauer Herbstwind lässt die farbigen Blätter unter unseren Füßen rascheln. Der Geruch nach Herbst und gebrannten Mandeln liegt in der Luft. Jonas beobachtet mich, erfreut sich mit mir an den Attraktionen, doch insgeheim denke ich, erfreut er sich an meinen Reaktionen. Lebensfreude und Begeisterung scheint er nicht zu kennen oder er ist es einfach nicht gewohnt, dass jemand sein Herz auf der Zunge trägt. Fremd und doch so vertraut genießen wir die Zeit unter all den anderen gut gelaunten Menschen.

„Patricia, die Nacht ist lang, was möchtest du zuerst machen?"

Versonnen schließe ich meine Augen, höre auf die Geräusche, sauge den Mix der verschiedenen Aromen tief ein. Die traurige Melodie des Riesenrades lockt mich, flüstert mir zu, mit ihm in die Wolken zu fliegen. „Ich möchte zum Riesenrad."

„Dein Wunsch wird erfüllt, lass uns vorher noch schnell die Zuckerwatte besorgen."

Zustimmend nicke ich, hake mich bei ihm unter, vergesse die Distanz. Es ist wie ein Déjà-vu, vertraut von Anfang an. Das Kribbeln im Bauch fühlt sich an wie tausend kleine Marienkäfer. Mein Herz schlägt einen Takt schneller, während Glückshormone meinen Körper berauschen. Ich will nicht darüber nachdenken, ich will nicht wissen, ob es richtig oder falsch ist? Gefährlich oder sicher? Fremd oder vertraut? Mein Gefühl sagt mir, dass unsere Begegnung richtig ist, dass es gut ist, so wie es ist. Und das ewig anstehende Morgen? Das ist, auch wenn ich mir keine Sorgen mache, mit den ersten Sonnenstrahlen wieder da.

„Hier Zaubermaus, deine Zuckerwatte." Ehrfürchtig, als wären es hundert rote Rosen, überreicht er mir meine ersehnte Süßigkeit.

„Danke, und jetzt lass uns zum Riesenrad, es sei denn, du hast Höhenangst?"

Unsere Blicke treffen sich, versinken in den Augen des anderen. Langsam glaube ich, dass ich verrückt bin. Es ist nicht real, genau genommen fühlt sich die Situation seltsam an. Und doch stehe ich hier – mit ihm und meiner Zuckerwatte in der Hand.

„Höhenangst?“ Amüsiert zieht er mich ganz nah an seinen starken Körper.

Mein Kopf reicht ihm genau bis unter sein Kinn, ich höre seinen starken Herzschlag, während meiner für eine Sekunde aussetzt.

„Mit dir würde ich bis zu den Sternen reisen, du bist ein Wunder – mein Wunder.“

Oh mein Gott, ist das schnulzig, und doch verfehlen seine Worte ihre Wirkung nicht. Es muss an der Umgebung liegen, fröhliche Stimmung, ausgelassenes Lachen und eine Prise Romantik lassen mich vergessen, dass er mir fremd ist. Langsam stelle ich mich auf die Zehenspitzen, lege meine freie Hand um seinen Hals und berühre mit meinen Lippen leicht die seinen. Warm, weich und zugleich fest, aufregend und verführerisch, ich genieße den Moment. Ohne Zungen, ohne Erotik, einfach nur der Augenblick. Warme Arme, schützend und besitzergreifend, legen sich um meinen Körper. Die Melodie des Riesenrades und die Zuckerwatte. Alice im Wunderland hat sich bestimmt genauso gefühlt wie ich gerade – uneingeschränkt glücklich.

Hand in Hand setzen wir unseren Weg fort. Das Glitzern der Lichter unter uns, Straßenlaternen zeigen uns die verschiedenen Wege, die offen und frei vor uns liegen. Jeder Tag bietet uns unzählige Möglichkeiten, wir müssen sie nur nutzen … Pinkfarbene, grüne und gelbe Lichter blinken rhythmisch zum Puls der Stadt. Unsere Gondel wiegt sich leicht im Wind, einzelne Strähnen meiner Haare tanzen an meinem Hals. Die Süße der Zuckerwatte zergeht auf meiner Zunge, kitzelt meinen Gaumen. Den herrlichen Geschmack nach Kindheit hatte ich vollkommen vergessen. Klebrig und weiß, bereit, von mir vernascht zu werden. Jonas sitzt neben mir, beobachtet meine Zunge, die die süßen Fäden von meiner Unterlippe leckt. „Was ist das?“ Mit einer eindeutigen Bewegung verdeutliche ich ihm, was ich meine. Diese unglaubliche Verbindung zwischen uns. Kribbelnd und doch so vertraut ... gibt es Liebe auf den ersten Blick? Oder ist das einfach nur die Magie des Moments?

Jonas schweigt, genießt den Blick über die Dächer der verschiedenen Buden. Seine Aufmerksamkeit kehrt zu mir zurück, sein Blick liebkost mein Gesicht, meinen Hals. „Soll ich es dir zeigen?“

Unfähig, meine Stimme zu kontrollieren, kommt mir nur ein raues Flüstern über die klebrigen Lippen. „Ja.“ Zwei Buchstaben, bedeutender als ein ganzes Buch. Sein Gesicht nähert sich dem meinen, unsere Augen schließen sich im gleichen Moment. Versinken in der Dunkelheit unserer Gefühle. Sein Geruch steigt mir in die Nase, verwirrt meinen restlichen Verstand.

Es gibt keine Wörter für das zwischen uns. Keine Beschreibung und keine Bezeichnung, die unsere Empfindungen logisch erklärt, verständlich oder beschreibbar macht. Es ist ein Gefühl, tief und rein. Unwiderruflich wie die Regentropfen, die den Ozean füllen, wie die Strahlen der Sonne, die den Tag erhellen. Seine Lippen berühren meine, sanfter Druck, viel Gefühl.

Es ist berauschend. Wir berühren uns nicht, nur an den Lippen. Und doch fühle ich, dass wir eins sind. Seine raue warme Zunge schmeckt die Süße meiner, fühlt die Wärme meines Mundes. Sanft öffne ich mich ihm, bereit, alles zu geben und ihn zu nehmen. Unwiderruflich.

„Verstehst du es? Für das zwischen uns gibt es keine Worte, keine Regeln." Gänsehaut breitet sich auf meinem Körper aus, schaudernd beginne ich zu begreifen, dass Jonas recht hat. Das, was uns verbindet, ist mehr als nur die sexuelle Anziehung zweier Menschen. Unsere Seelen haben sich verbunden, endgültig. Ohne weitere Worte teilen wir uns die süße Wolke aus Zucker und beginnen zu begreifen, dass sich unser Leben schlagartig verändert hat.

Der Kies unter meinen Schuhen, der Mann an meiner Seite und die Sterne, die sich hier und da zwischen den Wolken durchmogeln, begleiten uns zurück zu seinem Auto. Warm und kräftig verschlingen sich seine Finger mit den meinen. Der Nachgeschmack der Zuckerwatte vernebelt meinen Verstand.

„Sag mir deinen Namen, den ganzen."

Irritiert begreife ich erst jetzt, dass wir uns nicht einmal vollständig vorgestellt haben. Es ist verrückt, absolut realitätsfremd und doch ist es so. „Patricia Altner, ich bin neunundzwanzig. Ich habe im Oktober Geburtstag und mein Sternzeichen ist Skorpion."

***

Langsam breitet sich Panik in mir aus, was ist, wenn er ein Wahnsinniger ist? Ein Psychopath oder ein Frauenmörder? Er weiß nichts von mir, ich nichts von ihm. Das ist verrückt, total bescheuert. Und doch vertraue ich ihm.

Seit unserer ersten Berührung, seit dem ersten Wort. Was ist nur los mit mir? Sein Blick zeigt mir, dass er mich versteht.

Mein Risiko ist bedeutend größer als seins. Er ist bestimmt 1,90 Meter groß. Seine breiten Schultern zeigen deutlich, dass er trainiert. Er ist sportlich und kräftig. Ich bin ohne Schuhe 1,60 Meter groß. Körperlich bin ich ihm hoffnungslos unterlegen. Falls er wirklich ein Psychopath ist, dann ist mein Schicksal besiegelt. Denn ich kann mich nicht von ihm abwenden. Jeder normale Mensch würde sagen, dass ich spinne, dass es unrealistisch ist. Doch mal ganz ehrlich, was ist an der Liebe oder der Gefühlswelt schon realistisch? Nichts!

„Und du? Wer bist du, Jonas?“ Es ist dunkel geworden, nur ganz leicht dringt die Musik der Fahrgeschäfte zu uns herüber. Kalter Wind kühlt mein erhitztes Gemüt, beruhigt meine flatternden Nerven. Auge in Auge stehen wir uns mittlerweile gegenüber, der Porsche zwischen uns. Die Dunkelheit umschließt uns wie eine Käseglocke. Wir sind da, der Rest zählt nicht.

„Jonas Pannholzer.“ Schmunzelnd und über unsere skurrile Situation grinsend, muss er sich räuspern. „Ich bin vierunddreißig Jahre alt, und so scheiße das auch klingen mag, verdammt, ich habe mein Leben lang auf dich gewartet, du bist alles, was ich brauche, alles, was ich will. Du bist meine Bestimmung. Und wenn du noch Zeit brauchst – dann bekommst du sie. Du bekommst von mir alles, was du brauchst. Von diesem Moment an und für den Rest meines Lebens, Patricia, werde ich alles dafür geben, dass du deine Angst verlierst. Dass du dich mir öffnest und die Meine wirst.“

Ach du heilige Scheiße! Langsam einatmend versuche ich zu begreifen, was passiert. Doch es gelingt mir einfach nicht.

„Steig ein Baby, ich will nicht, dass du dich erkältest.“ Mit diesem Satz zerstört er die Seifenblase der Romantik zwischen uns, was mich mehr als erleichtert. Anscheinend ist er ein ganz normaler Typ, der mit dieser außergewöhnlichen Situation ebenfalls *etwas* überfordert ist.

4. Kapitel

Bedtime Candy ...

Sobald wir angeschnallt im Auto sitzen, verlieren wir keine weiteren Worte. Ich lausche der männlichen Stimme, die aus der Soundanlage kommt.

Gefangen von dem Song, hänge ich meinen Gedanken nach. Achte nicht auf meine Umgebung, nicht auf die Straße, nicht auf das Ziel ... der Innenraum des Autos ist voller sexueller Energie. Knisternd und prickelnd spüre ich seine Anwesenheit. Fühle, wie mein Körper auf den vertrauten Fremden reagiert. Meine Brüste werden schwer und voll, während sich meine Knospen in harte Perlen verwandeln. Wie macht er das nur? Verlangend kaue ich auf meiner Unterlippe, konzentriere mich auf eine regelmäßige Atmung. Was mache ich hier nur? Keiner weiß, wo ich bin. Woher auch, ich weiß es ja nicht einmal selbst. Haben alle Frauen, die verschwunden oder ermordet worden sind, den gleichen Fehler gemacht? Ich muss verrückt sein, denn alle Gefahren außer Acht lassend, will ich ihn. Brauche ihn wie die Luft zum Atmen. „Wohin bringst du mich?“ Fast geflüstert, und doch durchbrechen meine wenigen Worte die aus Zweifeln aufgerichtete Mauer zwischen uns.

„Nach Hause, Kleines, ich bringe dich nach Hause.“

Ich kenne diese Gegend nicht, ich kenne den Mann neben mir nicht und doch weiß ich, dass er recht hat. Er bringt mich heim in sein Heim. Es fühlt sich richtig an, so verdammt falsch und doch so unheimlich richtig. Meine Nerven sind zum Zerreißen gespannt. Innerlich diskutiere ich mit mir selbst. Spreche für und gegen ihn, versuche, auf mein Herz zu hören, während mein Verstand stumm schreit.

Das schnurrende Geräusch erstirbt. Das angenehme Brummen des starken Motors verschwindet gleichzeitig mit den Lichtern. Zweifel steigen in mir auf. Soll ich aussteigen? Sitzen bleiben? Schreiend davonlaufen?

Oder mich in der kommenden Nacht stöhnend ergeben? Wenn ich jetzt kneife, werde ich es mein restliches Leben bereuen? Mich immer fragen, ob ich das Beste verpasst habe? Oder liege ich in wenigen Minuten tot im Straßengraben? Ich weiß es nicht, doch wenn ich mir und meinem Körper vertraue, dann muss ich bleiben ... nichts hat sich je so gut, so richtig angefühlt, wie dieser Mann an meiner Seite.

Jonas ist mittlerweile ausgestiegen, öffnet mir die Autotür und wartet geduldig auf meine Entscheidung, denn genau das ist es. Es ist meine

Entscheidung! Er beobachtet mich intensiv, bereit, auf meine Vorlage zu reagieren. Und genau das ist es, das ist das Zeichen, dass er der Mann für mich ist. Der eine, der Mann, den man nur einmal trifft, einmal sieht und dann nehmen muss. Warm und führend ergreift er meine Hand.

Führt mich um sein Auto herum, legt mir einen Arm um die Schultern. Es ist dunkel, kalt und still. Wir sind in einer Wohngegend, in der ich noch nie war. Es gefällt mir hier, gepflegte Häuser stehen nebeneinander.

Wir bleiben vor einem geschmiedeten Gartentor stehen, der Zaun geht mir bis zur Nasenspitze. Mit einem quietschenden Geräusch öffnet sich das Scharnier, der Wind begleitet uns als stiller Zeuge unserer Verbindung.

Es gibt einen Garten, doch mehr kann ich nicht erkennen, dafür ist es einfach schon zu dunkel. „Nur du hast noch gefehlt." Jonas' Stimme klingt rau und animalisch. Er schließt die Haustür auf, schaltet das Licht ein und begleitet mich in den Flur. Drei Stehleuchten erhellen angenehm den breiten Eingangsbereich. Eine wunderschöne Holztreppe führt ins Obergeschoss, alles, was ich bis jetzt sehen kann, gefällt mir gut. Was durchaus daran liegen kann, dass es nicht viel zu sehen gibt. Es gibt keine Bilder an der Wand, keinen Teppich auf dem weißen Steinboden. „Ich habe es vor genau einer Woche gekauft, ich bin daran vorbeigefahren und wusste: Das ist mein Haus, unser Haus. Genauso wie ich weiß, dass du die eine, die meine bist." Langsam kommt er auf mich zu, stützt sein Kinn auf meinen Scheitel, nimmt meinen Geruch in sich auf. „Das klingt alles so verrückt, nach Irrsinn und doch war es so." Seine Arme umschließen mich, vermitteln mir das Gefühl von Geborgenheit.

„Ich weiß." Und so ist es, ich weiß es. Es ist irrational, nicht erklärbar. Doch so ist es nun einmal. Das mit uns musste so sein. Wir haben uns gefunden, wir müssen uns nur noch nehmen. Gegenseitig und unabänderlich.

Leidenschaftlich küssen wir uns, seine Hände fahren über meine Kurven, prägen sich jeden noch fremden Zentimeter ein. Langsam und sinnlich, wie ein Pirat, entert er meine Sinne, stimuliert meine erogenen Zonen, nimmt mich in Besitz. Unser Atem beschleunigt sich, vermischt sich.

Stöhnend lösen wir uns voneinander, immer noch im Flur stehend.

„Ein Bett habe ich schon ..."

Er ergreift meine Hand, führt mich die Treppe nach oben. Die erste Tür rechts steht offen. Ein Bett, nein, das trifft es nicht ganz, kein normales Bett. Eher ein Traum aus Kissen und weichen Stoffen dominiert den

Raum. „Warte kurz.“ Seine Finger lösen sich von meinen, während er die Vorhänge zuzieht, das Licht anschaltet. „Komm her ...“

Kurz zögere ich, nicht aus Angst, sondern aus Genus. Das hier ist unsere erste Nacht. Es werden viele folgen und genau das macht sie so einzigartig. Langsam gehe ich auf ihn zu, meine Schuhe fliegen auf den Boden, mein Rock folgt, meine Strümpfe ebenfalls. Schritt für Schritt fällt ein Teil nach dem anderen auf den Boden, bis ich nackt vor ihm stehe. Ohne störende Hüllen, ohne den Hauch eines Zweifels. Mein Atem geht stoßweise, mein Körper ist von seiner Nähe erregt und sensibilisiert.

„Bitte.“ Flehend stehe ich vor ihm, bereit für ihn. Mit Schwung hebt er mich auf seine Arme, legt mich zärtlich ins Bett auf die weiche Decke. Er knöpft sein Hemd auf, entblößt eine durchtrainierte Brust, starke Arme und breite Schultern. Nach wenigen Augenblicken steht er nackt und erregt vor mir. Langsam beugt er sich zu mir, umkreist mit seiner Zunge meinen Bauchnabel und murmelt rau: „Bedtime Candy“. Das sind die letzten verständlichen Worte, die in dieser Nacht gesprochen werden.

Bestimmung, Schicksal, Glück oder Zufall? Was auch immer es ist, es ist süß wie Zuckerwatte.

Epilog

Sanft liegt Jonas' Hand auf meinem runden Babybauch, die bunten Blätter haben sich der Jahreszeit gebeugt und fallen auf uns herab. Eine laue Brise spielt mit meinen Haaren, es ist genau wie vor einem Jahr. Die bunten Lichter des Volksfestes, Musik, der Geruch nach verschiedenen Leckereien liegt in der Luft. Das Liebesschloss schimmert metallisch im Schein der blinkenden Lichter.

Patricia & Jonas in ewiger Liebe

Die Gravur leuchtet in der Nacht, während unsere Lippen sich treffen.
Der sinnliche Tanz unserer Zungen, mein Herz in seiner Hand.
Für immer!

Atemlos durch dich

1. Kapitel

Wenn ich mein Leben beschreiben müsste, würde ich es mit einem mehrgängigen Fünf-Sterne-Menü vergleichen, das ich mir ausgesucht und bestellt habe, das nur dummerweise nie bei mir ankam. Jetzt gerade fühle ich mich, als würde ich vor einem leeren weißen Teller sitzen, während mir der Kellner nach Stunden des Wartens mitteilt, dass die Küche für heute schon geschlossen hat.

Wie immer wenn ich laufe, wirbeln in meinem Kopf die wildesten Gedankengänge umher. Die körperliche Anstrengung, die frische Luft und die Ruhe, die ich nur beim Laufen verspüre, ermöglichen es mir, einfach mal zu entspannen. Heute bin ich ziemlich spät losgelaufen und der Himmel über mir verdunkelt sich zu einer violetten Wolkenmasse. Es riecht nach Regen, nach frischer Erde, würzigem Gras und der Süße von Wildblumen. Grillen zirpen am Feldrand, wo goldene Ähren im schwindenden Sonnenlicht tanzen. Von den fernen Bergen hallt das dunkle Grollen des Gewitters immer näher zu mir heran. Für einen winzigen Moment schließe ich meine Augen, um das Bild in mir aufzunehmen, die Gerüche zu genießen und für wenige Herzschläge, die Harmonie des Moments auszukosten. Knurrend hallt ein dumpfes Grollen des Gewitters über meinen Kopf, es wird Zeit umzudrehen. Angesichts des dunklen Himmels beschließe ich, die Abkürzung durch den Wald zu nehmen. Dicke und dünne, gerade und verbogene Baumstämme säumen meinen Weg. Unter dem dicken Blätterdach ist es noch dunkler als auf dem eigentlichen Joggingweg außerhalb des Waldes. Der Moosgeruch und der Duft nach Wildnis erfüllen meine Lungen. Für gewöhnlich liebe ich ein ordentliches Gewitter, wenn die Blitze hell am dunklen Himmel zucken und der Donner wütend die Erde erzittern lässt. Ich liebe es, mich in eine kuschelige Decke zu wickeln und mich mit einem Glas Rotwein auf den Balkon zu setzen.

Aber jetzt, hier alleine im Wald, spüre ich, wie sich das Adrenalin in meinem Körper verteilt. Das letzte Drittel der Strecke liegt vor mir, es wird immer dunkler und ich versuche, möglichst sicher über die Unebenheiten des Waldbodens zu laufen. Ein Knacken und ein seltsames Rascheln lassen mich einen verunsicherten Blick über die Schulter werfen.

Mist! Durch meine kurze Unaufmerksamkeit habe ich die dicke Wurzel übersehen, die aus dem Boden ragt. Meine Fußspitze verhakt sich unter ihr und ich spüre, wie ich das Gleichgewicht verliere und ins Straucheln gerate. Der dumpfe Aufprall jagt einen stechenden Schmerz durch meine Schulter, puckernd und unnatürlich heiß fühle ich den sich langsam immer mehr steigernden Schmerz in meinem Laufschuh pochen. Mit geschlossenen Augen bleibe ich für einen kurzen Moment auf dem Boden liegen, atme tief ein und versuche die Pein, die durch meinen Körper zuckt, zu verdrängen.

Wieder höre ich ein Geräusch, doch dieses Mal hört es sich wie Stimmen an.

Verzweifelt versuche ich mich mit dem Ellenbogen vom Boden hochzudrücken, um eine genaue Sicht meiner Lage zu bekommen. Erneut zuckt ein wütender Blitz über den violett schwarzen Himmel. Langsam und vorsichtig erhebe ich mich, versuche, mich aufzustellen und meinen Fuß zu bewegen. Ein heißer Schmerz jagt durch meine Adern. Das mit dem Laufen hat sich für die nächste Zeit erledigt. Mit einem leisen Schluchzen setze ich mich wieder hin. Was jetzt? Das Geräusch der sich nähernden Stimmen wird von dem immer lauter werdenden Donner begleitet, ein bisschen Hoffnung breitet sich in mir aus. Vielleicht ist ja tatsächlich noch jemand hier im Wald.

In genau dieser Sekunde kommen zwei Männer um die Ecke. Sie sind lässig gekleidet und haben große Schweißflecken auf ihren Shirts. Erleichterung breitet sich in mir aus, zumindest muss ich die nächsten Stunden nicht alleine mit höllischen Schmerzen auf dem Waldboden verbringen.

Noch bevor ich mich bemerkbar machen kann, entdecken sie mich. Sie beschleunigen ihre Schritte und kommen auf mich zu. Beide haben dunkle Haare, der eine schwarze, der andere eher dunkelbraune. Sie tragen schwarze Jogginghosen, eng anliegende T-Shirts und sehen alles in allem unheimlich heiß aus. Der Linke, der mit den dunkelbraunen Haaren, beugt sich zu mir runter, sieht mir intensiv in die Augen; ich versinke in seinem Blick. Die Farbe seiner Iriden erinnert mich an flüssiges Silber.

„Bist du gestürzt? Kannst du aufstehen?“

Noch immer in seinem Blick gefangen, nicke ich ihm zu. „Ja, ich bin an der Wurzel hängen geblieben.“

Vorsichtig betastet er meinen linken Knöchel. „Sag mir, wo es dir wehtut.“

Mit eiserner Selbstbeherrschung reiße ich meine Augen von ihm los. Ich habe gerade andere Probleme, jetzt ist nicht der richtige Zeitpunkt für einen Flirt. „Mein linker Fuß schmerzt höllisch und meine rechte Schulter hat was abbekommen. Ich habe schon versucht aufzustehen, doch es geht nicht.“

Jetzt meldet sich auch der rechte Jogger zu Wort. „Wir sollten schauen, dass wir aus dem Wald kommen, es dauert nicht mehr lange und hier gibt es ein richtiges Unwetter.“

Der linke Jogger betastet vorsichtig meine Schulter. Dank meines ziemlich knappen Tanktops berühren seine warmen Finger meine nackte Haut. Ich kann nichts dafür, doch trotz der Schmerzen spüre ich ein leichtes Kribbeln, das sich auf meinem Rücken ausbreitet. Himmel, was ist nur los mit mir? Seine Finger berühren eine besonders schmerzende Stelle und ich zucke instinktiv zusammen. „Aua, das tut echt weh.“

Der rechte Jogger mit seinem markanten Gesicht und seinem rabenschwarzen Haar sucht meinen Blick. „Mach dir keine Sorgen, Jake sieht sich das später genauer an. Jetzt nehmen wir dich erst einmal mit und schauen, dass wir aus dem Unwetter rauskommen.“

Mitnehmen? Jake? Was läuft hier? „Wohin mitnehmen? Wer ist Jake?“ Ich sehe, wie sich ein Schmunzeln auf den Lippen des linken Joggers ausbreitet, noch immer tastet er meine Schulter ab.

„Ich bin Jake und bei mir bist du in guten Händen!“

Jake, der Name passt zu ihm. Seine silbernen Augen sehen mich an, jagen mir erneut einen Schauer, der nichts mit dem kalten Wind, der gerade immer stärker wird, zu tun hat, über den Rücken. Der rechte Jogger, dessen Name ich noch nicht kenne, legt seinen Arm um mich und hilft mir vorsichtig hoch.

„Jakes Haus ist nicht weit von hier.“ Möglichst sanft berührt er meine schmerzende Schulter. „Mein Name ist Tom.“ Jake und Tom, nicht schlecht, zwei so heiße Kerle habe ich schon lange nicht mehr gesehen. Tom hält mich, während ich erneut versuche, meinen Fuß zu belasten. Gequält verziehe ich das Gesicht, *verdammter Mist!*

„Sorry, Kleines, aber so kommen wir nie hier weg.“ Ohne länger zu warten, beugt sich Jake nach unten und fährt mit seiner Hand unter mein Knie. Schwungvoll lande ich an seiner Brust. Mein überraschtes Quietschen lässt Jake etwas geknickt dreinschauen. „Sorry, ich wollte dir nicht noch mehr Schmerzen zufügen.“

Ich beiße mir tapfer auf die Unterlippe, verzweifelt bemüht, Haltung zu bewahren. „Danke für eure Hilfe, mein Name ist übrigens Alice.“

Grinsend sieht Jake mich an, „cooler Name, wie die aus dem Wunderland?“

Ein breites Lächeln breitet sich auf seinem Gesicht aus. *Scheiße*, er ist echt attraktiv!

Tom geht neben uns her, während mich Jake beschützend durch den Wald trägt. Der Wind wird immer kälter und ich drücke mich etwas näher an Jakes warme Brust. Ich rieche den salzigen Duft seines

Schweißes, sein herber Geruch und die Art, wie er mich mühelos durch den Wald trägt, gefallen meiner inneren Göttin nur allzu gut.

Mein letzter Sex ist einfach schon viel zu lange her. In letzter Zeit habe ich mich viel zu sehr von meiner Arbeit vereinnahmen lassen. Vor nicht ganz zwei Jahren habe ich die Bar meines besten Freundes übernommen. Der hatte sich im Urlaub in eine sexy Australierin verliebt und ist kurzerhand ans Ende der Welt gezogen.

Die Bar „HOT & KOLT“ ist eigentlich ein Selbstläufer, einmal im Monat haben wir eine Live Band, die für Stimmung sorgt. Jeden ersten Freitag im Monat veranstalten wir eine Speeddating-Night und an den restlichen Abenden locken wir unsere Gäste mit heißen Cocktails, brennenden Schnäpsen und angenehmer Atmosphäre in die Bar. Ich liebe es, hinter der Bar zustehen. Seit meiner Kindheit war ich schon immer ein eher nachtaktiver Mensch. In der Früh schaffe ich es gerade so aufzustehen, doch je später der Tag, je dunkler die Nacht und je tiefer im Morgen, umso mehr blühe ich auf.

Der lockere, freundschaftliche Umgang mit meinem Personal und mit den Gästen ist wie gemacht für mich. Natürlich bietet sich da auch die eine oder andere Gelegenheit für eine heiße Nacht, doch das ist mir irgendwie zu unromantisch. Ich brauche nicht unbedingt Kerzen, Rosenblüten und Sade, die mit ihrer rauchigen Stimme den Raum erfüllt. Und doch weiß ich ganz gerne, mit wem ich schlafe, ich brauche das Gefühl der Sicherheit, um mich beim Sex vollkommen hingeben zu können.

Tom hat nicht übertrieben, Jakes Haus ist wirklich in der Nähe, wir biegen vom Trampelpfad in einen kleinen Waldweg ein, nach hundert Metern erkenne ich einen großen, bestimmt zwei Meter hohen Zaun, der ein topmodernes Haus vor dem Rest der Welt abschirmt. Ich bin hier schon so oft entlang gelaufen und der kleine Feldweg ist mir auch schon aufgefallen, und doch wäre ich nie darauf gekommen, dass sich hinter der Kurve ein architektonisches Wunderwerk mitten im Wald verbirgt. Jake setzt mich vorsichtig ab. Während sein rechter Arm weiterhin stützend auf meiner Taille liegt, greift er in seine Tasche und wirft Tom den Schlüssel zu, mühelos hebt er mich erneut in seine Arme, als wäre es das Selbstverständlichste auf der Welt. Auch wenn mir die beiden bisher keinen Grund gegeben haben, mir Sorgen zu machen, breitet sich ein mulmiges Gefühl in meiner Bauchgegend aus. Seit meinem Ex bin ich einfach etwas übervorsichtig. Meine Schulter zieht unangenehm und mein Bein pocht heiß und schmerzhaft, ich bin hier mitten im Wald und dazu auf den Armen eines fremden, sehr gut aussehenden Mannes, dessen ebenfalls attraktiver Freund einen Zaun hinter uns schließt, der mich an eine Gefängniseinfriedung erinnert. Wir sind hier an einem fremden Haus, mitten im Wald und ein gigantisches Unwetter hat seine Wolken über uns ausgebreitet. Und als Krönung der ganzen Sache weiß keine Menschenseele, wo ich mich derzeit aufhalte. Im Fall der Fälle habe ich mit meinem verletzten Bein sowieso keine Chance zu entkommen, und falls es mir doch gelingen würde, würde mich spätestens der überdimensionale Zaun aufhalten. Unwillkürlich verspannt sich mein Körper, mein Atem geht schneller und ich habe das Gefühl, eine kleine Maus zu sein, die von zwei Löwen anvisiert wird.

Jake bemerkt meine Sorge, er bleibt stehen und sieht mir tief in die Augen.

„Du brauchst keine Angst zu haben, ich werde mich um deine Verletzungen kümmern und dann sehen wir weiter. Wenn das Gewitter dann noch nicht losgebrochen ist, fahre ich dich heim."

Bin ich so leicht zu durchschauen? Seine natürliche Überlegenheit wirkt beruhigend auf meine aufgekratzten Nerven. Er wirkt nicht machohaft oder bedrohlich, sondern autoritär und selbstsicher. *Wow,* sein Zuhause ist unglaublich. Der Eingangsbereich wird von zwei milchigen Glaswänden von dem komplett offen gehaltenen Wohnzimmer abgetrennt. Der Boden ist aus weißem Marmor, die Fenster reichen vom Boden bis zur Decke und vermitteln mir den Eindruck, noch immer mitten im Wald zu stehen. Das grüne Blattwerk der Bäume und der violett schwarze Himmel erscheinen mir zum Greifen nah. Eine überdimensionale braune Ledercouch nimmt die komplette linke Seite des Wohnzimmers ein. Große, sehr gemütlich aussehende grüne Kissen liegen wild darauf verstreut und warten nur darauf, endlich benutzt zu werden. Der antike dunkle Wohnzimmertisch bietet einen harmonischen Kontrast zu dem hellen Naturstein. Die Außenseiten des Hauses bestehen zu 90 Prozent aus Glas. Die Wände sind weiß, ohne Bilder und Dekoration. Doch dieser Krimskrams ist auch gar nicht nötig, denn die Aussicht, die sich einem bietet, der Blick in den Wald, sind spektakulär genug.

„Setz dich, Kleines, damit ich mir deinen Fuß und deinen Knöchel genauer ansehen kann."

Kleines, der Kosename, der ihm so sinnlich über die Lippen kommt, gefällt mir unheimlicherweise viel zu gut. Jake trägt mich zu der großen Couch, er hält mich leicht, jedoch sicher fest, sodass ich nicht Gefahr laufe, auf dem Boden zu landen.

„Tom, bringst du mir bitte meine Tasche?“ Überfürsorglich setzt er mich auf das weiche Leder, kniet vor mir nieder und beginnt langsam und vorsichtig, die Verschnürung meines Schuhs zu öffnen. Erst als er meinen Schnürsenkel komplett ausgefädelt hat, versucht er, mir vorsichtig meinen Laufschuh auszuziehen. Tom stellt wenige Augenblicke später eine dunkelbraune, ziemlich abgewetzte Ledertasche neben Jake ab, dann setzt er sich zu mir auf die Couch und sieht mir besorgt ins Gesicht. Zweifelnd beobachte ich Jake, wie er möglichst behutsam meinen Fuß auspackt. „Bist du dir sicher, dass du weißt, was du da tust?“

Toms volle Lippen verzeihen sich zu einem frechen Lächeln, während mich Jake entrüstet ansieht. „Glaube mir, Alice, ich weiß ganz genau, was ich tue!“

Mit hochgezogenen Augenbrauen sehe ich fragend zu Tom.

„Jake ist Arzt, genauer gesagt Unfallchirurg, also mach dir mal keine Sorgen.“

Ich versuche, mir meine Erleichterung nicht anmerken zu lassen. Ein Arzt also.

Das erklärt zumindest dieses unglaublich tolle Haus! Und ganz davon abgesehen hätte ich es besser nicht treffen können. Welche Frau wird nicht gerne von so einem sexy Chirurgen gerettet! Meine Sorgen im Hinblick auf meine Sicherheit sind ja dann ebenfalls unbegründet, oder? Ich meine, muss ein Arzt nicht einen hippokratischen Eid ablegen, in dem er schwört, Menschen zu helfen? Also kann er ja kein Serienmörder oder ein Vergewaltiger sein, schließlich würde das ja gegen seinen Eid verstoßen ... Erleichtert sehe ich wieder zu Jake, der mir gerade äußerst vorsichtig meinen Socken auszieht.

Auch wenn ich versuche, möglichst tapfer zu sein, ein leises Keuchen kann ich einfach nicht zurückhalten. Jake sieht mir zerknirscht in die Augen.

„Sorry, Kleines, ich bin gleich fertig. Du hast eine starke Verstauchung, die Schwellung im Bereich des Gelenks wird im Lauf der Zeit noch etwas zunehmen. Durch die Verletzung der Blutgefäße unter der Haut wirst du eine gut sichtbare rötlich- bis blauviolette Verfärbung bekommen.“ Lässig erhebt er sich aus seiner knienden Position und verschwindet durch eine der Milchglastüren.

Seit gut einem Jahr habe ich kein wirklich ernsthaftes Interesse an einem Mann gezeigt. Und ausgerechnet heute reagiert mein Körper trotz der Schmerzen erschreckend eindeutig auf einen fast fremden Kerl. Aber bei aller Liebe, keine Frau kann zwei solchen Testosteron-Sexbomben widerstehen.

Nach wenigen Augenblicken ist Jake wieder zurück. In seiner Hand hält er eine blaue Kältekompresse. Vorsichtig wickelt er die Kompresse in ein dünnes weißes Tuch und legt sie mir fürsorglich auf meinen Knöchel.

„Am besten bleibst du für gute fünfzehn Minuten so sitzen. Wir werden sehen, wie sich die Schwellung in deinem Knöchel entwickelt."

Ich nicke zustimmend, während er mir zuzwinkert.

„Tom wird bei dir bleiben, ich springe schnell unter die Dusche."

Noch bevor ich die Möglichkeit habe, ihm zu danken, verschwindet er über die Treppe im ersten Stock.

2. Kapitel

Das Gewitter hat seine Fänge ausgebreitet und lässt es donnern und blitzen. Durch die vielen Fenster geschützt, genieße ich das Naturschauspiel, das sich draußen zu einem immer größeren und bedrohlichen Unwetter zusammenbraut. Das grelle Licht der zuckenden Blitze und das dunkle Grollen des Donners lassen zusammen mit dem Wind die Äste der Bäume erbeben. Dicke Regentropfen knallen dumpf gegen die Scheiben. Die Stimmung im Haus ist entspannt, es ist unglaublich schön, dieses Schauspiel so nah vor sich zu sehen. Tom ist ein sehr aufmerksamer Zuhörer, als ich ihm erzähle, dass mir die Bar „HOT & KOLT" gehört, ist er ganz aus dem Häuschen. Anscheinend sind die beiden schon mehrmals zu einem Konzert da gewesen. Tom und Jake sind seit der Schule miteinander befreundet und verbringen auch heute noch viel Zeit miteinander.

„Dieses Haus, es ist unglaublich."

Tom grinst mich verschmitzt an, „Gefällt es dir?"

„Ob es mir gefällt? Es ist toll! Gut, ich habe noch nicht alles gesehen, aber das, was ich gesehen habe, beeindruckt mich!"

Er setzt sich gemütlicher hin, lehnt sich mit seinen Schultern in die weiche Couch.

„Ja, es war auch eine ganz schöne Herausforderung."

Jetzt liegt es an mir zu staunen. „Was willst du damit sagen?"

Wir sehen uns an, ich bemerke, wie sein Blick zu meinen Lippen wandert und noch etwas tiefer auf meinem Brustansatz hängen bleibt. Verspielt räuspere ich mich, mehr oder weniger frech sieht er mir wieder in die Augen.

„Okay, ich habe verstanden." Gespielt ergeben hebt er seine Hände in die Luft.

Sein Grinsen sieht so frech aus, dass ich ihm am liebsten in die Schulter geboxt hätte. Seine schwarzen Haare stehen verstrubbelt in die Luft, und sein herber männlicher Geruch steigt mir in die Nase. Er ist sexy und doch spüre ich nur bei Jake dieses verräterische Prickeln. Gerade als meine Gedanken in eine nicht jugendfreie Richtung abgleiten wollen, reiße ich mich zusammen und lenke das Gespräch wieder auf ein ungefährliches Terrain, aufs Haus! „Was meinst du mit Herausforderung?" Vorsichtig hebe ich das Kühlpad hoch, mein Fuß ist ziemlich dick geworden.

„Ich bin Architekt, das Haus habe ich entworfen." Stolz und selbstsicher wartet er auf meine Reaktion.

„Respekt, Tom, ich ziehe meinen Hut von dir."

Gerade als er mir antworten möchte, kommt Jake zurück ins Wohnzimmer. Er trägt eine locker sitzende Jeans, die sehr sexy auf seiner schlanken Hüfte sitzt. Das weiße Hemd, das er sich gerade lässig während des Gehens zuknöpft, spannt leicht um seinen trainierten Brustkorb. Mir läuft das Wasser im Mund zusammen, verdammt, ist er heiß.

Sein Oberkörper ist gut definiert, nicht übertrieben, sondern genau richtig, um es zwischen meinen Beinen angenehm kribbeln zu lassen. Er bemerkt meinen sehnsüchtigen Blick, den ich einfach nicht unterdrücken kann, und grinst mich auffordernd an. Verdammt, was ist nur los mit mir?

Mein Knöchel schmerzt höllisch und doch kann ich es nicht lassen zu flirten, und das mit einem Fremden ...

„Wie geht es deinem Fuß, Alice?“ Noch bevor ich meine sieben Sinne wieder beisammenhabe, hebt er auch schon vorsichtig die Kompresse an. „Kein Wunder, das du nicht laufen konntest, das sieht echt übel aus.“

Erneut versinke ich in dem Silber seiner Augen. „Und das ist also deine professionelle Aussage als Arzt?“

Auffordernd begegnet er meinem Blick, hält ihm stand.

„Nein, meine Aussage als Arzt ist, dass du dich die nächsten paar Wochen schonen musst. Kein Sport, keine Überlastung des Gelenks.“

Ich versuche, meinen Knöchel probehalber leicht zu bewegen, der Schmerz, der dabei durch das angeschwollene Gelenk zuckt, bestätigt mir sehr deutlich, dass Jake Recht hat. „Das könnte schwieriger werden als gedacht!“

Jake setzt sich neben mich. „Brauchst du eine Krankschreibung?“

Ich schüttle verneinend den Kopf. „Unsere liebe Alice ist Inhaberin einer Bar.“

Jake sieht Tom verdutzt an. „Welcher?“ Tom lässt es sich nicht nehmen, Jake etwas zu ärgern. „Rate mal?“

Ich erlöse den armen Mann. „Mir gehört das ‚HOT & KOLT‘.“ Die Überraschung, die in seinem Blick aufkommt, irritiert mich.

„Das ‚HOT & KOLT‘?“ Ungläubigkeit spiegelt sich in seiner Mimik.

„Ja, genau das? Ist das so schwer zu glauben?“

Und wieder breitet sich ein freches, sexy Lächeln auf seinem Gesicht aus. „Irgendwie schon, wenn ich nach den Bands gehe, die da spielen, hätte ich eher auf einen männlichen Inhaber getippt.“

Am liebsten hätte ich ihm jetzt einen Kinnhaken verpasst. „Okay, na klar, eine Frau kann also keinen guten Musikgeschmack haben?“

Abwehrend hebt er die Hände vor sich, doch ich sehe den Schalk in seinen Augen.

„Auch wenn dir die Bar gehört, versuch deinen Fuß zu schonen. Hast du keinen Mann, der dich unterstützen kann?"

Auch wenn er die Frage mehr im Scherz gestellt hat, kann ich erkennen, dass ihn die Antwort mehr als nur ein wenig interessiert. Intensiv und ehrlich erwidere ich seinen Blick. „Nein, ich bin Single, aber ich komme schon klar! Ich werde meinen Bruder bitten, mir etwas zur Hand zu gehen."

Der Wind peitscht noch immer wütend ums Haus, allerdings hat es aufgehört zu donnern. Das Gewitter scheint endlich weitergezogen zu sein.

***

Die letzte Nacht war schrecklich. Die Schmerzen in meiner Schulter haben zum Glück etwas nachgelassen, aber meinem Fuß geht es kein bisschen besser. Ganz im Gegenteil, der Bluterguss, der sich gebildet hat, sieht zum Fürchten aus. Gequält ziehe ich die warme, kuschelige Decke von meinem Körper und stehe auf.

Es ist Samstag und heute Nacht spielen *Die Chillys* in der Bar, was bedeutet, dass ich die Securitys einweisen, die zusätzlichen Bedienungsmädels im Auge behalten und die Bestellungen durchgehen muss. Kurz gesagt, ich habe Arbeit ohne Ende – und das mit einem violetten Knöchel. Humpelnd hüpfe ich ins Bad, putze mir die Zähne und versuche, meine schulterlangen blonden Haare zu bändigen. Ich hätte gestern nach der Dusche nicht mit nassen Haaren ins Bett gehen dürfen. Hellrosa Lidschatten betont meine braunen Augen, alles in allem bin ich schlussendlich mit meinem Äußeren zufrieden.

Gerade als ich in die Küche humpeln und mir einen Kaffee machen will, klingelt es an der Tür. *Wow*, mein Bruder Sam ist heute aber superpünktlich und das, obwohl er eigentlich zu der Gruppe Menschen gehört, die immer und ich betone immer, zu spät kommt. Seit unsere Eltern vor zehn Jahren bei einem Flugzeugabsturz ums Leben gekommen sind, kümmert er sich um mich. Damals war ich gerade erst fünfzehn und er dreiundzwanzig. Und auch wenn ich mittlerweile alt genug bin, mich um mich selbst zu kümmern, Sam hat nie aufgehört, mich wie ein großer Bruder zu umsorgen. In seinen Augen werde ich wohl immer das kleine Schwesterlein bleiben, was sein jetziges Verhalten mal wieder bestätigt. Denn kaum habe ich ihm die Tür aufgemacht, hat er mich auch schon mit seinen Blicken abgecheckt.

„Geht es dir gut, Honey?"

Ich lege meinen Kopf in den Nacken und sehe ihn lächelnd an. „Bis auf meinen Fuß bin ich okay.“

In gespielter Verzweiflung stößt er ein Brummen aus, „Beim Laufen im Wald … Honey, so etwas schaffst auch nur du. Das nächste Mal, wenn du joggen gehst, gib mir Bescheid, dann begleite ich dich!“

So fürsorglich und freundlich das auch gerade klang, ich weiß, dass er es todernst meint.

„Es ist okay, Großer, wirklich. Zum Glück waren Jake und Tom da, sie haben mir geholfen und mich verarztet.“

Auch wenn Sam vorgibt, mit der Kaffeemaschine beschäftigt zu sein, sehe ich an seiner Körperhaltung, dass er sich nicht freut, dass ich alleine und verletzt im Wald mit zwei fremden Männern war. Seine Beschützerinstinkte loderten lichterloh, er dreht sich scheinbar lässig zu mir um. „Wer sind Tom und Jake?“

Genervt verdrehe ich meine Augen und lächle ihn an. „Die beiden waren auch laufen, sie haben mir geholfen und mich dann anschließend nach Hause gefahren.“ Sofort wird er misstrauisch. Seit ich vor drei Jahren einige negative Erfahrungen mit meinem damaligen Freund Sven gemacht habe, die damit geendet haben, dass ich mitten in der Nacht mit einem blauen Auge und einer blutigen Lippe vor seiner Tür stand, ist er, was meine Männerwahl betrifft, stets besorgt. „Es ist gut, Sam, es war alles okay, jetzt lass uns in Ruhe einen Kaffee trinken, wir haben noch genug zu tun bis heute Abend. Vielen Dank, dass du dir heute Zeit genommen hast und mir hilfst.“

Er stellt zwei bis zum Rand gefüllte Tassen auf den Tisch, ich trinke meinen Kaffee süß und mit Milch, Sam trinkt seinen lieber pur.

„Honey, du weißt ganz genau, dass ich immer für dich da bin, im Studio ist heute nicht allzu viel los, was bedeutet, dass ich mir ruhig freinehmen kann.“ Sam gehört ein Fitnessstudio in der Münchner Innenstadt, was auch seine mehr als beeindruckende Statur erklärt.

Nachdem wir alles erledigt und noch ein paar Kisten Schnaps und Säfte besorgt haben, machen wir uns auf den Weg in die Bar. Mein Fuß pocht höllisch und ich kann es kaum erwarten, mich für ein paar entspannende Minuten in meinem Büro zu verkriechen.

Sam ist einfach der beste Bruder, den sich ein Mädchen nur wünschen kann. Nachdem ich es endlich geschafft habe, mich hinter meinen Schreibtisch zu setzen, blinkt mir auch schon der Anrufbeantworter ganz hektisch entgegen, dass ich zwei neue Nachrichten habe. Die erste Nachricht ist eine Katastrophe und die zweite bedeutet meinen

Weltuntergang. Einer meiner Securitys, Dastan, hat die Magen-Darm-Grippe und Sirina, meine Bardame, hat sich das Handgelenk verstaucht.

Natürlich könnte ich mir auch eine Security Firma suchen, die mir bei Personalausfall einen Ersatz schickt, doch da bin ich eigen. Ich muss wissen, wer bei mir arbeitet, ich muss den Türstehern vertrauen können. In der heutigen Zeit kann man nie wissen, wer mit welcher Absicht in die Bar kommt. Mir liegt es sehr am Herzen, dass sich meine Gäste – ganz besonders die weiblichen, sicher fühlen. Wenn sich ein Mann auch nur ansatzweise traut, eine Frau gegen ihren Willen zu belästigen, erlebt er in meiner Bar, sein blaues Wunder. Und außerdem hasse ich es wie die Pest, wenn sich die Türsteher wie kleine Möchtegerngötter benehmen. Da bleibe ich lieber bei meinen beiden, da weiß ich, dass es nette Kerle sind, die sich nicht scheuen einzugreifen, wenn es die Situation erfordert. Allerdings stehe ich jetzt etwas dumm da. Mit einer Magen-Darm-Grippe kann ich Dastan wirklich nicht arbeiten lassen. Sirina arbeitet seit Jahren in der Bar, sie ist immer zuverlässig und fleißig, bis zu einem gewissen Grad ist sie meine gute Fee. Ich kann also nicht wirklich darüber böse sein, dass sie sich ihr Handgelenk verstaucht hat, schließlich, weiß ich ja seit gestern, wie schnell man sich verletzen kann. Stöhnend lasse ich meinen Kopf in meine Handflächen sinken. *Mist, Mist, Mist!*

Sams warme Hand legt sich auf meine Schulter, „Hey, Honey, was ist los?“

Verzweifelt erkläre ich ihm meine Situation, „was soll ich denn jetzt machen? Heute Abend wird hier die Hölle los sein!“

Sam lehnt sich mit der Hüfte gegen meinen Schreibtisch und sieht mich tröstend an. „Also, was den Türsteher angeht, mach dir mal keine Sorgen.“

Zweifelnd sehe ich zu ihm hoch und ziehe meine Augenbraue fragend nach oben. „Hast du eine Idee?“

Das freche Lausbubengrinsen, das sich so vertraut auf seinen Lippen ausbreitet, lässt mich hoffen. „Den Job übernehme ich!“

„Du? Bist du dir sicher?“ Die beiden tiefen Falten, die sich auf seiner Stirn ausbreiten, lassen mich schmunzeln.

„Du glaubst doch nicht wirklich, dass ich meine Schwester im Stich lasse und das schon gar nicht beim Thema Sicherheit!“

Am liebsten würde ich mich vor Erleichterung und Dankbarkeit in seine Arme schmeißen, doch das lässt mein verletzter Fuß leider nicht zu. „Jetzt muss ich mich nur noch um einen Ersatz für Sirina kümmern ... Könntest du mir noch die Einkäufe einräumen? So, dass wir heute Abend nur noch loslegen müssen?“

Der restliche Tag vergeht wie im Flug, die Band ist eingetroffen und seit gut einer Stunde wummern ihre Songs durch die Bar. Der letzte Soundcheck steht noch aus, also muss ich mir noch gefühlte einhundert Mal ihr 1.2.3 anhören. In zwei Stunden ist es 21:00 Uhr und wir öffnen die Türen. Das letzte Mal, als die Band gespielt hat, haben uns die Gäste nur so überrannt, eigentlich wollte ich heute Abend, was das Personal anbelangt, besser organisiert sein, doch mit den zwei Kranken und meinem Fuß stehen wir schlechter da denn je. Aber was soll's, mit etwas Flirterei und weiblichem Charme werden wir es schon schaffen. Maya, eine meiner Bedienungen, grüßt mich lächelnd, ihr enger Jeansrock endet ein gutes Stück über den Knien. Ihre karamellbraunen Beine sehen mehr als heiß aus und das ziemlich knappe rückenfreie Top, das sie zu dem Rock trägt, wird den männlichen Besuchern heute Nacht ziemlich einheizen. Mir soll es recht sein, Maya verdient sich so ein gutes Trinkgeld und die Herren der Welt genießen die sexy Aussicht. Dank Sam sind wir, was die Sicherheit betrifft, wieder im grünen Bereich und somit ist das alles kein Problem. „Danke, Maya, dass du heute etwas früher gekommen bist, kannst du Sam bitte helfen, die Bar herzurichten?" Ohne mit der Wimper zu zucken, dreht sie sich um und ruft mir noch ein „klar, Chefin hinterher."

Der Club ist voll, alle Plätze sind besetzt und die Musiker geben alles. Möglichst schnell versuche ich, eine Bestellung nach der anderen abzuarbeiten. Mein Knöchel pocht, dank der Schmerztabletten, die ich mir im Laufe des Tages mehrmals eingeschmissen habe, nur noch dumpf zum Takt der Songs, die durch die Boxen wummern. Flirtend stelle ich dem heißen Typen, der vor mir steht, sein Bier auf die Theke. Sam kontrolliert die Stimmung in der Bar. Er hat sich eines der Hemden angezogen, die Dastan als Ersatz im Büro hängen hat. Von der Länge her passt es ihm ganz gut, allerdings ist mein Bruder anscheinend etwas breiter gebaut, so spannt das Hemd ziemlich an der Brust. Maya scheint das allerdings nicht zu stören, ganz im Gegenteil. Ich habe sie im Laufe des Abends immer wieder dabei erwischt, wie sie mit einem sehnsüchtigen Blick den Körper meines Bruders verschlungen hat. Auch jetzt drückt sie sich ein wenig zu fest an seinem Bauch vorbei. Klar ist es eng, aber ich habe sie schon lange durchschaut. Ich meine, hallo, wir spielen mit den gleichen Waffen, die Waffen einer Frau. Je später der Abend, je kleiner werden die georderten Gläser. Am Anfang floss das Bier noch in Strömen, dann wurden es die etwas kleineren Cocktails und seit der letzten Viertelstunde bin ich damit beschäftigt, einen Kurzen nach dem anderen einzuschenken. Völlig in meiner Arbeit versunken, läuft mir der Schweiß über den Rücken. Lachend und gut gelaunt genieße ich die Nacht.

„Hey, Honey, schenkst du mir ein großes Wasser ein, ach was, vergiss es, gib mir gleich eine der Flaschen."

Ich reiche ihm die Wasserflasche, doch Sam schnappt sich nicht das Wasser, sondern mein Handgelenk und hält mich mit eisernem Griff fest.

„Geht es dir gut, Honey?"

Bejahend nicke ich und drücke ihm ein kleines Küsschen auf seine Wange. „Es ist alles okay, und jetzt mach deine Arbeit." Grinsend sehe ich Sam hinterher wie er sich zurück an seinen Posten vor der Tür begibt. Gerade als ich mich um die nächste zugerufene Bestellung kümmern will, blicke ich in ein noch nicht ganz so vertrautes Gesicht.

„Hey Alice, na, wie geht es deinem Fuß."

Im Laufe des Tages sind meine Gedanken immer wieder zu Jake gewandert und doch überrascht es mich gerade ziemlich, dass er hier vor mir steht.

„Wie ich sehe, hast du ja doch jemanden gefunden, der dir zur Hand geht." Mit einem finsteren Gesichtsausdruck sieht Jake Sam hinterher.

„Ja, zum Glück, wobei mir die eine oder andere zusätzlich helfende Hand nicht schaden könnte."

Jake reißt seinen Blick von Sams Rücken los und sieht mir direkt in die Augen. „Bringst du mir bitte ein Helles?"

„Klar, wird gemacht." Routiniert beginne ich, das Helle zu zapfen.

„Wie geht es deinem Fuß? Bist du dir sicher, dass du arbeiten solltest?"

Ein warmes Prickeln breitet sich in meinem Bauch aus. Macht er sich etwa Sorgen um mich? Gerade als ich ihm antworten will, kommt Benjamin auf mich zu. Er ist einer meiner ältesten und besten Freunde und er wird heute Nacht fünfunddreißig. „Hey sweet Sugar." Ich gehe auf ihn zu, trete aus der Bar und schmeiße mich ihm schwungvoll in die Arme. Überschwänglich erwidert er meine Umarmung und drückt mir einen feuchten Kuss auf den Mund. Bei jedem anderen Mann hätte das eventuell eine erotische Note gehabt, doch nicht bei ihm, über dieses Stadium sind wir seit ein paar ungeschickten Küssen in unserer Teenagerzeit schon lange hinaus. „Happy Birthday, Benji, ich freue mich, dass du vorbeischaust." Noch immer hält er mich fest umschlungen und wenn mich nicht alles täuscht, spüre ich Jakes Blicke in meinem Rücken.

„Die Jungs sitzen hinten in der Ecke. Ich wollte dich nur begrüßen. Trinkst du einen Kurzen mit mir auf meinen Geburtstag?"

Eigentlich trinke ich in der Bar nichts, denn wenn ich jeden Schnaps annehmen würde, den mir ein Gast spendiert, wäre ich mittlerweile alkoholabhängig und schwerst leberkrank. Aber heute Nacht mache ich eine Ausnahme, vielleicht machen mich dann auch Jakes intensive Blicke nicht mehr ganz so nervös. Die kleinen rauen Salzkristalle, die auf meiner Zunge liegen, spüle ich mit dem klaren Tequila und dem mutigen Biss in die Zitronenscheibe nach unten. So sehr ich auch versuche, keine Grimasse zu ziehen, es gelingt mir einfach nicht. „So, jetzt setz dich zu deinen Freunden, ich schicke Maya zu euch. Deine Party heute geht aufs Haus!“ Gerade als er mich noch einmal küssen möchte, verschwinde ich wieder humpelnd hinter der Bar, einer von Benjis feuchten Küssen reicht pro Nacht durchaus aus.

„Danke, Sweety, du bist ein Schatz.“

Tief durchatmend wende ich mich wieder zu Jake, dessen Iriden mittlerweile dunkle Blitze schießen.

3. Kapitel

Völlig erschöpft lasse ich mich neben Jake auf einen der Barhocker sinken. Mein Kreislauf spielt verrückt und mein Fuß schmerzt mittlerweile wieder höllisch. Maya und die beiden anderen Bedienungen, Samy und Tanja, schaffen den Rest auch alleine.

„Du hast dich überanstrengt!" Jakes Stimme klingt rau und streng, anscheinend versteht der Herr Doktor keinen Spaß, wenn es um seine Patienten geht.

Vorsichtig versuche ich, meinen Knöchel zu drehen, „Scheiße, tut das weh!"

Jake nimmt noch einen großen Schluck von seinem Bier und stellt es zurück auf die Bar. „Hast du hier irgendwo einen Raum, in dem ich deinen Fuß untersuchen kann?"

„Das musst du wirklich nicht, es geht schon wieder."

Ohne auf mich zu hören, steht er auf, und legt mir seinen Arm um die Taille.

Sein finsterer Blick sagt mir deutlich, dass ich besser auf ihn hören sollte.

„Wir können in mein Büro gehen." *Oh Mist*, die Tabletten, der Alkohol und das vergessene Abendessen machen sich gerade sehr deutlich bemerkbar.

„Alice?" Jake sieht mir fragend in die Augen, die Gesichter um mich herum beginnen sich zu drehen und dann spüre ich, wie der Boden unter meinen Füßen schwindet.

Starke Arme legen sich um meinen Körper und ich fühle Jakes harten Brustkorb. Genüsslich drücke ich mich noch näher an ihn, sauge seinen Geruch auf und genieße seine Kraft. Ich höre, wie er meine Bürotür auftritt. Langsam öffne ich die Augen, vergessen sind der Schwindel und der Schmerz. Alles, was in dieser Sekunde zählt, sind Jake, seine Nähe und seine Blicke, die wie flüssiges Silber über meinen Ausschnitt fließen. Die Zeit um uns herum steht still, die Musik und unsere Umgebung verschwinden aus meinem Bewusstsein. Ich beobachte, wie sich sein Mund leicht öffnet, voller Erwartung begegnen sich unsere Blicke. Langsam und wie in Trance berühren sich unsere Lippen. Sanft neckt seine Zungenspitze meine Unterlippe, öffnet meinen Mund und dringt langsam immer weiter vor. Ich spüre, wie sich seine Arme noch fester um mich schließen. In einem sinnlichen Tanz gefangen, umschlingen sich unsere Zungen. Immer wilder, hemmungsloser und fordernder verschmelzen unsere Münder. Süßes Verlangen durchschwemmt meinen Körper, lässt mein Herz schneller schlagen.

Sein Kuss schmeckt wie Zuckerwatte, verlockend süß und unendlich kostbar. Meine Hände fahren durch sein volles, weiches Haar, krallen sich in seinem Nacken fest und drücken seine Lippen noch fester auf die meinen. Ich spüre, wie sich meine Brustwarzen aufstellen und erwartungsvoll anschwellen. Tausend kleine Funken zerplatzen in meinem Bauch. *Gott im Himmel ...* In meinem ganzen Leben bin ich noch nie so geküsst worden.

Der sinnliche Tanz unserer Zungen verlangsamt sich, wird intensiver und eindeutiger. Ich will ihn, will seinen nackten Körper mit meinen Augen verschlingen, seine nackte Haut auf der meinen fühlen und seine Finger zwischen meinen Schenkeln spüren.

Bittersüß und schmerzlich langsam beendet Jake unseren ersten Kuss. „Das wollte ich schon die ganze Zeit tun!" Seine Stimme ist rau vor Verlangen, seine Augen sehen mich, sehen bis in mein Innerstes, erkennen mein wildes Verlangen. Vorsichtig setzt er mich auf meinem Schreibtisch ab. „Es wird Zeit, deinen Fuß zu untersuchen."

Wie schafft er es nur, so kühl und konzentriert zu bleiben? Jede Zelle meines Körpers sehnt sich nach seinen Berührungen und er denkt an meinen Fuß. „Küss mich noch mal ..."

Das leichte Schmunzeln auf seinen Lippen zeigt mir deutlich, wie sehr er meinen desolaten Zustand genießt. „Glaube mir, Kleines, das werde ich, aber erst sehe ich mir deinen Fuß an." Vorsichtig zieht er mir meinen Schuh aus. „Verdammt, Alice, du hättest so nicht arbeiten dürfen!" Sein strenger Tonfall heizt meiner Libido nur noch mehr ein, verdammt, bin ich scharf auf ihn. Ich streiche mit meinem Finger über seinen Nacken, zeichne unsichtbare Kreise auf seiner warmen Haut. Anscheinend hat ihn unser wilder Kuss doch nicht ganz so unbeeindruckt gelassen, wie es den Anschein hat, denn das dunkle Knurren, das er von sich gibt, als ich mit meiner Hand über seinen Oberkörper Richtung Hosenbund streiche, entgeht mir nicht.

„Alice, stopp, meine Selbstbeherrschung hängt an einem seidenen Faden."

Oh, sehr gut, das werde ich zu meinem Vorteil nutzen ... Erneut suche ich seinen Blick, greife ihm fest in die Haare und ziehe seinen Kopf nach oben, so lange, bis sich unser Atem vermischt. „Jake, küss mich!"

Knurrend steht er auf, presst meinen Körper an sich und lässt seinem Verlangen freien Lauf. Unsere Zungen verlieren sich in einem weiteren wilden Kuss, seine Hand wandert an meinem Hals abwärts, streicht leicht über den Ansatz meiner Brüste. Seine Berührungen sind leicht, jedoch fordernd ... ich drücke meinen Rücken durch, ersehne mir härtere Berührungen.

Jake versteht meine unausgesprochene Aufforderung, massiert mein williges Fleisch und knöpft meine Bluse auf. Sanft streicht er über die weichen Spitzen meiner Dessous. Seine Finger berühren meine bloße Haut, heben meine Brust aus dem Körbchen des BHs und er beginnt sanft, meine Knospe zu zwirbeln. Seufzend genieße ich den leichten Lustschmerz, den mir seine Finger schenken.

„Wie weit willst du gehen, Alice?“

Seine Worte sind mehr gebrummt als gesprochen und doch verstehe ich sie mehr als deutlich. Die Sprache unserer Körper ist eindeutig, Sex liegt in der Luft. Jake verteilt sanfte Küsse, leicht wie Feuerperlen brennen sie sich in die zarte Haut meiner Brust, leckend saugt er meine Brustwarze zwischen seine Lippen. Heiß graben sich seine Zähne in das weiche himbeerfarbene Fleisch meiner Nippel, mein Seufzen erfüllt den Raum. Wie weit ich gehen will? Ich weiß es nicht, alles was ich weiß, ist, dass ich ihn begehre und dass ich mich nach seinen Berührungen verzehre. Während seine Zähne bittersüße Lust durch meine Brustwarze jagen, spüre ich, wie seine Hände meine Hose öffnen.

Mein letzter Sex ist schon verdammt lange her, unsicher, wie es jetzt weitergeht, schließe ich meine Augen.

Jake hebt mich leicht an und zieht mir mit seiner linken Hand die Hose runter. Nach dem er meinen Po entblößt hat, setzt er mich wieder auf die Holzplatte des Schreibtischs. „Ich will dich jetzt.! Ich will mich in deinem Körper vergraben und dich ficken! Immer und immer wieder, so lange, bis du dich zitternd unter mir vergisst ...“

Seine geflüsterten Worte geben mir den Rest, schicken mich über die Klippe des Anstands und lassen mich in einem wilden Strudel der Gefühle zurück. „Dann nimm mich, Jake ...“ Pure Lust pulsiert durch meine Venen, mein Herzschlag verdoppelt sich und ich genieße seine Berührungen. Meine Jeans hängt unter meinen Knien, Jakes Finger streicheln die sensiblen Innenseiten meiner Oberschenkel, mit jedem Atemzug sehne ich mir mehr seiner süßen Zärtlichkeiten herbei. Feucht und geschwollen bettelt meine Klitoris darum, endlich massiert zu werden. Zärtlich dringen seine Finger zwischen meine feuchten Falten, meine Lust benetzt seine Fingerspitzen, das Aroma meiner Erregung erfüllt den kleinen Raum. Bebend kralle ich meine Nägel in seine Schulter, kippe mein Becken nach unten und genieße seine immer tiefer eindringenden Finger.

Sein Daumen massiert meinen Kitzler, übt leichten Druck aus und reibt kreisförmig in einem quälenden Rhythmus über meine pochende Lustperle. Das leichte Zittern in meinen Beinen, die bunten Punkte, die hinter meinen geschlossenen Lidern tanzen und sein sanfter Biss an meinem Hals. Ein spitzer Schrei entfährt meiner Kehle, während meine Scheidenwände seine Finger zuckend massieren. Die sanften Wellen meines Höhepunktes lassen meine Haut erglühen. Seine Finger fühlen sich wie heißes Eis an, das meine Haut verbrennt und stimuliert. Erneut beginnt er, meine Vagina zu bespielen. Immer tiefer dringen seine Finger in meine Mitte ein, unsere Lippen treffen sich hungrig, wir verschlingen die Hingabe des anderen. Seine Berührungen, seine Küsse und seine Zunge, alles an ihm ist besitzergreifend, seine Gier auf meine Lust ist animalisch und unverfälscht.

„Ich will, dass du dich mir hingibst!"

„Ich habe keine Gummis ..." Verzweifelt dränge ich ihm meine Hüfte entgegen, erneut dringt er mit zwei Fingern tief in mich ein, krümmt sie und berührt tief in mir eine Stelle, die mir einen Schauer der Lust nach dem anderen über den Rücken jagt.

„Nimmst du die Pille?"

Verzweifelt und in meinem Rausch der Lust gefangen, hauche ich ihm mein Ja an die weiche Haut seines Halses. „Vertraust du mir?"

Seine Hand zwirbelt meine Brustwarze, süßer Lustschmerz peitscht durch meinen Körper, lässt mich verzweifelt seufzen. Ich liebe seine Berührungen, seine Verführung ist der perfekte Mix aus Zärtlichkeit und Härte. Meine Schamlippen sind geschwollen, meine Klit pocht verlangend und meine Brüste sind schwer und voll. „Leg dich zurück," ich spüre das harte Holz meines Schreibtischs unter meinem Rücken. Jetzt, wo etwas Abstand zwischen uns ist, fühle ich mich verletzlich und unsicher.

Die Bar ist voller Gäste, die Tür ist nicht abgesperrt und zu guter Letzt ist mein Bruder in der Nähe. Jake scheint zu ahnen, wie es in mir aussieht.

„Ich will dich, Kleines, ich brauche dich, deinen Körper und deine Hingabe. Allerdings nur, wenn du es auch willst."

Jetzt liegt es an mir, will ich ihn? Ja! Aber will ich ihn auch jetzt, hier auf meinem Schreibtisch? Verdammte Scheiße, ja, ich will es jetzt, hart und hemmungslos. Langsam spreize ich meine Schenkel, soweit es meine nicht ganz ausgezogene Hose zulässt.

„Du bist unglaublich, Kleines ..." Jake verteilt auf meinem Bauchnabel feurige Perlenküsse, die mich seufzend nach mehr flehen lassen. Ich spüre sein hartes Glied, das sich fordernd gegen meinen Venushügel drückt. Jake reibt sich an mir, seine Mimik ist animalisch, in seinen silbernen Augen lodert die Glut der Lust. Mit seinen Händen massiert er meine Oberschenkel, während er seinen harten Schwanz in Position bringt. Quälend langsam schiebt er sich in meine zuckende Öffnung.

Seine Hände ergreifen meine Handgelenke, umschließen sie und drücken sie auf das harte Holz des Tisches. Immer tiefer nimmt er mich, hart und fest rammt er sich zwischen meine weichen Lippen. So sehr ich es auch versuche, ich schaffe es einfach nicht, leise zu sein. Immer zügelloser nimmt er mich in Besitz, markiert mich als sein Eigentum ... Zitternd kündet ein leichtes Beben in meinen Beinen meinen Höhepunkt an. „Jake ..." Mit seinem Namen auf meinen Lippen rauscht ein wilder Orgasmus durch meine Adern. Zitternd und zuckend umschließt meine Vagina seinen Schwanz, saugt und pumpt ihn so lange aus, bis Jake sich leise knurrend in mir ergießt. Es dauert ein paar Minuten, bis sich mein Puls beruhigt hat, mein Atem geht schwer, ein Tsunami der Gefühle überschwemmt meine Gedanken. Jake stützt sich mit seinem Ellenbogen ab, damit mich sein Gewicht nicht erdrückt. Erneut versinke ich in den Tiefen seiner silbernen Pupillen, und wenn mich nicht alles täuscht, spiegeln sich in seinen Augen die gleichen Emotionen, die auch durch meinen wirren und frisch gefickten Verstand wirbeln ... Sehr gut, wie es aussieht, werde ich in der nächsten Zeit noch mehr von diesem unglaublich berauschenden, postkoitalen Gefühl bekommen, das mich jetzt so bittersüß, glücklich und befriedigt lächeln lässt …

4. Kapitel

So sehr ich mich auch bemüht habe, wieder einigermaßen normal, in diesem Fall ungefickt auszusehen, habe ich das Gefühl, dass jeder Anwesende in der Bar mir ansehen kann, was ich gerade mit Jake getrieben habe. Benji samt seiner Clique sitzt noch immer am hinteren Tisch, der Lautstärke nach ist er mittlerweile nicht mehr ganz so nüchtern. Auch die restlichen Gäste, die sich noch immer nicht von ihrem letzten Getränk trennen können, sehen nicht mehr ganz so nüchtern aus. Jake sitzt mir gegenüber, seine Blicke verfolgen mich unentwegt, er erinnert mich an einen Panther, der seine Beute anvisiert, er lässt mich keine Sekunde aus den Augen. Selbst die Tatsache, dass mein Fuß wieder schrecklich schmerzt, rettet mich nicht von der Arbeit, ich muss schauen, dass alles sein geregeltes Ende nimmt. Maya und ich schaffen den Rest, was bedeutet, dass Samy und Tanja nach Hause gehen dürfen. Sam und meinen anderen Security-Mann Mike behalte ich allerdings beide bis zum Schluss da. Ich kann mir nie sicher sein, dass der letzte Gast freiwillig geht und außerdem habe ich die kompletten Tageseinnahmen im Haus. Seufzend checke ich den Barbestand, schreibe mir eine Liste der Dinge, die ich auffüllen muss oder die neu gekauft werden müssen.

„Hey, Chefin, ich mache schnell eine Pause, ich bin total erledigt." Maya kommt mir entgegen, sie sieht wirklich erschöpft aus.

„Ja klar, aber bleib in der Nähe, dein Outfit hat es heute Nacht echt in sich!"

Maya zwinkert mir verspielt zu und verschwindet durch den Notausgang nach draußen, typisch Raucher!

„Hey Honey, du weißt, dass ich mich nicht gerne wiederhole ..." Sams Hand legt sich auf meinen Nacken und er drückt leicht zu. „Steh auf und ruh dich aus, ich kümmere mich um die Theke."

Oh ja, und wie er sich kümmert. Wenn ich meine Theke Sam überlasse, kann ich morgen noch mal komplett von vorne anfangen.

„Du weißt ganz genau, dass ich, was meine Bar betrifft, eigen bin."

Oh nein, ich sehe, wie sich sein typisches Lausbubengrinsen auf seinem Gesicht ausbreitet, was so viel bedeutet, dass jedes weitere Wort verlorene Liebesmüh ist. „Und du weißt genau, dass ich, was dich betrifft, eigen bin." Seufzend gebe ich mich geschlagen, gegen Sam habe ich keine Chance. Als ich mich umdrehe, trifft mich Jakes wütender Blick völlig unvorbereitet, warum um Gottes willen ist er plötzlich so sauer auf mich?

Oh Fuck, die Erkenntnis trifft mich wie ein Schlag, Jake weiß noch gar nicht, dass Sam mein Bruder ist, für ihn muss es so aussehen, als ob ... *Mist*! Lächelnd drehe ich mich zu Sam um, lege meinen Arm um seine Hüfte und drücke ihn fest an mich. „Sam, darf ich dir jemanden vorstellen, das ist Jake, mein Retter in der Not." Auch wenn ich bis gerade eben noch dachte, dass Jake nicht noch wütender dreinblicken kann, was das betrifft, habe ich mich anscheinend getäuscht. Irgendwie genieße ich seine ungezügelte Wut, denn das bedeutet, dass ich ihm wichtig bin, dass unsere Nummer vorhin für ihn nicht bedeutungslos war – er ist eifersüchtig. Diese Einsicht lässt mein aufgeregtes Herz einen dreifachen Flickflack aufs Parkett legen. „Jake, das ist Sam, mein Bruder."

Es dauert ein paar Sekunden, bis die Bedeutung meiner Worte zu Jakes Verstand durchdringt. Seine Körperhaltung ist noch immer extrem angespannt und seine Augen sind vor Wut verdunkelt. Für einen Moment schließt er sie und atmet tief durch. Als er mich wieder ansieht, ist er wieder freundlich und entspannt.

„Hi Jake, danke, dass du meiner kleinen Schwester geholfen hast. Du hast was gut bei mir." Die Männer reichen sich locker die Hand und verfallen automatisch in ein männliches, nichtssagendes Geplänkel.

„Sam, kannst du mal bitte nach Maya sehen, sie wollte draußen eine rauchen und ist noch immer nicht wieder zurück."

Erstaunlich, der wütende Gesichtsausdruck der eben noch Jakes Mimik geziert hat, befindet sich jetzt auf dem Gesicht meines Bruders. Es hat den Anschein, dass Mayas Interesse nicht einseitiger Natur ist. Ohne weiter auf Jake und mich zu achten, macht sich Sam wie ein wütender Racheengel auf den Weg zu Maya, ich habe beinahe etwas Mitleid mit ihr.

„Eines muss ich dir lassen, das hast du geschickt eingefädelt."

Mit einer vorgetäuschten Unschuldsmiene sehe ich zu Jake. „Was denn?"

In gespielter Verzweiflung schüttelt er mit dem Kopf. „Du hast mich eifersüchtig gemacht, deinen Bruder von mir und deiner Arbeit abgelenkt und bist gleichzeitig dabei, ihn zu verkuppeln. Das werde ich mir merken, ich darf dich nicht unterschätzen!"

Kokett sehe ich ihn an. „Nein, mein Lieber, das solltest du tatsächlich nicht."

Erleichtert drehe ich den Schlüssel in der schweren Holztür um, endlich Feierabend, oder soll ich lieber Feiermorgen sagen. Mittlerweile ist es 4:20 Uhr, der heutige Tag wird komplett ruhig ablaufen. Heute dreht die Welt mal eine Runde ohne mich. Sonntags und montags ist die

Bar geschlossen, und ich freue mich riesig darauf, die nächsten beiden Tage meinen Fuß in aller Ruhe heilen zu lassen.

Maik, Jake und Sam sitzen neben Maya an der Bar, erstaunlicherweise verstehen sich mein Bruder und Jake auf Anhieb ganz gut. Ob das auch so bleibt, wenn Sam erfährt, dass ich mit ihm schlafe? Gequält humple ich zurück zur Bar. „Hat noch jemand Hunger? Oder verabschieden wir uns?“ Wenn es nicht ganz so spät wie heute ist, sitzen wir oft noch zusammen, essen einen verspäteten Mitternachtssnack und reden über unsere skurrilsten Gäste. Maya und Sam scheinen sich ziemlich einig zu sein, sie können es kaum erwarten zu gehen. Grinsend beobachte ich meinen Bruder, er kann es nicht lassen und verschlingt Maya geradezu mit seinen hungrigen Blicken ... Maik trinkt seine Coke aus und verabschiedet sich für heute, wie üblich will er schnell zu seiner Frau nach Hause.

„Auf geht’s, Schwesterherz, ich fahre dich und Maya heim.“

Ich werfe Jake einen kurzen Blick zu, seine Mimik verrät mir deutlich, dass es ihn nicht stören würde, mich ins Bett zu bringen.

„Sam, das ist wirklich nicht nötig, Maya wohnt am anderen Ende der Stadt, ich bin mir sicher, Jake kann mich auch fahren.“ Es fällt mir nicht schwer, aus Sams Mimik zu lesen. Einerseits will er mich sicher und heil in mein Bett bringen. Und gleichzeitig dafür sorgen, dass ich dort alleine lande. Andererseits will er mit Maya ins Bett und das nicht, um zu schlafen. Wenn die Situation nicht ganz so offensichtlich wäre, würde ich jetzt in schallendes Gelächter ausbrechen. Mein Bruder will unbedingt sicherstellen, dass Jake und ich nicht genau dasselbe treiben wie das, was er sooo dringend mit Maya anstellen will. Sam sieht mir tief in die Augen, ehe er Jake ansieht.

„Du bringst sie sicher bis vor die Tür.“

Das „bis vor die Tür“ betont er mehr als deutlich. Doch Jake lässt sich nicht von Sam einschüchtern, wieso auch? Sie sind beide gleich alt und selbst ihr Körperbau ist gleich stark. Wenn ich es mir recht überlege, scheint Jake noch etwas besser trainiert zu sein als mein Bruder.

„Keine Sorge Mann, deine Schwester ist bei mir in besten Händen!“

Oh ja, meine innere Göttin kann das nur bestätigen, seine Hände sind wirklich unglaublich befriedigend ...

Jetzt, wo wir endlich alleine sind, bemerke ich erst, dass wir das noch nie wirklich waren, abgesehen von den paar befriedigenden Minuten vorhin. Doch in denen waren wir viel zu sehr damit beschäftigt, uns die Kleidung vom Leib zu reißen, sodass wir nicht zum Reden gekommen sind. „Das mit meinem Bruder tut mir leid, er ist sehr beschützend!“

Jake grinst mich sexy an. „Keine Sorge, Kleines, das kann ich durchaus verstehen.

Wenn du meine kleine Schwester wärst, würde ich mich ganz genauso verhalten.“

Warm und schwer legt er seine rechte Hand auf meinen Oberschenkel. „Dein Bruder und ich, wir sind uns in manchen Dingen sehr ähnlich, wir schützen, was uns gehört.“

Ein angenehmer Schauer rieselt über meinen Rücken, denn der Blick, den er mir bei seinen Worten zugeworfen hat, war mehr als eindeutig.

„Ein Glück, dass er seine Augen heute nicht von Maya lassen konnte.“

Schmunzelnd sehe ich aus dem Fenster, die Münchner Innenstadt ist in schummriges Licht getaucht, der Tag ist dabei, die Nacht zu vertreiben. Die Straßen sind wie leer gefegt und doch zwingt uns eine rote Ampel anzuhalten. Wir stehen im wahrsten Sinne des Wortes vor einer Entscheidung. Wenn wir links abbiegen, fahren wir in meine Richtung, nach rechts geht es zu ihm. „Sollen wir zu dir oder zu mir?“

Oh Gott! Der Typ ist echt Sex auf zwei Beinen. Allein die Art, wie er mich den ganzen Abend über angesehen hat, lässt mich erneut feucht werden. Ohne an die Konsequenzen zu denken, schnalle ich mich ab, lehne mich zu ihm rüber und küsse ihn leidenschaftlich. Unsere Zungen, so fremd und doch vertraut nehmen ihren wilden Tanz wieder auf. Zwischen meinen Beinen breitet sich ein süßes Ziehen aus, das mir verdeutlicht, wie dringend ich ihn in mir will. Es dauert nur wenige Sekunden und Jake hat mal wieder die Kontrolle übernommen. Seine Zunge duelliert sich mit meiner, seine Finger massieren meine Nippel, während ich mich in unserem Kuss verliere.

„Ich will dich schmecken!“ Sein dunkles Knurren lässt meine Säfte fließen, ich bin so unglaublich scharf auf ihn.

„Dann zu mir, das ist kürzer.“ Mit meiner Hand streichle ich seinen bereits harten Schwanz durch den Stoff seiner Jeans. „Ich will aber nicht warten.“ Ich habe keine Ahnung, ob die Ampel noch immer auf Rot ist oder schon wieder Rot geworden ist, alles was ich weiß, ist, dass ich jetzt unbedingt und auf der Stelle seinen Schwanz auf meiner Zunge schmecken will. Ungeduldig öffne ich den Knopf seiner Hose, schiebe den Riegel des Reißverschlusses nach unten und greife ungeduldig in seine Boxershorts. Schwer und warm drückt sich sein Penis in meine Handfläche.

„Alice, hab Geduld!“ Seine Stimme klingt ganz heißer vor Vorfreude, diese verruchte Situation turnt ihn ganz genauso an wie mich. Verzweifelt versuche ich, seine Hose noch etwas nach unten zu zerren. Jake hilft mir, indem er seinen Po kurz vom Autositz anhebt. Endlich habe ich es geschafft, steif und dick ragt mir sein harter Penis entgegen. Der würzige moschusartige Geruch seiner Erregung steigt mir in die Nase. Ob ich meinen eigenen Geschmack auf ihm erkennen werde? Langsam und genüsslich genieße ich die köstliche Vorfreude, die sich meiner bemächtigt hat. Ich bin ihm so nah, dass meine Lippen seine Eichel berühren. Mit einem möglichst züchtigen Augenaufschlag sehe ich ihn an. „Geduld ist keine meiner Stärken."

Salzig und weich spüre ich sein Glied an meiner Zungenspitze. Ich umkreise ihn, steigere seine Lust und fordere den letzten Rest seiner Selbstbeherrschung heraus.

Langsam nehme ich ihn saugend zwischen meine Lippen, genieße das Gefühl seiner pochenden Erregung auf meiner Zunge. Immer tiefer nehme ich ihn in meinen Mund, sauge, lecke und züngle so lange, bis er tief in meiner Kehle steckt. Jakes raues Stöhnen reicht mir als Zustimmung. Ich beginne mich zu bewegen, hebe meinen Kopf, sauge und verwöhne die kleine Öffnung an der Spitze.

Die Vorboten seiner Hingabe schmecken salzig. Ich spüre, wie sich seine Hand in meinem Haar verkrallt, dominant und hart bestimmt er meinen Rhythmus, meine Geschwindigkeit. Er zeigt mir, wie er es will, er benutzt meinen Mund, so etwas Verruchtes habe ich noch nie getan. Das schmatzende Geräusch meines Mundes und sein immer lauter werdendes Stöhnen erfüllen den Innenraum seines Jaguars. Seine Hoden ziehen sich unter meinen massierenden Fingern zusammen, werden hart und prall, ein untrügliches Zeichen für das anstehende Finale. „Alice ..." Mein Name begleitet den dicken Strahl seines Spermas, das ich gierig schlucke. Pumpend und zuckend entleert er sich auf meiner Zunge. Lasziv lecke ich mir über die Unterlippe, während ich mich zurück auf meinen Sitz setze. Möglichst gelassen sehe ich ihn an. „Ich würde sagen, wir fahren zu dir." Noch immer völlig außer Atem, lehnt Jake seinen Kopf in die Nackenstütze seines Sitzes. Die stille Zeugin unseres Intermezzos wechselt erneut von Grün zu Gelb zu Rot. Und verschafft Jake so einige Minuten, in denen er sich sammeln kann.

5. Kapitel

Die Begeisterung, die ich für sein Wohnzimmer empfunden habe, ist nichts im Vergleich zu der, die ich in seinem Schlafzimmer empfinde. Der Raum liegt etwas vor dem Haus, somit ist der vordere Teil der Decke aus Glas. Ein breites, sehr großes Doppelbett steht mittig vor der großen Fensterfront. Ein XXL-Teppich sorgt für eine gemütliche Stimmung, während eine kleine Lampe dezent, jedoch unaufhörlich ihre Farbe wechselt.

Jake tritt hinter mich, legt mir seine Hände auf die Taille und beginnt, meinen Nacken mit heißen Küssen zu benetzen.

Er bleibt so nah vor mir stehen, dass sich unser Atem vermischt, ich atme tief ein und kann seinen männlichen Geruch nach Sandelholz intensiv wahrnehmen. Noch nie in meinem ganzen Leben habe ich mich so lebendig gefühlt, instinktiv strecke ich meine Hand nach ihm aus und lege sie auf seinen warmen Brustkorb. Unter meinen Fingern spüre ich seinen kraftvollen und gleichmäßigen Herzschlag. Unsere Blicke treffen sich und instinktiv weiß ich tief in meinem Inneren, dass ich die richtige Entscheidung getroffen habe. Jacke legt seine warme Hand auf meine.

„Alice, ich möchte, dass du dir wirklich sicher bist, denn danach gibt es kein Zurück mehr. Ich kann mir schon jetzt nicht mehr vorstellen, dich je wieder gehen zu lassen.“ Sanft hebt er mein Kinn an. „Wenn ich dich jetzt erneut nehme, wird unsere Affäre zu einer Beziehung, die ich nicht auf die leichte Schulter nehmen werde.“

Als Antwort auf seine Frage beuge ich mich noch weiter nach vorne, stelle mich auf die Zehenspitzen und küsse ihn leidenschaftlich auf den Mund. Meine Zunge teilt seine Lippen und von diesem Moment an ist es um uns geschehen. Alles um mich herum beginnt sich langsam zu drehen, genüsslich schmiege ich mich in Jakes Umarmung. Das leichte Prickeln, das sich in meinem Körper ausbreitet, lässt meine Knie so weich wie Pudding werden. Jake spürte meine Hingabe und nimmt mich schützend in seine Arme, vorsichtig legt er mich auf die weiche Matratze und unterbricht unseren süßen Kuss.

Gerade als ich protestieren will, legt er mir seinen Finger auf die Lippen und zwinkerte mir sexy zu. Mit der trägen Arroganz eines Raubtiers bewegt er sich durch den Raum, öffnet einen der Schränke und holt mehrere Teelichthalter heraus. Ohne besondere Eile verteilt er sie um das Bett herum und zündet eine Kerze nach der anderen an. Im Schein der kleinen Flammen beginne ich, mich langsam zu entkleiden.

Groß und stark stellt Jake sich vor das Bett, sehnsüchtig erwidere ich seinen Blick und strecke ihm einladend meine Hand entgegen, er kniet sich mit einem Bein zu mir auf das Bett und öffnet langsam sein Hemd, achtlos wirft er es auf den Boden.

Wenige Augenblicke später, steht er nackt und höchst erregt vor mir. Hungrig und ehrfürchtig zugleich betrachte ich seinen schönen, kraftvollen Körper, ausgeprägte Muskeln dominieren sein Erscheinungsbild. Sein breiter Nacken, der in zwei starke Arme überläuft, verdeutlicht mir nur allzu sehr, wie viel schwächer ich im Gegensatz zu ihm bin. Es juckt mich in den Fingern, wie gerne würde ich ihn jetzt berühren, meine Hände über seine warme Haut gleiten lassen und ihn leidenschaftlich küssen.

„So, und nun zu dir, meine Schöne." Er legt sich neben mich auf die Matratze und streicht mir eine Strähne meines Haars hinters Ohr. Seine Hände gleiten über meine Arme und er beobachtet unter gesenkten Lidern, wie sich heißes Verlangen in meinem Körper ausbreitet. Liebevoll zeichnet er mit seinen Lippen eine heiße Spur von süßen Küssen auf meinen Hals bis zu der Stelle, an der mein Puls sich vor lauter Aufregung überschlägt. Nackt und bis in die Zehenspitzen erregt liege ich vor ihm, süchtig nach seinen Berührungen und seinen Küssen. Jakes Gesicht erinnert mich an eine in Stein geschlagene Gottheit, ich habe ihn noch nie so angespannt gesehen. Es ist deutlich zu erkennen, dass er sich Mühe gibt, sein Verlangen zu unterdrücken, das wie ein Unwetter in ihm wütet, ein Sturm auf der Suche nach Erlösung.

Ich liege vor ihm und biete mich ihm an, meine Brustwarzen sind rot und geschwollen, mein Atem geht schwer. Ich spüre seine pure Männlichkeit und genieße das Gefühl seiner streichelnden Finger. Unsere Küsse werden immer ungestümer, der sinnliche Tanz unserer Zungen führt mich in die vollkommene Hingabe. Alle Gedanken, Sorgen und Sehnsüchte lösen sich in einem bedeutungslosen Nichts auf. Die Knospen meiner Brüste werden hart wie Kieselsteine und doch sind sie sensibel wie die zarteste Blüte. Jake streichelt sanft meine Oberschenkel, während er Küsse auf meinen Bauch haucht, die sich wie heißes Eis anfühlen. Seine Zungenspitze umkreist meinen Nabel, dringt in die leichte Mulde ein und teilt mit seinen Fingern meine Venuslippen. Sein Mittelfinger bewegt sich verlockend weiter vor und ich spüre, wie er in mein heißes feuchtes Fleisch eindringt. Jake erobert meine Sinne, mit jedem Kuss, jeder Berührung und jeder noch so leichten Verführung versinke ich tiefer in einem Strudel der Ekstase, der immer mehr von mir vereinnahmt. Jakes rhythmische Bewegungen zwischen meinen Schenkeln, sein Handballen, der mit gekonntem Druck meinen Kitzler massiert und seine Zunge, die sich meiner Scheide immer weiter nähert, all diese Sinneseindrücke treiben mich immer weiter Richtung

Höhepunkt. Verzückt spreize ich meine Schenkel, biete mich ihm an und fordere stumm nach mehr. Jake positioniert sich zwischen meinen Beinen, unsere Blicke treffen sich und ich spüre, wie sich seine Finger erneut in meine Öffnung graben. Feucht und höchst erregend beobachte ich ihn dabei, wie er meine Schamlippen öffnet und sein Blick meine intimste Stelle verschlingt. „Du hast so eine süße kleine Lustspalte ..."

Genüsslich schließe ich meine Augen, überlasse mich ihm und genieße seine kundigen Finger, spüre ich seine Zunge an meiner Perle. Leckend und saugend reizt er mein sensibles Fleisch, während mich seine Finger hart nehmen. Süßer Lustschmerz pulsiert durch meine Venen. Mein Schrei, verzweifelt und fordernd zugleich, durchbricht die Stille. Jake entzieht mir seine Finger, leckt meine Spalte, züngelt sich durch die weichen Falten. Jede Zelle meines Körpers vibriert vor unerfüllter Begierde, so sehr ich es auch versuche, ich schaffe es nicht, leise zu sein. Jake erhöht den Druck seiner Zunge, massiert mit seinen Fingern meinen Damm und streichelt federleicht über meinen Anus. Langsam züngelnd dringt seine Zunge in mich ein. Heiß und saugend umschließen seine Lippen meine Grotte, während er mit einem Finger langsam in meinen Po eindringt. Vorsichtig nimmt er meine dunkle Grotte in Besitz. Das Gefühl ist unheimlich intensiv, seine Zunge, die meine Spalte leckt und seine Finger, die mich massieren. Mit einem leisen Schrei stürze ich über die Klippe der Erfüllung. Zuckend und mich windend saugt meine Vagina seine Finger tiefer in mein Inneres. Pinkfarbene Blitze zucken vor meinen Augen, während ich auf den heißen Wellen meines Höhepunktes reite. Erschöpft und zutiefst befriedigt genieße ich seine Nähe. Doch Jake denkt nicht daran, mir eine kurze Pause zu gönnen. Unsere Lippen treffen sich und ich schmecke meine Säfte auf seiner Zunge. Immer wilder vereinigen sich unsere Lippen, Jakes Hände zwirbeln meine Brustwarzen, bittersüß pochend, locken seine Berührungen erneut meine Lust.

Verzweifelt und lustvoll stöhnend versuche ich, nach Luft zu schnappen, doch Jake lässt es nicht zu. Sein Mund hält mich gefangen, während er mit einem weiteren Finger tief in mich eindringt. Weich und anschmiegsam gewöhnt sich mein Körper an die intensive Dehnung. Seine Zunge umschlingt die meine, während seine Finger meinen G-Punkt stimulieren. Der mangelnde Atem, seine Begierde und meine Hingabe – für diesen bezaubernden Moment existieren nur noch wir beide. Nichts ist von Bedeutung, nichts ist wichtig.

Verzweifelt drücke ich mich seiner Hand entgegen, seinen starken Armen, die mich halten. Ich will ihn, brauche ihn tiefer und härter als je zuvor. Das süße Ziehen, das in meinem Bauch beginnt und nach meinem

Schoß greift, zeigt mir, wie nah ich vor einem erneuten Höhepunkt stehe. Schwerelos und zitternd genieße ich seine Verführungskünste. Seine Zunge leckt über meinen Hals und zeichnet eine brennende Spur zu meinen harten Knospen. Immer wilder und hemmungsloser bedient er sich an meiner Brust, saugt die kleine pochende Warze zwischen seine Lippen und beißt sachte in das gepeinigte Fleisch. „Bitte Jake, fick mich endlich ... Ich kann nicht mehr!"

Unsere Blicke treffen sich und ich spüre seinen harten Schwanz an meiner Öffnung. Sein Gewicht drückt mich tiefer in die Matratze und sein Glied nimmt mich hart und hemmungslos in Besitz. Unter gesenkten Lidern beobachte ich sein Mienenspiel, Jake wirkt wie ein Eroberer, der sich über seine Beute hermacht. Immer härter und immer wilder nimmt er mich, dringt bis zum Schaft in mich ein, nur, um sich dann quälend langsam aus mir zurückzuziehen. Ich spreize meine Beine, öffne mich noch weiter, sehne mich danach, ihn in mir zu spüren. Mit jedem Vorstoß dringt er härter in mich ein, es gibt keine Grenzen mehr, keine Tabus und keine Zeit. Alles was zählt, ist unsere Vereinigung, sein Schwanz, der mich hart fickt und sein Geruch, der meine Sinne erfüllt. „Nimm mich, härter!" Sein dunkles Knurren, seine Finger, die sich fester in mein Fleisch graben und sein Schaft, der mich regelrecht pfählt. Laut stöhnend melken meine Scheidenwände sein Glied, während ich erneut in tausend kleine Stücker zerfalle.

Nach wenigen Stößen folgt mir Jake ins Paradies der Erlösung, verschwitzt und keuchend liegen wir in seinem Bett, während der Schein der Kerzen unsere bebenden Körper umhüllt.

Genüsslich strecke ich mich in den weichen, nach Jake duftenden Laken. Jede Zelle meines Körpers prickelt angenehm, während es erneut verlangend zwischen meinen Schenkeln zu pochen beginnt, wenn ich an letzte Nacht beziehungsweise an heute Morgen denke. Jake war leidenschaftlich, liebevoll und doch dominant. Der Geruch unserer Vereinigung liegt noch immer schwer in der Luft.

Verträumt öffne ich meine Augen, strecke meine Hand nach ihm aus und ertaste eine leere Bettseite. Wo zum Teufel ist er? Traurig, dass er nicht mehr neben mir liegt, zwinge ich meinen Körper dazu, endgültig die Fänge des Schlafes abzuschütteln. Auf seinem Kopfkissen liegt ein kleiner Zettel;

Hoffentlich bemerkst du gar nicht, dass ich kurz weg bin,
ich besorge uns etwas fürs Frühstück.
Genieße die Ruhe, ich bin gleich zurück ...

Auch wenn ich wirklich Löwenhunger habe, es wäre mir lieber gewesen, wenn er jetzt hier bei mir wäre. Gähnend strecke ich ein letztes Mal meine Glieder und schlage die Decke zurück. Alleine ist es nicht halb so schön in seinem Bett. Möglichst anmutig humple ich in das anliegende Bad und stelle mich unter eine angenehm heiße Dusche.

Genüsslich schließe ich die Augen, seit Langem war ich mir meines Körpers nicht mehr so bewusst wie in diesem Moment. Meine Brustwarzen sind empfindlicher als sonst, was an Jakes bittersüßer Aufmerksamkeit liegt. Mein Kitzler fühlt sich unglaublich sensibel an, während meine Seele regelrecht erblüht. Kann es sein, dass ich mich in Jake verliebt habe?

Nein, nur weil er verdammt sexy ist, heißt das nicht, dass ich naiv genug bin, mich in ihn zu verlieben. In der letzten Zeit war ich so mit meiner Arbeit beschäftigt, dass ich es ganz verlernt habe, eine Frau zu sein. In Jakes Nähe fühle ich mich weiblich und feminin, ich genieße seine Stärke, das Wissen, dass er mich beschützt und ein Auge auf mich hat.

In Ermangelung eines eigenen Duschgels drücke ich mir einen großen Klecks von seinem Axe auf meine Handfläche und verteile es auf meinem sensibilisierten, aus seinem Dornröschenschlaf erwachten Körper.

Frisch geduscht werfe ich einen Blick in den überdimensionalen Spiegel, der über den zwei großen weißen Waschbecken hängt. Mein Spiegelbild sieht mich neugierig an, ich sehe verändert aus. Meine braunen Augen leuchten, meine Lippen sind von seinen stürmischen Küssen leicht geschwollen und ein ziemlich großer Bissabdruck ziert meine rechte Halsseite. Typisch Macho, Jake konnte es anscheinend nicht lassen, sein Zeichen, auf meiner Haut zu hinterlassen. Bei jedem anderen Mann hätte mich das tierisch gestört, doch bei ihm empfinde ich es als romantisch-animalisch angehauchte Geste der Verbundenheit. Verwundert über meine wirren Gedanken, schüttle ich den Kopf.

„*Verdammter Mist*, wir stecken ziemlich tief in der Scheiße!“

Mein Spiegelbild sieht mich fragend an, oh ja, ich habe mich tatsächlich in ihn verliebt! Erschüttert und ziemlich verunsichert stehe ich nackt in seinem Schlafzimmer, es wird Zeit, mich genauer umzusehen. Sein Haus ist einfach ein Traum, auch wenn es eindeutig eine Junggesellenbude ist, er hat Geschmack. Kalte und wertvolle Dekoration, gepaart mit einer noblen und ziemlich kostspieligen Ausstattung. Auf der anderen Seite des Raums hängt eine große USA-Karte. Verschiedene Bilder, Notizen und Briefe liegen auf dem

Sideboard verteilt, das direkt unter der überdimensionalen Landkarte steht.

Hat er etwa einen USA-Fimmel? Ich kenne viele Menschen, die ganz vernarrt sind in das Land der unendlichen Möglichkeiten.

Ein Brief liegt offen vor mir, flüstert mir zu, lockt meine Neugierde. Auch wenn es sich nicht gehört, ich kann einfach nicht widerstehen. Mit einem prüfenden Blick über meine Schulter schnappe ich mir das Papier und lese die Zeilen. Der Brief ist auf Englisch, doch meine begrenzten Kenntnisse reichen aus, um den Inhalt zu verstehen. Schlagartig wird mir schlecht, mein Magen verkrampft sich und ich spüre, wie bittere Galle in mir hochsteigt. Jake plant, nach New York zu gehen, um dort in einer Klinik anzufangen. Er verlässt „Good old Germany" um in den Staaten ein neues Leben zu beginnen. All meine Hoffnungen, die eine gemeinsame Zukunft beinhalten, zerplatzen wie eine überdimensionale Seifenblase ... Wie konnte ich nur so dumm sein? Wie konnte ich mich nur auf ihn einlassen? Seit meinem Ex-Freund bin ich Gefühlen aus dem Weg gegangen. Ich habe einfach kein Gespür dafür, welcher Mann mir guttut und welcher nicht. Natürlich hat mich Jake nicht geschlagen und dennoch hat er mich in dem Glauben gelassen, dass wir eine Zukunft haben, dass es eine Chance für uns gibt. Und letzte Nacht, haben seine Worte etwa nichts bedeutet?

Wenn ich Dich jetzt erneut nehme, wird unsere Affäre zu einer Beziehung, die ich nicht auf die leichte Schulter nehmen werde ...

Panisch lasse ich den Brief fallen, drehe mich um und schlüpfe in meine Klamotten. Ich muss hier weg, ich muss hier raus, bevor ich in Tränen ausbreche.

Weit komme ich nicht, gerade als ich seine Haustür aufreißen will, höre ich, wie Jake von außen den Schlüssel ins Schloss steckt. *Fuck! Mist! Scheiße!* Kann ich denn nicht einmal Glück haben? Nach wenigen Sekunden steht Jake vor mir, unsere Blicke treffen sich, doch dann gleiten seine Augen hinab zu meinem Hals, zu der Stelle, an der sein Bissfleck meine Haut ziert. Ein zufriedenes Lächeln breitet sich auf seinem Gesicht aus.

Allerdings bleibt es nicht lange. Fragend zieht er eine seiner Augenbrauen in die Höhe, als er feststellt, dass ich komplett bekleidet und im Begriff zu gehen bin.

„Wohin willst du, Kleines? Ich habe uns etwas fürs Frühstück geholt!"

Genervt versuche ich meinen verletzten Fuß zu entlasten und lehne mich an die Hauswand. „Die Frage solltest du dir selbst stellen ..." Mein wütender Tonfall scheint ihn zu überraschen.

„Hast du morgens immer so gute Laune? Ich war doch nur beim Bäcker. Hast du denn meinen Zettel nicht gesehen?“

Himmel, stellt er sich mit Absicht so dumm? „Ich rede nicht von deiner Semmelholerei!“

Jake trägt eine lässige Jeans, die ihre besten Zeiten schon längst hinter sich hat. Einen weißen Wollpullover und ein schwarzes Polohemd darunter. Auch wenn er in dem Outfit ein bisschen spießig wirkt, sieht er unheimlich heiß aus. Von mir selbst genervt, schüttle ich den Kopf, ich muss hier weg, schnellstens! In seiner Nähe ergreift meine Libido die Kontrolle über meinen Verstand ...

Jakes geduldige Mine verwandelt sich in eine eher düstere Grimasse. „Ich weiß ja nicht, was gerade mit dir los ist, aber du wirst erst gehen, wenn wir das geklärt haben.“

Bildet der sich echt ein, dass er mir etwas zu sagen hat? Gerade als ich an ihm vorbei und durch die Tür nach draußen stürmen will, lässt er die Tüte mit den Backwaren fallen und schlingt seinen starken Arm um meine Hüfte.

„Hier geblieben, Alice!“

Kraftvoll drückt er mich an seinen Körper, so sehr ich es auch versuche, ich habe nicht die geringste Chance, ihm zu entkommen ... „Schweinehund!“ Tränen der Wut steigen mir in die Augen, verdammtes Arschloch! „Lass mich jetzt sofort los, hast du mich verstanden? Sofort!“

An dem leichten Beben seiner Brust kann ich unschwer erkennen, dass er sich ein Lachen verkneifen muss. Eine Tatsache, die mich umso wütender werden lässt. Ohne auf meine Gegenwehr einzugehen, trägt er mich mühelos zurück in sein Wohnzimmer. Vor seiner Couch angekommen, legt er mich auf das braune Leder und sieht mir in die Augen. „Ich lasse dich erst gehen, wenn wir das hier geklärt haben!“

Schnaufend würde ich ihn am liebsten verprügeln, doch da ich eh keine Chance habe, werde ich mir wohl eine andere Methode einfallen lassen müssen.

Ohne mich aus den Augen zu lassen, setzt er sich entspannt auf den antiken Wohnzimmertisch. „Kannst du mir jetzt mal bitte sagen, was hier los ist? Letzte Nacht gibst du dich mir hin, du hast in meinen Armen geschlafen und kaum bin ich für zwanzig Minuten nicht da, verwandelst du dich in eine Femme fatale!“

Eine Femme fatale? Männer haben mir ja schon viele Kosenamen gegeben, aber das ist mal was ganz was Neues ... „Du gehst in die USA.“ An diesen fünf Wörtern wäre ich beinahe erstickt. Selbst jetzt, wo ich so wütend auf ihn bin, würde ich mich am liebsten auf seinen Schoß setzen, um seine Wärme und seine Kraft zu spüren. Warum muss mich ausgerechnet dieser Mann so anziehen? Ein Mann, der in ein anderes scheiß weit und verdammt entferntes Land auswandern will.

Belustigung blitzt mir aus seinen silbernen Augen entgegen. „Du hast geschnüffelt?“ Jetzt reicht es aber.

„Nein, ich habe mich nur umgesehen. Wieso spielst du mit mir? Ich habe immer nur Pech mit euch Kerlen!“

Warm und schützend legt er seine Hände um meine kalten Finger. „Ja, ich habe tatsächlich geplant, in die Staaten zu gehen, allerdings will ich nicht auswandern, sondern nur für ein paar Jahre bleiben. Ich habe ein sehr interessantes Jobangebot erhalten, über das ich ernsthaft nachgedacht habe. Hier hält mich nichts, ich habe keine Familie und keine Frau, zumindest nicht bis letzte Nacht.“

Sein letzter Satz lässt mich aufhorchen. „Jake, sag mir, was du willst. Und spiele nicht mit mir, das halte ich nicht aus.“ Wie hat es dieser Mann geschafft, innerhalb kürzester Zeit all meine Schutzmauern zu untergraben?

„Alice, sieh mich an.“ Mit einem bestimmenden Griff hält er mein Kinn fest. „Du hast all meine Zukunftspläne zunichtegemacht. Seit ich dich im Wald auf dem Boden gesehen habe, muss ich an dich denken. Letzte Nacht in der Bar, verdammt, am liebsten hätte ich all die Arschlöcher verprügelt, die dich mit ihren Blicken verschlungen haben. Und dieser Typ, der der dich geküsst hat. Himmel, der hat echt Glück gehabt, ich war kurz davor, mich zu vergessen. Ich will, dass deine Welt mit mir beginnt und auch bei mir endet. Ich weiß, das klingt sehr heftig, wenn man bedenkt, dass wir uns eigentlich noch fremd sind. Und doch ist es so.“

Die ganze Zeit hat er meinen Blick erwidert, er ist mir nicht ausgewichen, hat nicht gezögert und nicht überlegt, sondern frei heraus gesprochen. Schmetterlinge flattern in meinem Bauch, mein Herz tanzt einen Feuertango und meine Finger zittern vor lauter Aufregung. Ich weiß nicht, was ich sagen soll, das ist das erste Mal in meinem Leben, das ich sprachlos bin.

Jake legt mir seine Hände auf die Hüften, hebt mich hoch und setzt mich auf seinen Schoß. „Was auch immer das zwischen uns ist, Alice, ich bin nicht bereit, es aufzugeben.“ Stürmisch erobert er meine Lippen, nimmt meinen Mund in Besitz und sorgt dafür, dass mir Hören und Sehen vergeht.

Aufgeheizt von seinen Worten falle ich über ihn her. Ziehe ihm seinen Pullover aus und fummle schwer atmend an seinem Hosenknopf herum. Nach wenigen Sekunden sind wir nackt, schwer atmend stehen wir uns gegenüber und verschlingen uns mit heißen Blicken. Jake hebt mich hoch, drückt mich an die Wohnzimmerwand und bringt meine bereits feuchte Vagina über seinem harten Schaft in Position. Ich versinke in seinem Blick, spüre, wie er langsam in mich eindringt und ertrinke in seinen silbernen Augen. Dieser Moment ist unheimlich intim und dieses Gefühl der Verbundenheit wird von unserem Blickkontakt noch verstärkt.

„Schling deine Beine um mich."

Das muss er mir nicht zweimal sagen. „Nimm mich hart!"

Seine Augen verdunkeln sich vor Begierde. Immer schneller stößt er in einem gnadenlosen Rhythmus in meine Scheide. Durch unsere stehende Position stupst er mit jedem Vordringen gegen meine Gebärmutter. Feuerperlen der Lust vermischen sich mit meinen Gefühlen für ihn. Nach wenigen Minuten hat er es geschafft, ich versinke in meiner Liebeserfüllung, zucke und stöhne in seinen Armen, während ich ihm meine Hingabe schenke. Durch die Kontraktionen in meinem Inneren nehme ich Jake mit, der sich brüllend in mir ergießt. Unser erster Versöhnungssex, wenn der immer so fantastisch ist, werde ich bestimmt noch öfter mit ihm streiten!

6. Kapitel

Lächelnd schließe ich meine Haustür, Jake hat mich nachhause gebracht. Mir bleiben genau 120 Minuten, um mich zu duschen, meine Haare zu föhnen und um ein möglichst sexy Outfit zurechtzulegen. Denn dann steht er erneut vor meiner Türe und holt mich zu unserem ersten Date ab. Irgendwie machen wir etwas verkehrt. Aber wen interessiert schon die genaue Reihenfolge des Kennenlernens, auf das Ergebnis kommt es schließlich an. Der Nachmittag mit Jake war wunderschön, wir haben es tatsächlich noch geschafft zu frühstücken, auch wenn es da schon 15:00 Uhr war. Lächelnd humple ich erneut unter eine heiße Dusche, bei dem ganzen Sex artet es noch in Stress aus, sauber zu bleiben.

Meine Haare liegen weich und fallen mir in sanften Wellen auf den Rücken. Mit einem dezenten Make-Up und in einem kurzen Jeansmini warte ich auf meine Verabredung. Das laute Klopfen an der Tür reißt mich aus meinen Tagträumen. Immer lauter und ungeduldiger erzittert meine Tür unter den Fäusten meines Besuchers, das ist ganz bestimmt nicht Jake. Vorsichtig linse ich durch den Spion. Sam steht wutentbrannt im Hausflur, *Gott*, was ist denn mit dem los? Schnell öffne ich ihm und sehe ihn neugierig an. „Hi, Bruderherz, was ist denn los? Du ruinierst mir meine Tür, hast du noch nie was von der nützlichen Erfindung einer Klingel gehört?"

Seine Augen schießen Blitze, wie King Kong stürmt er in mein Wohnzimmer.

„Wo zum Henker hast du gesteckt?"

Schnell krame ich in meinem Hirn nach einer ungefährlichen Antwort, doch Sam ist so wütend, dass er gar nicht erst auf meine Erwiderung wartet.

„Ich habe bestimmt ein Dutzend Mal bei dir angerufen."

„Warum?" Auch wenn ich ihn frage, kenne ich seine Antwort schon: Jake.

„Dieser Kerl hat dich nachhause gefahren und dann warst du nicht mehr zu erreichen, ich habe mir Sorgen gemacht. Der Typ hätte sonst was mit dir anstellen können!"

Oh, das hat er auch… „Es ist alles bestens, Jake hat sich gut um mich gekümmert."

Verdammt, es ist gar nicht so leicht, bei der Wahrheit zu bleiben und gleichzeitig meine Privatsphäre zu wahren.

„Alice, du musst mich auch verstehen, ich bin für dich verantwortlich und dein Ex, naja, damals habe ich es nicht geschafft, dich zu schützen!"

Jetzt wirkt King Kong plötzlich wieder wie ein kleiner Junge. „Es geht mir gut, es ist alles okay."

Prüfend sieht er mir in die Augen. „Dann ist ja gut ..."

Ich sehe, wie die Anspannung von seinem Körper abfällt. „Wie war es mit Maya? Hast du sie gut und sicher nach Hause gebracht?"

Der verträumt verliebte Blick, der sich auf das Gesicht meines Bruders schleicht, verrät mir mehr als tausend Worte. Ein lautes Klingeln unterbricht meine schwesterliche Inquisition, da hat Sam aber noch mal Glück gehabt.

Sams Blick gefriert zu Eis. „Ist das dieser Jake?"

Ungeduldig umarme ich ihn fest und drücke ihm einen Schmatzer auf die Wange.

„Ja, das ist er, und sei bitte freundlich zu ihm, er ist mir wichtig!"

Seine Mimik verdüstert sich erneut.

„Versprich es mir, Sam."

Er atmet tief durch und lockert seine Schultermuskulatur. „Ich werde es versuchen."

Damit muss ich mich wohl zufriedengeben. Erneut klingelt es.

„Der Kerl ist ganz schön ungeduldig!"

Sam klingt wie ein bockendes Kleinkind, das sich keinen Lolli aussuchen darf.

„Das sagst gerade du, du hast vor wenigen Minuten meine Tür verprügelt!"

Zumindest hat mein Bruder den Anstand, geknickt zu gucken.

Kaum habe ich Jake die Tür geöffnet, legt er seine Arme um meine Mitte und drückt mich begehrend an seinen harten Körper. „Ich habe dich vermisst, meine Schöne." Stürmisch legt er seine Lippen auf meinen Hals, knabbert daran und hebt mich verspielt und übermütig hoch, so, dass meine Beine in der Luft baumeln.

„Jake, nicht, mein Bruder ist da ..."

Doch die Warnung kommt zu spät, denn seine Hände haben sich schon lange gierig unter meinen hochgerutschten Mini auf meinen Po gelegt.

Sams dunkles Gebrummel lässt Jake endlich reagieren. Langsam lässt er mich an seinem Körper hinunterrutschen und er nimmt auch endlich seine Hände von meiner Rückseite. Allerdings kann er es nicht lassen, vorher noch einmal feste in meine linke Pobacke zu kneifen. „Hallo Sam, schön, dich wieder zu sehen." Bitte lieber Gott, mach, dass sich mein Bruder nicht wie ein Höhlenmensch benimmt. Mein Stoßgebet wurde anscheinend nicht erhört.

Sam kommt auf uns zu, sieht Jake in die Augen. „Pass gut auf sie auf!" Dann dreht er sich zu mir und streichelt mir zärtlich über meine Wange.

„Nimm dein Handy mit, ich rufe dich später an. Und wehe, du bist nicht erreichbar!“ Wütend und bis aufs Äußerste angespannt, verlässt King Kong meine Wohnung.

Ein wütender großer Bruder ist irgendwie ein ziemlicher Stimmungskiller.

Jake nimmt mich wieder in die Arme, er küsst mich leidenschaftlich und fordernd.

Bittersüß beendet er unseren feuchten Zungenkuss. „Verrätst du mir, was mit ihm los ist?“

Jake sieht mir tief in die Augen, er würde es sofort bemerken, wenn ich ihm eine Notlüge auftische. „Das liegt an meinem Ex-Freund Sven, seit dem macht sich Sam immer Sorgen um mich. Also nimm es bitte nicht persönlich.“ Jake ist intelligent genug, nicht weiter nachzufragen. Langsam beugt er sich zu mir, knabbert sanft an meinem Kinn und legt mir seine Hand auf den Po. „Lass uns gehen, Kleines, ich habe uns einen Tisch reserviert.“

Das kleine italienische Restaurant, in dem wir essen, heißt „Al Mercato bei Luigi“ und liegt in der Münchner Innenstadt. Das Ambiente ist sehr gemütlich. Im Hintergrund singt eine angenehme Frauenstimme über Amore, während die Nudeln einfach unglaublich lecker schmecken. Dieses Restaurant hat eine ziemlich lustige Karte, es hat ganze zehn Minuten gedauert, bis mir Jake endlich verraten hat, dass auf der Karte keine Weine stehen.

In diesem Restaurant gibt es genau zwei verschiedene Weine, einen roten und einen weißen. Beide stammen aus dem Veneto und sind die Hausweine dieses Italieners. Und auch wenn ich bei Wein eher pingelig bin, der rote schmeckt mir ausgesprochen gut. Jake erzählt mir von seinem Beruf und von seinen Eltern, die bei einem tragischen Autounfall vor fünf Jahren ums Leben gekommen sind. „Seitdem bin ich mehr oder weniger alleine. Die meisten Frauen kommen mit den Nachtschichten nicht klar.“ Genüsslich genehmige ich mir einen weiteren Schluck von dem angenehm herben Rotwein.

„Damit habe ich kein Problem, ganz im Gegenteil, ich bin schließlich auch nicht zuhause.“ Die Zeit vergeht wie im Flug, dass Dessert, ein Tartufo Bianco, ist so zart schmelzend, das es mir einen entzückten Seufzer entlockt.

„Heute Morgen hast du ganz genauso geseufzt, allerdings nicht beim Essen.“

Das verruchte Lächeln, das sich auf seinem Gesicht ausbreitet, lässt mein Herz höher schlagen.

„Bring mich zu dir und wir werden sehen, ob du genauso gut schmeckst wie dieses Tartufo.“ Jakes Augen verdunkeln sich vor Verlangen. Mit einem Handzeichen gibt er dem Ober zu verstehen, dass er zahlen möchte.

„Verdammt, ich habe meine Jacke drinnen vergessen, warte kurz, Kleines, ich bin gleich wieder da.“ Ich nicke ihm zu und warte geduldig, bis er wiederkommt. Die Luft ist angenehm warm, der Himmel klar und die Luft von den leckeren Gerüchen des Restaurants geschwängert. Eine Gruppe Männer kommt mir entgegen, sie klingen ausgelassen und gut gelaunt. Ich trete einen Schritt zurück, damit sie an mir vorbeigehen können. Je näher sie kommen, je bekannter kommt mir eine der Stimmen vor. Mit Sicherheit bilde ich mir das nur ein, es wäre einfach zu viel Pech, wenn ausgerechnet jetzt Sven hier vorbeilaufen würde. Trotz meiner unschlagbaren Logik spüre ich, wie sich meine Nackenhaare aufstellen und meine Muskeln verkrampfen. Gerade als ich beschließe, auf Nummer sicherzugehen und ins Restaurant zu Jake will, packt mich jemand hart im Nacken.

„Hallo Schlampe, sieht man dich auch mal wieder!“ Seine Stimme ist mir viel zu vertraut, er muss getrunken haben, denn seine Zunge scheint nicht recht folgen zu wollen. „Diesem Miststück habe ich es zu verdanken, dass ich jetzt vorbestraft bin wie ein Verbrecher.“

Ich nehme meinen Mut zusammen und entwinde ich mich seinem schmerzenden Griff. „Du bist ein Verbrecher!“

Seine Freunde lachen grölend, weiden sich an meiner Angst.

„Es ist nichts falsch daran, wenn ein Mann seine Freundin erzieht, du hast es bitter nötig gehabt, du miese kleine Schlampe.“

Am liebsten würde ich davonlaufen, doch mit meinem verletzten Knöchel würde ich nicht weit kommen. „Lass mich in Ruhe, du mieses Arschloch oder das mit deiner Bewährung hat sich ganz schnell erledigt!“

„Willst du etwa wieder zu deinem Bruder rennen und dich bei ihm verstecken?“

Sein Spott trifft mich hart. Mein Magen rebelliert und Tränen der Wut und der Verzweiflung steigen mir in die Augen.

„Ihren Bruder wird sie nicht brauchen!“ Dunkel und kalt höre ich Jakes Stimme hinter mir. Sein Arm legt sich besitzergreifend um meine Schulter. Er sieht mich kurz an und schiebt mich schützend hinter sein breites Kreuz. „Wenn du es noch einmal wagst, sie zu berühren oder sie anzusprechen, breche ich dir sämtliche Knochen. Hast du mich verstanden?“

Ich vertraue Jake und ich weiß, dass er mir nie etwas tun würde. Und doch zucke ich bei seiner Drohung zusammen. Er wirkt so anders, gefährlich und düster. Bei Sam ist es anders, er wirkt immer wie ein freundlicher Bär. Doch bei Jake habe ich das Gefühl, dass er ein Dämon ist, bereit, jeden zu töten, der mir etwas antun will. Mein Ex scheint derselben Meinung zu sein, denn er winkt seinen Kumpels zu und macht sich schnellstens aus dem Staub. Meine Knie zittern wie verrückt und meine Hände sind schweißnass.

„Hey, mein Kleines, alles okay bei dir? Hat er dir etwas getan?"

Ich sammle etwas Spucke in meinem viel zu trockenen Mund und versuche, meine Stimme ruhig klingen zu lassen. „Nein, es geht mir gut!"

Jake drückt mir einen zärtlichen Kuss auf die Stirn und nimmt meine Hand in die seine. „Komm, Kleines, ich bringe dich in Sicherheit." Während der Fahrt habe ich Jake alles über Sven erzählt und jetzt, wo mein Ex nicht mehr zwischen uns steht, fühle ich mich einfach nur erleichtert.

Das heiße Wasser beruhigt meine aufgekratzten Nerven, der weiße, nach Jasmin duftende Schaum streichelt sanft meine Haut. Ich lehne mich noch näher an Jake, der hinter mir in der Badewanne liegt. Seine Hände massieren meine feuchten Brüste, zwirbeln gekonnt meine Knospen, bis süßer Lustschmerz durch meinen Bauch direkt in meine Lustperle schießt. „Spreiz deine Beine, Alice ..." Augenblicklich, komme ich seiner Aufforderung nach, seine rechte Hand legt sich auf meine Spalte, massiert meinen Kitzler und treibt mich in die wilden Gefilde der Lust. Kurz bevor ich mich in dem Strudel meiner Leidenschaft verliere, spüre ich seine Hände auf meiner Hüfte. Jake hebt mich hoch, setzt mich auf seinen harten Schwanz und dringt langsam in mich ein. In dieser Position spüre ich ihn besonders tief in mir. Ich lasse mich fallen, genieße den Moment und ergebe mich meiner Liebe zu ihm. Bei Jake bin ich sicher, er beschützt mich und gibt mir ein unvergleichliches Gefühl der Zufriedenheit. Die Reibung seines Gliedes ist unheimlich schön. Ich entspanne meine Beckenmuskulatur und lasse ihn noch tiefer in mich gleiten.

Das schaumige Wasser schwappt über den Wannenrand, während ich in unserer Vereinigung und in der Lust, die er mir schenkt, ertrinke. Als die Wellen meines Höhepunktes meinen Körper erzittern lassen, spüre ich ein tiefes Gefühl der Liebe in meinem Herzen. Zwar ist es noch zu früh, es auszusprechen, aber nicht, um es zu genießen ...

7. Kapitel

Die letzten zwei Tage mit Jake waren unglaublich schön. Am Montagabend sind wir zusammen mit Tom ins Kino gegangen. Er hat nicht schlecht gestaunt, als er festgestellt hat, dass Jake und ich zusammen sind. Jake ist seit ein paar Stunden bei der Arbeit und ich mühe mich durch die Rechnungen und die Bestelllisten der Bar. Mein Fuß pocht zwar noch immer schmerzhaft, allerdings kann ich endlich wieder einigermaßen anmutig laufen. Am Dienstagabend ist gewöhnlich nicht allzu viel los, was bedeutet das Dastan und ich die Bar alleine schmeißen werden. Ich bin heilfroh, dass er seine Magengrippe auskuriert hat, und nicht wieder mein Bruder für die Sicherheit zuständig ist.

Wie erwartet verläuft der Abend ruhig, die meisten Gäste genießen ihr Feierabendbier und die Ladys gönnen sich einen farbenfrohen, jedoch alkoholfreien Cocktail. Gegen 22:00 Uhr wird es ruhiger, routiniert putze ich die Theke, während die letzten zwei Gäste ihr Bier austrinken. In meinen Gedanken bei Jake, summe ich fröhlich vor mich hin. Wie schnell sich das Leben doch ändern kann… Eine dunkle Silhouette erscheint über mir. In der Hoffnung, dass Jake wie versprochen vorbeigekommen ist, unterbreche ich meine Putzerei. „Hey Jak...“ Weiter komme ich nicht, denn es steht nicht Jake, sondern mein Ex Sven vor mir. Mike, Dastan und das restliche Personal, alle wissen, dass er hier Hausverbot hat. Wie hat er es geschafft, hier rein zu kommen. „Verschwinde von hier!“ Feuchter Angstschweiß breitet sich auf meiner Haut aus.

„Dein neuer Stecher ist aber nicht besonders freundlich.“

Mit dem Tresen als Abstandshalter zwischen uns, versuche ich möglichst ruhig zu bleiben. „Das geht dich nichts an, verschwinde oder ich rufe die Polizei.“ Warum ist er hier, seit der Gerichtsverhandlung damals hat er mich in Ruhe gelassen. Was hat ihn dazu gebracht in die Bar zukommen?

„Ich mag es nicht, wenn man mir droht!“

Laute Stimmen, wütende Schreie und das krachen von Holz, lässt mich zusammenzucken. Was ist nur an der Tür los? Wo bleibt Dastan?

„Warte gar nicht erst auf deinen Türsteher, meine Kumpels kümmern sich gerade um ihn.“

Scheiße! Ich muss irgendwie die Polizei verständigen. Die letzten zwei Gäste, die in der Bar waren, haben sich hinter Sven positioniert, anscheinend gehören sie zu ihm.

Meine Knie zittern und sie haben die Beschaffenheit von Pudding angenommen, ich muss versuchen stark zu sein. „Sven geh jetzt, du begehst Hausfriedensbruch, das ist nicht besonders gut für deine Bewährung!“

„Du und deine Drohungen, als du noch meine kleine Schlampe warst, warst du noch nicht so vorlaut.“

Auch wenn ich weiß, dass ich sie nicht beachten darf, schmerzt seine Beleidigung. Verzweifelt beobachte ich, wie er zu mir hinter die Bar kommt, sein Körper ist angespannt seine Mimik bedrohlich. Panisch greife ich zu dem kleinen Obstmesser, das hinter mir liegt, und eigentlich dafür gedacht ist, das Obst für die Cocktail Garnierung zu schneiden. Auch wenn die Klinge kurz ist, sie ist scharf. Sven ist nicht annähernd so groß wie Jake oder Sam, und doch weiß ich, dass ich keine Chance gegen ihn habe. Hoffentlich geht es Dastan gut, die Geräusche dir von der Tür kommen, werden immer leiser. Mein Puls beschleunigt sich, Sven steht nur noch einen Meter entfernt vor mir.

„Was willst du denn mit diesem Zahnstocher?“ Mit einem fiesen Lächeln deutet er auf mein kleines Messer.

Der Geruch seines Atems lässt mich sauer aufstoßen. Er hat getrunken, jetzt verstehe ich auch, warum er hier ist, wahrscheinlich ist er mal wieder total pleite.

„Seit ich vorbestraft bin, bekomme ich keinen Job mehr, und das alles nur wegen dir.“ Erneut kommt er mir näher. „Also ist es nur fair, wenn du mir dein Geld gibst!“

Sein Blick gleitet lüstern über meinen Körper, *oh lieber Gott*, bitte schick mir Hilfe! Innerlich bereite ich mich darauf vor, mich zu verteidigen, ihn mit dem Messer zu verletzen, um mich zu retten. Seine zwei Begleiter stehen noch immer vor dem Tresen, sie beobachten uns und weiden sich an meiner Furcht. Hoffentlich verschwinden sie, wenn sie sehen, dass ich bereit bin, das Messer einzusetzen. Auch wenn meine Hoffnung eher unrealistisch ist, klammer ich mich daran.

„Hör auf mit deinen Mätzchen, und gib mir das Geld.“

In meinem Körper spannen sich alle Muskeln an. Leider gehöre ich zu den Menschen, die kein Blut sehen können, doch jetzt gerade, ist es mir egal, wenn ich Sven verletze. Ich habe panische Angst, eine überdimensionale Wut breitet sich in mir aus.

Er hat es nicht anders verdient! Gerade als ich mich bereit mache zuzustechen, knallt es laut an der Tür. Überrascht sehe ich Jake und Tom in die Bar stürzen. Nach wenigen Schritten erreichen sie die zwei Kerle, die Sven zur Verstärkung mitgebracht hat.

Die beiden haben keine Chance, nach wenigen gekonnten Treffern liegen die zwei Männer bewegungslos auf dem Boden. Sven gerät in Panik, gerade als er seine Finger um mein Handgelenk legen will, hole ich instinktiv mit dem Messer aus. Sein Fluch dringt noch zu mir durch, während pures Adrenalin durch meinen Körper rauscht. Warm und klebrig läuft sein Blut über meine Hand. Oh mein Gott, ich habe ihn tatsächlich mit einem Messer verletzt. Panisch und entsetzt lasse ich es fallen.

Jake ist bereits hinter Sven. Mit einem gekonnten Faustschlag schickt er ihn ebenfalls auf den Boden. Tom kommt zu mir, sieht mir in die Augen und greift nach seinem Handy.

Warum und schützend legt mir Jake seinen Arm um die Schultern, er führt mich weg von den niedergestreckten Angreifern.

„Es ist alles okay, Kleines … Tom ruft die Polizei, dieses Schwein wird dich nie mehr bedrohen."

Sanft setzt er mich auf einen der Stühle, „bleib kurz sitzen Tom ist bei dir, ich sehe schnell nach deinem Türsteher."

In meinem Kopf herrscht ein heilloses Durcheinander. Ich bin wütend auf Sven, und doch mache ich mir Sorgen, ob ich ihn schwer verletzt habe. Tom spricht mit der Polizei, hoffentlich werde ich nicht verhaftet, immerhin habe ich einen Menschen mit einem Messer angegriffen. Ohne, dass ich es verhindern kann, kommen mir die Tränen und ein lautes Schluchzen lässt meinen Körper beben.

„*Schhh* Kleines, es wir alles gut, die Polizei ist gleich da!"

Tom steht vor mir, sein Blick wandert immer wieder zu den bewusstlosen Männern, doch von denen geht keine Gefahr mehr aus. „Was macht ihr hier?"

Tom streichelt mir sanft über die Wange. „Jake hat mich gefragt, ob ich Lust auf ein Tagesabschluss Bier habe." Er zwinkert mir freundlich zu, „und anscheinend sind wir im genau richtigen Moment gekommen."

„Vielen Dank!" Verzweifelt kralle ich mich an seiner Hand fest. „Wo bleibt Jake?" Wie aufs Stichwort kommen Jake und ein ziemlich angeschlagener Dastan in der Bar.

„Was ist passiert?"

„Dein Ex hatte Unterstützung dabei, damit ich dir nicht helfen kann, haben mich zwei Kerle abgelenkt." Als er mein bestürztes Gesicht sieht, legt er mir seine warme Hand auf die Schulter.

„Keine Sorge Alice, die Arschlöcher sehen noch schlimmer aus."

Die Sirenen der Polizei unterbrechen unser Warten.

„Es wird alles gut Alice, wir sind bei dir."

Tom und Jake stehen auf, ihre Körperhaltung ist angespannt, ihre Gesichter konzentriert. Unglaublich, vor einer Woche habe ich die beiden nicht einmal gekannt und jetzt, kann ich mir ein Leben ohne Jake nicht mehr vorstellen. Selbst Tom wächst mir immer mehr ans Herz. Tief durchatmend stehe ich ebenfalls auf, was auch immer passieren mag, mit Tom und Jake an meiner Seite, schaffe ich alles.

Epilog

Es hat Stunden gedauert, bis die Beamten endlich unsere Aussagen aufgeschrieben und protokolliert haben. Sven ist zum Glück nicht schwer verletzt, ich habe ihn mit dem Messer am Arm erwischt, die Wunde musste von Sanitätern behandelt werden. Die kalte Nachtluft vor dem Polizeirevier ist frisch, sie beruhigt mich. Jake und Tom stehen hinter mir und unterhalten sich mit Dastan. Erschöpft und noch immer verwirrt höre ich ihnen nur mit einem halben Ohr zu. Sie besprechen irgendetwas über die Sicherheit in der Bar. Soweit ich das verstehe, wollen sie einen Notschalter unter dem Tresen anbringen. Beruhigt, dass es Menschen gibt, die sich für mich einsetzen, lehne ich mich in Jakes Umarmung. Es ist schon verrückt, wie schnell sich das Leben verändern kann, wenn das Schicksal Amor spielt.

Please Love Me Tonight

Prolog

Fassungslos, jedoch im positiven Sinne, klicke ich mich durch das Sortiment des Onlineshops. Von der Farbauswahl, den unendlichen Formen und den verschiedenen Größen begeistert, shoppe ich mich wild durchs Sortiment. Die kleine Zahl, die neben dem kleinen virtuellen Einkaufswagen angezeigt wird, ist der beste Beweis dafür, dass ich mir vorkomme wie im Schlaraffenland.

Grinsend lese ich mir die begeisterten Kundenrezensionen durch und kann gar nicht fassen, wie schamlos so manche Frauen sind, wenn es darum geht, die Handhabe so mancher Produkte dieses Shops bis ins kleinste Detail zu beschreiben.

Gut gelaunt schnappe ich mir das Rotweinglas, das direkt neben meinem MacBook steht, und genehmige mir einen großen Schluck des vollmundigen Merlots, während ich mir die Produktbeschreibung eines ziemlich ungewöhnlichen Fifty-Shades-of-Grey-Fanartikels durchlese:

Fifty Shades of Grey Aufladbarer Rabbit Vibrator – Greedy Girl
Länge: 24 cm
Durchmesser: 3,4 cm
Der Greedy Girl Rabbit-Vibrator von Fifty Shades of Grey vereint seidiges Silikon mit 36 Vibrationskombinationen für unglaubliche Orgasmen.

Per USB aufladbar, wasserfest und reisefreundlich mit 2 kraftvollen Motoren und 15 Geschwindigkeiten und Mustern.

Ich schlucke schwer, während ich mir vorstelle, wie sich dieses unfassbare Ding wohl tief in mir anfühlen würde.

Automatisch presse ich meine Schenkel fest aneinander, während ich mir schnell einen weiteren Schluck Wein gönne.

Fuck me Crazy! Dieses Ding muss ich einfach haben ...

Mit einem schnellen Blick auf den Preis von 43,00€ beschließe ich, dass dieses Geld wirklich sinnvoll angelegt ist, ehe ich ihn ebenfalls in meinen Einkaufswagen lege.

Es ist echt unglaublich, aber ich hätte wirklich nie gedacht, dass es so viel Spaß machen kann, sich durch einen Sexshop zu klicken. Um in ein *richtiges* Geschäft zu gehen, hätte ich wirklich nicht genug Mut, aber dank des heiligen Internets kommt auch ein schüchternes Mädchen wie ich zu dem prickelnden Vergnügen, sich durch die befriedigende Welt der Plastikschwänze zu klicken.

Und das Beste an der Sache ist, dass dieser Shop einen kostenlosen ‚One Night Express' anbietet, das heißt, dass ich meine neuen Errungenschaften schon morgen geliefert bekomme.

Während ich immer wieder an meinem Wein nippe, vergeht der Abend wie im Flug, die Flasche leert sich stetig und mein Einkaufswagen wird immer voller. Ich kann nur hoffen, dass meine Lieferung wirklich diskret geliefert wird, ansonsten kann ich Ben, meinem ziemlich attraktiven Postboten, nie wieder in die Augen sehen.

1. Kapitel

Tief einatmend inhaliere ich das intensive Aroma der knapp dreißig langstieligen roten Rosen, die mir gerade von meinem Lieferanten vom Großmarkt geliefert worden sind.

Unfähig, der Versuchung zu widerstehen, streiche ich mit meinen Fingern über die dicken, samtigen Blütenblätter einer besonders schönen Blüte.

Die rote Rose, die unangefochtene Königin der Blumen ...

Herzhaft gähnend, stelle ich die Rosen in den bereits bereitstehenden Eimer mit frischem Wasser, ehe ich die Kaffeemaschine einschalte. Das vollmundige Aroma der frisch gemahlenen Kaffeebohnen vermischt sich mit dem frischen süßen Duft der Blumen. Für die meisten Menschen ist der Valentinstag ein Tag der Liebe, aber für mich bedeutet er eine kurze Nacht, viel Arbeit und mit ein bisschen Glück einen guten Umsatz.

Vor knapp zwölf Monaten habe ich all meinen Mut und mein gesamtes Erspartes zusammengekratzt und meinen eigenen kleinen Blumenladen eröffnet.

Die lange Liste mit den Vorbestellungen klebt an dem kleinen Hängeschrank über dem Waschbecken und ich beschließe, keine Zeit zu verlieren und loszulegen.

Ruckelnd und zischend kämpft die etwas in die Jahre gekommene Kaffeemaschine noch immer damit, meine Tasse zu füllen.

Fest entschlossen, bis 10:00 Uhr mit allen Bestellungen fertig zu sein, schnappe ich mir meine Schürze und binde sie mir um. Gerade als ich damit beschäftigt bin, den ersten Strauß zusammenzubinden, höre ich, wie mein Handy dank des Vibrationsalarms quer über den Küchentisch tanzt.

Auch ohne den obligatorischen Blick auf das hektisch blinkende Display weiß ich intuitiv, dass der störende Anrufer meine große Schwester Lilly ist.

Stöhnend lege ich vorsichtig den Blumenstrauß beiseite und nehme den Anruf an.

„Guten Morgen, Kleines, ich wollte dir eigentlich nur sagen, dass ich die Eintrittskarten gerade abgeholt habe. Sie liegen sicher in meinem Handschuhfach und warten darauf, dass sie heute Abend zum Einsatz kommen."

Ganz im Gegensatz zu mir ist Lilly der Meinung, dass das ganze Leben eine einzige große Party ist. Und während sie von Party zu Party rennt, sexy Kerle aufreißt und ihr Leben lebt, bin ich eher die Romantikerin in unserer Familie. Natürlich gehe ich wie alle Frauen in meinem Alter gerne auf Partys, doch ich kann auch gut damit leben, wenn ich einfach mal ein Wochenende mit einem guten Buch zu Hause verbringe.

Müde, gestresst und nicht wirklich in Partystimmung, verdrehe ich die Augen.

„Das klingt ja super. Wann genau holst du mich heute Abend ab?“

Seit Wochen liegt sie mir schon damit in den Ohren, dass die Valentinstagsparty heute Nacht die absolut perfekteste Gelegenheit ist, um meinem Singleleben ein Ende zu bereiten, doch das bezweifle ich. Erstens bin ich ganz gerne Single und zweitens kann ich mir nicht wirklich vorstellen, dass mein Mister Right auf eine Valentinstagsparty geht.

„Sophie Ellen Mayr, ich kann an deiner Stimme hören, dass du gerade deine Augen verdreht hast!“

Belustigt darüber, wie gut sie mich doch kennt, verschränke ich meine Finger hinterm Rücken. „Nein das habe ich nicht, ich wollte nur sichergehen, dass ich auch wirklich fertig bin, wenn du bei mir klingelst.“

Das Grummeln am anderen Ende der Leitung verrät mir, dass sie mir kein Wort glaubt.

„Ich habe uns noch einen Tisch beim Inder bestellt. Also werde ich dich so um 20:00 Uhr abholen. Dann haben wir noch genug Zeit, bis die Feier richtig losgeht.“

Lillys Motto ist einfach: Komm nie als Erster und geh immer als Letzter ...

„Super, ich freu mich auf dich, Schwesterherz!“

„Ich mich auch, Süße. Bis später.“

„Bye.“

„Bye.“

Tief durchatmend lege ich mein Handy auf die Seite und mache mich wieder daran, alle bestellten Blumensträuße zu binden.

Routiniert gleiten meine Hände über die Pflanzenstiele, zupfen das Grünzeug zurecht und binden den Bastfaden um den fertigen Strauß. Die Zeit vergeht wie im Flug und ich sehe nervös auf die kleine runde Uhr, die über der Eingangstüre hängt. Es ist kurz vor zehn und ich habe endlich alle Bestellungen fertigbekommen. Das gelbe Postauto hält wie jeden Tag um diese Uhrzeit auf dem Gehweg vor meinem Laden und ich sehe, wie Ben die Schiebetüre seines Transporters öffnet und ein komplett schwarzes Päckchen aus dem Laderaum holt.

Oh mein Gott ... Das Wort diskret kann wohl sehr unterschiedlich ausgelegt werden!

Nervös, aufgeregt und irgendwie ziemlich gespannt darauf, ob die ‚Toys' in der Realität ganz genauso heiß aussehen wie im Onlineshop, atme ich einmal tief durch, ehe ich ihn dabei beobachte, wie er zu mir in den Laden kommt.

Es ist unfassbar, dass dieser Kerl trotz der schrecklich gelben Klamotten so verflucht attraktiv aussieht!

Der leichte Dreitagebart, der seine markanten Gesichtszüge bedeckt, und der wissende Blick seiner braunen Augen lassen mich noch etwas nervöser werden.

Ob er ahnt, was in dem Paket ist?

Ich hoffe nicht!

„Hi Sophie", seine angenehme Stimme streicht über meine angespannten Nerven.

Das amüsierte Funkeln in seinen Augen verrät mir, dass er ganz genau weiß, was ich bestellt habe. *SHIT!* Warum habe ich nicht vorher daran gedacht, dass er als Postbote ganz bestimmt den Absender des Pakets kennt?

Fest entschlossen, nicht panisch auf meiner Unterlippe zu kauen, erwidere ich seinen Blick möglichst selbstbewusst, während ich meine Unterschrift auf sein komisches Postcomputerdings kritzle.

Endlich überreicht er mir mein Päckchen und einen kleinen Stapel Briefe.

Gerade als er etwas sagen will und ich ahne, dass es mit meinem nicht besonders diskreten Paket zu tun hat, ertönt erneut die kleine Messingklingel über der Türe und ein Mann mittleren Alters betritt den Laden.

Sich räuspernd nickt mir mein heißer Postbote kurz zu, bevor er sich wieder an seine Arbeit macht.

Puuhh ... Das war Rettung in letzter Sekunde!

Erschöpft verabschiede ich mich Stunden später von der letzten Kundin, schließe den Laden ab und schalte das große Licht aus.

Was für ein Tag ...

Ich bin es ja gewöhnt, dass am Muttertag, Valentinstag und anderen typischen Blumentagen die Hölle los ist, aber heute haben sie mir meine Blümchen regelrecht aus der Hand gerissen. Zufrieden räume ich alles auf, ziehe meine Schürze wieder aus und kümmere mich um die Kasse.

Knapp dreißig Minuten später bin ich endlich fertig mit allem. Als ich meinen Schlüssel hole und mein Handy einstecke, bleibt mein Blick an dem dekadenten schwarzen Päckchen hängen.

Das nervöse Prickeln, das sich in meinem Unterleib ausbreitet, vermischt sich mit der köstlichen Vorfreude, die mich erbeben lässt. Heute Abend werde ich es zwar nicht mehr schaffen, meine neuen Errungenschaften auf ihre Orgasmustauglichkeit zu prüfen, immerhin holt mich in knapp neunzig Minuten schon Lilly für die Valentinstagsparty ab. Aber spätestens morgen früh werde ich es mir mit meinen neuen Spielsachen im Bett gemütlich machen.

***

Als ich endlich aus der Dusche steige, wabert heißer Wasserdampf durch mein kleines Badezimmer. Der angenehme Duft von Jasmin und Vanille liegt in der Luft und ich setze mich seufzend auf den Klodeckel, um mir in Ruhe die Haare auszubürsten. Eine kleine Ewigkeit später fallen mir die rotbraunen Haare schön glänzend über die Schultern. Der kupferrote Lidschatten, den ich mir erst letzte Woche gekauft habe, betont meine grauen Augen, während der großzügig aufgetragene Mascara meine Wimpern verlängert. Prüfend sehe ich meinem Spiegelbild in die Augen und beschließe, dass ich mit meinem Äußeren mehr als zufrieden bin. Mit geübten Handgriffen fädle ich meine Kreolen durch die Ohrlöcher und trage mir meinen Lieblingsduft Calvin Klein Eternity Moment auf die Stelle, an der meine Pulsader an meiner Kehle leicht pulsiert, auf.

In knapp fünfundvierzig Minuten steht meine Schwester auf der Matte und ich habe noch immer nicht die geringste Ahnung, was ich heute Nacht anziehen soll. Doch anstatt mich pflichtbewusst durch meinen Kleiderschrank zu wühlen, zieht mich mein noch immer nicht geöffnetes schwarzes Paket wie magisch an. Auf den Zehenspitzen wippend, kaue ich nervös auf meiner Unterlippe herum, während ich das Klebeband, das den Karton verschließt, langsam abziehe. Aufgeregt öffne ich es und muss breit grinsen.

Fuck me Crazy! Die Toys sehen so unfassbar geil aus ...

Zielstrebig schnappe ich mir den Rabbit-Vibrator von Fifty Shades of Grey und reiße ungeduldig seine Verpackung auf. Ehrfürchtig lasse ich die Finger über das schwarze Silikon streichen. Der hasenohrförmige Aufsatz, der meinen Kitzler stimulieren soll, fühlt sich unfassbar weich an.

Ob da schon Batterien drin sind?

Neugierig schalte ich ihn an und quieke erschrocken auf, als der schwarze Vibrator wie wild vibrierend und rhythmisch kreisend zwischen meinen Fingern zum Leben erwacht.

Ach du je ...

Panisch suche ich den Regler und schalte ihn auf die niedrigste Stufe – das ist schon besser!

Mit der linken Hand löse ich das Handtuch, das ich mir nach dem Duschen um den Körper geschlungen habe, und krabble auf mein Bett.

Ich weiß, dass ich ihn eigentlich nur mal kurz ansehen wollte, aber ich kann der Versuchung, ihn nur ein bisschen auszuprobieren, einfach nicht widerstehen.

Erregt lege ich mich auf den Rücken, spreize langsam meine Beine und halte ihn probehalber kurz auf meinen Kitzler. Die leichte Verdickung, die sich vorne an der Spitze befindet, massiert gekonnt meine Lustperle und ich spüre, wie ich sofort feucht und geil werde.

Wow! Einfach göttlich!

Genüsslich schließe ich die Augen, gebe mich den Empfindungen, die durch meine Venen rauschen, hin und presse meinen Kopf in das Kissen. Erregt und leise stöhnend streiche ich mit dem Vibrator durch meine gierig pochende Muschi, ehe ich die künstliche Eichel leicht in mich eindringen lasse. Zuckend spannen sich meine Beine an, meine Zehenspitzen krampfen und ich spüre, was ich schon geahnt habe. Die drei, vier Zentimeter Durchmesser sind absolut perfekt und fühlen sich grandios an.

Jeden einzelnen der vierundzwanzig Zentimeter genießend, lasse ich ihn immer tiefer in mich gleiten. Als die Hasenohren auf meinen Kitzler treffen, schalte ich die Vibrationsstärke etwas höher und versinke in meiner Lust.

Ooooh meeein Goooooooott!

Süchtig nach mehr, presse ich meine Hüften stärker gegen den Vibrator, spüre, wie die Vibrationen tief in meinem Unterleib nachhallen, und beiße mir auf die Zunge, um meinen Schrei zu unterdrücken.

Die Finger meiner linken Hand streichen zärtlich über meine Brustwarzen, während bunte Sterne hinter meinen geschlossenen Lidern flimmern.

Wie konnte ich nur jemals ohne so einen schwarzen, dicken, vibrierenden und befriedigenden Zauberstab leben?

Mein Becken bewegt sich kreisend, mein Atem kommt immer schneller und ich spüre, wie sich ein gewaltiger Höhepunkt in mir aufbaut.

Nur noch wenige Atemzüge von dem erlösenden Orgasmus entfernt, höre ich, wie es klingelt.

Nein! Nein! Nein! Das darf doch nicht wahr sein!

Entschlossen, mich nicht ablenken zu lassen, bewege ich den Vibrator ein kleines Stückchen aus mir heraus, nur um dann erneut in mich einzudringen, die Spannung in mir baut sich auf und gerade als sich mein Körper heftig anzuspannen beginnt, höre ich das vertraute Geräusch von einem Schlüssel, der in meine Wohnungstüre gesteckt wird.

Fuck!

Vor lauter Schreck, dass meine Schwester einfach ihren Notfallwohnungsschlüssel hernimmt, verabschiedet sich mein Orgasmus leise und lässt mich unbefriedigt und geil zurück.

Ahhhh, ich war so kurz davor!

Fluchend schalte ich den Rabbit aus, ziehe ihn aus mir heraus, werfe ihn auf mein Bett und stehe auf.

„Sophie, wo bist du?"

Am liebsten würde ich ihr den Mittelfinger zeigen und sie rauswerfen, aber das kann ich einfach nicht. Sie ist meine Schwester und sie freut sich auf diesen Abend.

Noch immer schrecklich erregt, mache ich meinen Schrank auf, greife mir das erstbeste Kleid und verlasse das Schlafzimmer. Das Letzte, was ich jetzt gebrauchen kann, ist, dass meine Schwester den schwarzen Karton voller Sextoys entdeckt.

Das wäre so peinlich – das würde ich wahrscheinlich nicht überleben!

2. Kapitel

Der weiche Stoff meines schwarzen Kleids streicht über meine überempfindliche Haut. Tief in meinem Schoß pocht es noch immer gierig, während wir aus dem Taxi steigen, das uns zur Party gebracht hat. Das Essen beim Inder war wie immer absolut köstlich und auch wenn ich nicht damit gerechnet habe, freue ich mich jetzt wirklich auf die Party. Lilly erzählt mir irgendetwas über die tiefere Bedeutung des Valentinstages, während sie dem Security an der Türe unsere Eintrittskarten überreicht. Schwer schluckend presse ich meine Schenkel zusammen, während ich den prüfenden Blick des Türstehers über mich ergehen lasse.

Ob er mir ansieht, wie schrecklich erregt ich bin?

Gott, was würde ich jetzt dafür geben, nur noch wenige ungestörte Minuten mit meinem Rabbit zu haben ...

Aufgeregt hakt sich meine Schwester bei mir ein, während sie mich ins Innere der alten Fabrikhalle führt. Um ehrlich zu sein, konnte ich mir nicht vorstellen, wie die Veranstalter aus der stillgelegten Flugzeugfabrik eine geile Location machen wollten, aber scheiße verdammt noch mal, sie haben es tatsächlich geschafft.

Fast alle Seitenwände bestehen nur aus Glas, die hohe Decke wird von einer fantastischen Lasershow erhellt. Die verschiedenfarbigen Laserstrahlen zaubern Herzen, Liebesgedichte und erblühende Rosen an die weiße Fläche.

Gigantische Boxen erfüllen die Luft mit schnellen Discobeats. Auf der Tanzfläche ist die Hölle los und auch die lange Bar ist gut besucht.

Unzählige Liebesschlösser, ich schätze, es müssen mindestens um die sechshundert Stück sein, liegen in einer gigantischen Plexiglasschale, die direkt neben der Bar steht.

Fasziniert lese ich die verschiedenen Gravuren durch, während ich mir überlege, was die vielen bunten Schlösser zu bedeuten haben.

Die überdimensionale Discokugel, die sich langsam über der Tanzfläche dreht, reflektiert bunte Lichter und lässt kleine Lichtreflexe durch die Luft surren.

Meine Schwester führt mich zielstrebig zu zwei freien Barhockern, auf die wir uns setzen. Auf der pinken Cocktailkarte, die vor uns liegt, sind drei Martinigläser abgebildet, aus dem mittleren rekelt sich eine heiße Flamme, während vor den Gläsern zwei herzförmige Liebesschlösser liegen. Lillys Blick liegt wie paralysiert auf dem äußerst attraktiven Barmann. Um ihre Aufmerksamkeit auf mich zu lenken, stupse ich sie leicht mit meinem Ellenbogen an.

„Hey Süße, schnappst du dir gleich den Barkeeper oder willst du auch was trinken?"
Grinsend dreht sie sich zu mir um.
„Du musst zugeben, dass der wirklich verflucht scharf ist!"
Lilly hat recht, der Kerl ist wirklich nicht von schlechten Eltern. Seine kurzen braunen Haare und sein attraktives Gesicht sind nur ein Bonus, denn das Beste an dem Typen ist sein trainierter Körper.
Doch völlig egal, wie sexy er auch sein mag, Barkeeper sind tabu.
Als ich, ohne ihr zu antworten, auffordernd meine Augenbrauen nach oben ziehe, gibt sie lachend nach. „Okay, okay. Ich nehme einen Prosecco."
Eigentlich bin ich auch eher eine Proseccotrinkerin. Aber heute Abend habe ich viel mehr Lust auf einen farbenfrohen Cocktail. Neben einem Sex on the Beach tummelt sich auch ein Orgasmus auf der Cocktailkarte. Und da mir den meine Schwester mithilfe ihres Notfallschlüssels ruiniert hat, beschließe ich, mir zumindest einen trinkbaren zu bestellen. Vielleicht hilft mir der ja dabei, mein ungestilltes Verlangen etwas zu beschwichtigen ...
Nachdem wir unsere Getränke bestellt haben, lasse ich meinen Blick über die anwesenden Menschen schweifen. Eigentlich dachte ich wirklich, dass hauptsächlich Frauen hier sein werden, doch zu meinem großen Erstaunen tummeln sich auch ziemlich viele Männer auf der Party.
„Hast du schon einen gesehen?"
Die Stimme meiner Schwester reißt mich aus meinen Überlegungen.
„Was gesehen?"
Genervt verdreht sie ihre perfekt geschminkten Augen – anscheinend stehe ich mal wieder auf dem Schlauch ...
„Na, einen heißen Kerl, den du dir für heute Nacht mit nach Hause nehmen willst!?"
Gerade als ich ihr sagen will, dass ich vorhabe so zu gehen, wie ich gekommen bin, nämlich ohne Mann, fällt mein Blick auf einen vertrauten Hinterkopf.
Kann das wirklich mein sexy Postbote sein?
Langsam lasse ich die Augen über die leckere Rückseite des Fremden gleiten.
Der knackige Arsch des Kerls, der in einer abgewetzten dunklen Jeanshose sitzt, fesselt meinen Blick für ein paar Sekunden an sich, ehe ich meine Augen wieder nach oben wandern lasse.
Oh ja, er ist es ...

Seit einem Jahr erlaube ich mir Tag für Tag einen etwas zu langen Blick auf Bens Po. Das ist quasi das Highlight meines Tages. Und ich bin mir ziemlich sicher, dass ich diesen Hintern überall wiedererkennen würde.

„Vielleicht?!“

Lillys erfreutes Gekreische lässt mich erschrocken zusammenzucken.

„Ich glaube es ja nicht, meine kleine Schwester zieht es endlich mal in Betracht, einen Mann abzuschleppen! Das wurde aber auch wirklich mal wieder Zeit!“

„Zeig ihn mir!“

Möglichst unauffällig deute ich mit meinem Finger auf Ben.

„Der Arsch ist ja schon mal echt knackig, aber ich kann das Gesicht nicht sehen.“

Grinsend schnappe ich mir meinen Cocktail und genehmige mir einen großen Schluck des flüssigen Orgasmus.

So als hätte Ben meine Schwester gehört, dreht er sich plötzlich zu uns um und geht mit zwei Männern, die ebenfalls verflucht attraktiv sind, zur Bar.

Ahhh ...

Das erste Mal sehe ich ihn ohne diese schrecklichen Postklamotten und was soll ich sagen, er ist so was von heiß!

Das grafitgraue Hemd, das er trägt, spannt sich, wenn er sich bewegt, leicht über seiner Brust an. Die silberne Uhr, die sich an seinem rechten Handgelenk befindet, und die schwarzen Schuhe runden sein lässiges Outfit perfekt ab.

„Keine schlechte Wahl, kleines Schwesterchen.“

Amüsiert beobachte ich, wie Lillys Blick gierig über Bens kraftvollen Körper gleitet.

„Hey, der gehört mir!“

Schnaubend schnappt sie sich ihr Glas Prosecco und schüttelt den Kopf.

„Okay, dann bleibe ich eben bei dem heißen Barkeeper.“

„Du weißt genauso gut wie ich, dass Barkeeper, Skilehrer und Fitnesstrainer tabu sind! Die reißen sich eine Frau nach der anderen auf, der kann sich wahrscheinlich am nächsten Morgen nicht mal mehr an deinen Namen erinnern!“

Gleichgültig zuckt sie mit ihren Schultern.

„Glaube mir, Sophie, es ist mir völlig einerlei, ob er sich an meinen Namen erinnert oder nicht. Hauptsache, er hat einen großen Schwanz, mit dem er umzugehen weiß.“

Seufzend schließe ich meine Lippen um den pinken Strohhalm, der in dem Cocktail steckt, und ziehe mir einen großen Schluck in den Mund. Der cremige Baileys vermischt sich mit der Schärfe des Wodkas – einfach köstlich.

Kein Wunder, dass das Glas so schnell leer war, dieser Cocktail ist einfach zu köstlich ...

„Er kommt direkt auf dich zu ..."

Lillys Flüstern beschert mir eine Gänsehaut. Anscheinend hat Ben mich jetzt auch gesehen. Als ich meinen Blick hebe, sehe ich direkt in seine grauen Augen.

„Hey Blumenmädchen."

Seine Stimme streicht wie Schleifpapier über meine Nerven und mein Unterleib schreit sofort laut hier.

„Hey Mister Postman."

Einer seiner beiden Kumpels scheint ein Auge auf meine Schwester geworfen zu haben. Denn ich sehe im Augenwinkel, wie er sie interessiert mustert.

Tschüss Barkeeper ...

„Darf ich dich auf einen Drink einladen?"

Seine Augen wandern zu meinen Lippen, ehe sein Blick zu meinem Dekolleté huscht.

Grinsend warte ich, bis er mir wieder ins Gesicht sieht.

Gleiches Recht für alle, immerhin habe ich mir vorhin auch einen laaaangen Blick auf seinen Knackarsch gegönnt.

Die selbstbewusste Art, wie er lässig mit der Schulter zuckt, als er feststellt, dass ich seinen hungrigen Blick sehr wohl bemerkt habe, sorgt dafür, dass sich in meinem Bauch ein leichtes Kribbeln ausbreitet.

Die sexuelle Energie, die sich zwischen uns ausbreitet, beginnt wie wild zu knistern, und ich weiß instinktiv, dass es hier nicht nur um einen weiteren Cocktail geht – sondern um die ganze Nacht!

Langsam schlage ich die Beine übereinander und komme mir dabei ein bisschen vor wie Sharon Stone in Basic Instinct. Zufrieden bemerke ich, wie sein Blick auf meine Oberschenkel fällt. Die halterlosen Strümpfe, die sich in einem matten, durchsichtigen Schwarz an meine Beine schmiegen, passen perfekt zu den nudefarbenen High Heels, die ich trage.

„Ja, sehr gerne!"

Erneut treffen sich unsere Blicke und ich weiß schlagartig, dass ich zwar heute Nacht noch meinen heiß ersehnten Höhepunkt bekommen werde, doch dass ich dafür nicht meinen schwarzen, vibrierenden Rabbit brauche.

3. Kapitel

Der Loungebereich, der sich im hinteren Teil der Fabrikhalle befindet, ist mit Sesseln, kleinen Tischen und einer großen Leinwand ausgestattet, auf der Laurel und Hardy alias Dick und Doof ihre Scherze machen. Und obwohl der Schwarz-Weiß-Film ohne Ton läuft, muss ich immer wieder lachen.

Lilly und Bens Freund John amüsieren sich prächtig, und die Art und Weise, wie sie sich immer wieder leicht berühren, verrät mir, dass meine Schwester ebenfalls nicht alleine nach Hause fahren wird.

Gerade als ich es geschafft habe, meinen zweiten Orgasmus auszutrinken, steht Ben schwungvoll auf und reicht mir seine Hand.

„Komm schon, Blumenmädchen, es wird Zeit für einen Tanz."

Der Song, den ich für mein restliches Leben mit Dirty Dancing in Verbindung bringen werde, ‚Time of my life', schallt durch die Lautsprecher, während die Lasershow viele kleine Herzen durch die Luft tanzen lässt. Leicht angeschwipst lege ich meine Finger in seine Hand und lasse mich von ihm aus meinem Sitz ziehen. Besitzergreifend legt er seine große warme Hand auf meinen Rücken, während er mich Richtung Tanzfläche führt. Trotz der vielen anderen Partygäste, der Lautstärke und Lillys Blick, den ich in meinem Rücken spüre, habe ich das Gefühl, dass wir ganz für uns alleine sind. Selbstsicher zieht er mich an sich, legt seinen Arm um meine Hüfte und beginnt sich mit mir im Takt des Songs zu bewegen.

Seine harten Oberschenkel schieben sich leicht zwischen die meinen. Seine Finger streifen meine Haut und sein eindringlicher Blick fixiert den meinen.

Dieser Tanz kommt mir vor wie ein sinnliches Vorspiel ...

Völlig im Bann dieses Mannes spüre ich, wie es zwischen meinen Schenkeln erneut zu glühen beginnt. Mein verräterischer Körper ist immer noch sauer auf mich, weil er vorhin nicht zum Höhepunkt gekommen ist. Und anscheinend hat er jetzt beschlossen, dass Ben ganz genau der richtige Kandidat dafür ist, um das nachzuholen. Mit jeder Sekunde presst mich Ben näher an seinen breiten Brustkorb, unser Atem vermischt sich und ich ertrinke in der Intensität des Augenblicks.

Seine Hand wandert immer weiter meinen Rücken hinab, bis sie sich fordernd auf meinen Po legt, sein Bein schiebt sich immer auffordernder zwischen die meinen und ich weiß, dass er mittlerweile ganz genauso erregt ist, wie ich es bin.

„Hast du dir eines der Liebesschlösser gekauft?"

Seine Frage reißt mich aus meinen Gedanken.

„Nein. Um ehrlich zu sein, habe ich mich gefragt, wofür die sein sollen."

Erneut vollführt er mit mir eine Drehung, während seine Lippen sanft über meine Schläfe streichen.

„Diese Schlösser kann man kaufen. Wenn sich hier und heute Nacht ein Mann und eine Frau kennenlernen und sie wirkliches Interesse aneinander haben, dann kaufen sie sich gemeinsam so ein Liebesschloss. Für die folgenden zwölf Monate behält die Frau das Schloss und der Mann verwahrt den Schlüssel. Bis zum nächsten Valentinstag haben die beiden jetzt die Möglichkeit herauszufinden, ob sie eine wahre Chance auf eine Beziehung haben, wenn sich beide füreinander entscheiden, dann gehen sie ein Jahr später zur Thalkirchner Brücke und befestigen das Schloss am Brückengeländer."

Ich kenne diese Brücke, sie ist mitten in München, wenn man Richtung Tierpark fährt. Alleine das Wissen, dass hinter jedem einzelnen dieser Liebesschlösser eine wahre romantische Geschichte steckt, lässt mein Herz höherschlagen. Und im Sommer funkeln die Schlösser geheimnisvoll in den Strahlen der untergehenden Abendsonne.

Von Bens Stimme wie hypnotisiert, bemerke ich nur am Rand, dass der Song vorbei ist. Langsam endet unser Tanz und ich stelle erstaunt fest, dass ich nicht mitbekommen habe, dass er während des Songs dafür gesorgt hat, dass wir jetzt, am Ende des Lieds, am anderen Ende der Tanzfläche zum Stehen gekommen sind. Hier ist es ruhiger, wir sind beinahe für uns ...

Seine Hand legt sich auf mein Gesicht und seine Fingerspitzen schieben sich unter mein Haar, sodass er meinen Kopf bestimmend in seiner großen warmen Hand hält.

Die sinnliche Magie des ersten Kusses legt sich zwischen uns, während mich seine Hand, die noch immer besitzergreifend auf meinem Po liegt, fest gegen seinen Körper presst.

Langsam senkt er seinen Kopf, meine Hände legen sich wie von selbst um seinen Nacken und unser Atem vermischt sich.

„Davon träume ich schon so lange, Blumenmädchen ..."

Seine geflüsterten Worte liebkosen meine Seele, während sich unsere Lippen zärtlich berühren.

Neckend tanzt die raue Spitze seiner Zunge über meinen Mundwinkel, ehe sie sinnlich in mich eindringt. Ich öffne mich ihm nur allzu willig, komme ihm mit der meinen entgegen und versinke in der Leidenschaft, mit der er mich erobert. Immer fordernder umschlingen sich unsere Zungen, seine rechte Hand umfasst bestimmend meinen Nacken, während ich an seine Brust sinke ...

Atemlos und mit wild schlagendem Herzen stehen wir uns gegenüber, sein herber Geschmack benetzt meinen Gaumen und ich weiß, dass ich noch lange nicht genug von seinen Küssen habe.

Bens Wörter hallen wie ein geheimnisvolles Flüstern durch meinen Kopf:

... wenn sich hier und heute Nacht ein Mann und eine Frau kennenlernen und sie wirkliches Interesse aneinander haben, dann kaufen sie sich gemeinsam so ein Liebesschloss. Für die folgenden zwölf Monate behält die Frau das Schloss und der Mann verwahrt den Schlüssel. Bis zum nächsten Valentinstag haben die beiden jetzt die Möglichkeit herauszufinden, ob sie eine wahre Chance auf eine Beziehung haben ...

Ben ist ein toller Mann, er ist humorvoll, attraktiv und verflucht sexy. Seine Küsse rauben mir den Atem und sein Geruch benebelt meine Sinne.

Um ehrlich zu sein, ist es mir schon immer verdammt schwer gefallen, einem Mann zu sagen oder zu zeigen, dass ich Interesse an ihm habe.

Die Sache mit den Liebesschlössern lässt mir keine Ruhe mehr und ich würde mir wahnsinnig gerne eines für uns beide kaufen ...

Aber wie soll ich ihm das sagen?

Was ist, wenn er Nein sagt? *Oh Gott ...* Was ist, wenn er Ja sagt?

Noch immer stehen wir uns ganz nah gegenüber und ich spüre seinen intensiven Blick auf meinem Gesicht.

„Welche Farbe hättest du denn gerne, Blumenmädchen?“

„Bei was?“

Seine vollen Lippen verziehen sich zu einem charmanten Lächeln, während er mir mit dem Finger sanft über die Wange streicht.

„Für unser Liebesschloss.“

Nervös sauge ich meine Unterlippe zwischen die Zähne.

Kann dieser Mann Gedanken lesen?

„Seit einem Jahr bringe ich dir Tag für Tag, Woche für Woche deine Post. Ich habe es so satt zu warten, ich will dich, Sophie! Ich will das verdammte Recht haben, in deinen Laden zu kommen, dich zu packen und so lange zu küssen, bis du keine Luft mehr bekommst. Also sag mir jetzt bitte, welche Farbe unser Schloss haben soll, denn ich kann es kaum erwarten, dich endlich zu packen und von hier zu verschwinden!“

Bei jedem seiner Worte hat mein Herz vor Freude einen Salto gemacht, nervös sehe ich ihn an und kann in seinen Augen erkennen, dass er es absolut ernst meint.

„Ein rotes!“

Knurrend packt er sich meine Hand, hebt sie hoch und presst mir einen wilden Kuss auf die Handfläche, ehe er mich hinter sich her zu den Liebesschlössern zieht.

Danke, liebes Schicksal!

Das mag jetzt vielleicht etwas verrückt klingen, aber das ist das Romantischste, was ich jemals erlebt habe!

„Such dir eins aus, Baby!“

Bens hungriger Blick und die Tatsache, dass wir die Nacht zusammen verbringen werden, lassen mich immer nervöser werden.

Das dunkelrote Schloss, das ich aussuche, hat als Gravur ein großes Herz, das von einem Kussmund getroffen wird.

Ben sieht es sich kurz an. „Eine gute Wahl.“ Erneut schnappt er sich meine Hand und lässt sie erst wieder los, nachdem er das Schloss bezahlt und wir uns von meiner Schwester und seinen Freunden verabschiedet haben. Galant hilft er mir in meinen Mantel und öffnet mir ganz gentlemanlike die Türe von einem der wartenden Taxis.

Der Fahrer fragt uns nach der Adresse, und ich nenne ihm, ohne lange darüber nachzudenken, meine.

Unruhig rutsche ich hin und her, während ich die Häuser vor der Fensterscheibe vorbeiziehen sehe ... Was ist, wenn diese Nacht ein Fehler ist?

Ich meine, ich kann ihm ja nicht mal aus dem Weg gehen, immerhin sehen wir uns täglich ...

Bens Fingerspitze streicht sanft über meine Knie, zeichnet einen Kreis auf meine Haut und wandert langsam höher. Dort, wo sein Finger über das dünne Nylon meines Strumpfes streicht, habe ich das Gefühl, dass meine Haut zu glühen beginnt.

Seine Hand legt sich in meinen Nacken, während er mich bestimmend zu sich herüberzieht. „Ich will dich, Sophie! Ich will dich schmecken, berühren und verführen. So lange, bis du mir wehrlos ausgeliefert bist.“

Seine Zunge leckt sanft über meine Lippen, ehe sie fordernd in mich eindringt.

Wild, erbarmungslos und hungrig nimmt er meinen Mund in Besitz.

Dieser Kuss zeigt mir, wie sehr er mich begehrt – wie sehr er mich will. Stürmisch erwidere ich seinen Kuss, gleite mit meiner Zunge zwischen seine Lippen und koste sein herbes Aroma. Immer wilder, hemmungsloser und hungriger dringen unsere Zungen vor, eröffnen das Vorspiel und lassen mich immer feuchter werden.

Es sollte verboten gehören, so gut küssen zu können!

4. Kapitel

Das allzu bekannte Geräusch meiner zuschnappenden Wohnungstüre löst dieses Mal einen Orkan an Emotionen in mir aus.

Denn das erste Mal seit einer kleinen Ewigkeit habe ich tatsächlich einen Mann mit nach Hause gebracht. Nervös schmeiße ich meinen Schlüssel in die kleine Schale, die auf dem Sideboard im Flur steht, und schalte das Licht im Wohnzimmer ein.

Wie geht es denn jetzt weiter?

Soll ich ihm einen Kaffee anbieten?

Mein Herzschlag beginnt sich bis in meinen Bauch auszubreiten, meine Handflächen werden schwitzig und meine Lippen fühlen sich trocken an.

Ohne unseren Blickkontakt zu unterbrechen, kommt er wortlos auf mich zu.

Und auch wenn ich weiß, dass es eigentlich besser wäre zurückzuweichen, bleibe ich erwartungsvoll stehen. Irgendwann ist nun mal der Zeitpunkt gekommen, an dem man dem Unausweichlichen nicht mehr entkommen kann. An dem alle Worte gesagt sind und alle Für und Wider ihre Bedeutung verlieren ...

Als uns nur noch wenige Zentimeter trennen, komme ich Ben entgegen.

Sein muskulöser Arm schlingt sich um meine Taille, ehe er mich besitzergreifend an seinen Brustkorb presst.

Hart und warm spüre ich seinen sexy Körper, jeder seiner Muskeln ist vor Erregung angespannt. Sehnsuchtsvoll schließe ich die Augen, lehne mich noch etwas näher zu ihm und stelle mich auf die Zehenspitzen. Süchtig nach unserem nächsten Kuss, schlinge ich meinen Arm um seinen Nacken und ziehe ihn hungrig zu mir herab.

Ben reagiert sofort, er hebt mich mühelos an, während sich ein animalisches Knurren aus seiner Kehle löst. Langsam und zärtlich berühren sich unsere Lippen, seine Zunge streicht sachte über meine Unterlippe, und ich bin schlagartig verloren.

Kostend erwidere ich die verspielte Liebkosung. Hinter meinen geschlossenen Lidern explodieren kleine Kometen, während unsere Münder leidenschaftlich miteinander verschmelzen ...

Sehnsuchtsvoll umschlingen sich unsere Zungen, saugen und fordern immer mehr. Seine Zähne knabbern neckend an meiner Unterlippe, entlocken mir ein Seufzen. Seine Arme lockern sich etwas, er streicht mit seiner warmen Hand sanft über meinen Rücken, ehe sie sich fordernd auf meinen Hintern legt. Aus unserem sinnlichen Kuss wird ein tabuloses Vorspiel, das mir den Atem raubt.

Keuchend und erregt stehen wir uns gegenüber, ein kurzer Blick in seine vor Lust dunklen Augen verdeutlicht mir, wie sehr mich dieser Mann will!

Seine Finger massieren meinen Po, während ich unter meinen Handflächen seinen schnell schlagenden Herzschlag spüre. Ohne seinen Blick freizugeben, sammle ich all meinen Mut, ergreife seine Hand und führe ihn wortlos in mein Schlafzimmer.

Das Licht des Flurs taucht mein Bett in einen sanften Schein und ich weiß, dass ich mich nach dieser Nacht hoffnungslos in Ben verlieben werde.

Liebevoll umfasst er mein Gesicht und hebt es leicht an, sodass sich unsere Blicke treffen.

„Hör mir zu, Blumenmädchen, ich bin kein Fan von One-Night-Stands! Seit einem verflucht langen Jahr kann ich an nichts anderes denken als daran, dich endlich unter mir liegen zu haben. Und ich will, dass du weißt, dass ich dich nicht wieder gehen lassen werde, wenn du dich mir jetzt hingibst!“

Am liebsten würde ich ihm sagen, dass er mich auch nicht wieder gehen lassen muss. Doch dafür fehlt mir der Mut.

„Versprichst du es mir?“

Verwirrt sieht er mich an. „Na, dass du mich nicht wieder gehen lassen wirst!?“

„Fuck, Baby, ja, das tue ich!“

Das wilde Funkeln in seinen Augen ist das Letzte, was ich sehe, bevor er mich packt, in seine Arme zieht und mich beinahe besinnungslos küsst. Seine Hände streichen über meinen Körper, öffnen Knöpfe, ziehen an meinem Reißverschluss und beseitigen meine Kleidung schnell und effizient.

Zitternd vor Lust und nur noch mit meinem schwarzen Spitzenstring und den halterlosen Strümpfen bekleidet, liege ich nun vor ihm in meinem Bett und beobachte Ben dabei, wie er sich auszieht. In der Sekunde, in der sein Hemd lautlos auf den Boden fällt, wird mein Gaumen trocken.

Dieser Kerl ist so verflucht sexy ...

Wohl definiert und kraftvoll wird sein muskulöser Brustkorb von ein paar dunklen Haaren bedeckt. Sein definiertes Sixpack, das sich zu seiner Taille hin zu einem sexy ‚V‘ verjüngt, lässt mich hart schlucken.

Geschickt öffnet er seinen Gürtel und steigt aus seiner Jeans. Das verführerische Spiel seines Bizeps fesselt meine Aufmerksamkeit. Die schwarze Calvin-Klein-Boxershorts, die sich eng um seinen bereits harten Schwanz spannt, überlässt nicht gerade viel meiner Fantasie.

Mein letzter Sex ist bestimmt schon ein Dreivierteljahr her, mal abgesehen von meinem vibrierenden Rabbit, den hatte ich ja erst vor ein paar Stunden.

Oh Fuck!

Irgendwo hier muss noch mein neuer Shades-of-Grey-Vibrator herumliegen ...

Vorsichtig taste ich mit den Fingern die Bettdecke ab, in der Hoffnung, dass ich ihn entdecke und heimlich verschwinden lassen kann.

Noch mal Fuck!

Irgendwo vor meinem Bett steht noch der schwarze Karton, in dem sich die restlichen Toys befinden. Wenn Ben die Sachen sieht, wäre das eine absolute Katastrophe. Ich meine, wie peinlich geht es denn noch? Meine Panik, dass Ben den vierundzwanzig Zentimeter langen Fakeschwanz vor mir entdeckt, löst sich in Luft auf, als er langsam zu mir ins Bett steigt.

„Endlich gehörst du mir!“, knurrt er mehr, als er spricht, legt sich neben mich und zieht mich bestimmend in seine Arme. Sein Mund versiegelt den meinen und meinem Verstand gehen die Lichter aus ...

Seine Lust berührt meine Sinne, seine Fingerspitzen necken sanft meine Schulter und seine Zunge umschlingt die meine.

Oh jaaa ...

Nach wenigen Sekunden steht jeder Zentimeter meines Körpers in Flammen, leise seufzend genieße ich seine Verführung. Meine Nippel schwellen an und ziehen sich erregt zusammen, während mein Unterleib sehnsüchtig zu prickeln beginnt.

Wenn ich gewusst hätte, dass er sich so gut anfühlt, hätte ich ihn schon viel eher in mein Bett gelockt!

Draußen hat es anscheinend zu regnen angefangen, denn dicke Regentropfen zerplatzen laut platschend an der Fensterscheibe. Seine sinnlichen Küsse und die Art, wie er ehrfürchtig und dennoch fordernd meinen Körper erkundet, verzaubern mein Herz.

Bens Lippen gleiten über meinen Hals, saugen sich an meiner Haut fest und lösen einen Schauer der Erregung in meinem Bauch aus. In meinem Nacken bilden sich kleine Schweißtropfen, während meine Erregung immer stärker und allumfassender wird.

Mein sehnsüchtiges Wimmern durchbricht die sinnliche Stille, seine Hand streicht sanft über meine Hüfte, während sein heißer Mund meine linke Brustwarze umschließt. Züngelnd umkreist er sie, saugt sie tief in seinen Mund und knabbert leicht an ihr.

Bittersüßer Lustschmerz lässt meine Nervenbahnen vibrieren und meinen Schoß immer feuchter werden.
„Ich muss dich endlich spüren!“
Vertrauensvoll suche ich seinen Blick, lege meine Handflächen auf seinen Brustkorb und spüre das rhythmische Pochen seines Herzens.
„Du bist so wunderschön, Blumenmädchen!“
Seine Finger wandern zwischen meine Beine und streichen federleicht über meine pochende Perle.
Liebevoll streichelt er meine feuchten Schamlippen und lässt mich spüren, wie sehr er mich begehrt. Sein Daumen umkreist meinen Kitzler, seine Finger dringen in mich ein. Ein atemloser Schrei entkommt meinen Lippen, ehe er mich wild küsst. Sein Mittelfinger dringt tief in meine Öffnung ein, dehnt mich leicht.
Erst als ich völlig außer Atem bin und meine Haut mit einem leichten Schweißfilm überzogen ist, unterbricht er unseren Kuss und lässt mich nach Luft schnappen.

Sanft spreizt er meine Beine und lässt seinen hungrigen Blick über meinen Körper wandern. Seine Lippen legen sich auf meine empfindliche Haut und seine warme Zunge leckt sich ihren Weg an der Innenseite meines Schenkels nach oben. Spielerisch verteilt er kleine Bisse, saugt meine Haut in seinen heißen Mund und treibt mich so immer tiefer in den Strudel der Lust, der durch mein Inneres weht.
Während sich seine linke Hand abwechselnd um meine aufgerichteten Knospen kümmert, teilt seine rechte meine feuchten Falten.
Seine Zungenspitze streicht über meinen feuchten Eingang, umkreist meinen Kitzler und lässt mich leise aufstöhnen.
„Ich werde dich nie wieder gehen lassen!“
Seine raue Stimme bringt mich an den Rand des Erträglichen. Gekonnt leckt er meine Scheide, saugt und dringt mit seiner Zungenspitze tief in mich ein.
„Ich muss endlich in dir sein. Ich will dich um meinen Schwanz spüren und dich endlich zu der meinen machen.“
Ich höre das leise Zerreißen der Kondomverpackung und bin froh, dass zumindest er an die Verhütung gedacht hat.
Jetzt, wo es tatsächlich so weit ist, spüre ich einen Hauch von Angst.
Sind diese Nacht und dieser Mann ein Fehler?
Also wenn ja, dann hat sich noch nie ein Fehler so verflucht gut angefühlt ...
Zärtlich streifen seine Lippen meine Schläfe, er haucht mir einen bedeutungsvollen Kuss auf die Stirn, während er sich in Position bringt.

„Ab jetzt gehörst du mir, Blumenmädchen!"
Seine breite Eichel dringt langsam in mich ein, dehnt meinen Körper und nimmt mich in Besitz.

Und ich spüre bis in mein tiefstes Inneres, dass Ben recht hat. Ab jetzt gehöre ich zu ihm. Unsere Lippen treffen sich gierig, seine Zunge neckt die meine und unser stoßweise kommender Atem vermischt sich, während er immer tiefer und tiefer in mich gleitet.

„Sieh mich an, Sophie …" Ich versuche es, doch ich schaffe es einfach nicht.

Meine unfassbar starke Leidenschaft und die vielen verwirrenden Emotionen, die durch meine Adern rauschen, sind zu einfach intensiv.

Endlich ist er ganz in mir, ich spüre seine Hoden gegen meinen Damm drücken. Langsam lässt er sein Becken kreisen, und ich beiße mir auf die Lippen, um den Schrei, der sich aus meiner Kehle löst, zu dämpfen.

Tief, langsam und unerbittlich dringt er in mich ein. Nimmt mich in Besitz, macht mich zu der seinen. Stöhnend presse ich mich seinen Stößen entgegen, ich will ihn tief in mir haben, ich will ihn spüren und nie, nie wieder gehen lassen!

„Oh Gott, Baby!" Seine Stöße werden immer härter und sein Glied dringt so tief in mich ein, dass ein leichter, jedoch angenehmer Schmerz entsteht.

Ben verändert den Winkel, mit dem er in mich stößt, und touchiert bei jedem erneuten Vorstoß meinen sensiblen G-Punkt.

Ich bin verloren ...

Zuckend spannen sich meine Beine an, meine Zehenspitzen krümmen sich und mein Atem setzt aus. Jeder Muskel meines Körpers zuckt, ehe ein gigantischer Höhepunkt mein Nervensystem ausknockt.

Der über mich hereinbrechende Orgasmus ist wie ein Tsunami. Die Kontraktionen in meinem Unterleib sind so stark, dass ich Ben einfach mitreiße und er sich knurrend in mir ergießt.

Atemlos, zitternd und verschwitzt klammere ich mich an ihn. Postkoital seufzend schlinge ich meine Beine um seine Taille, ziehe ihn bestimmend noch tiefer in mein pulsierendes Inneres. Das gerade eben Erlebte war einfach nur absolut unglaublich.

Dieser verzauberte Moment ist fast schon zu schön, um wahr zu sein ...

Das klingt vielleicht komisch, aber irgendwie warte ich die ganze Zeit darauf, dass ich aufwache und dieser perfekte Augenblick wie eine überdimensionale Seifenblase zerplatzt.

Glücklich sehe ich Ben in die Augen, während ich meine Finger in seinen Haaren vergrabe.

Mit meinen Fingerspitzen zeichne ich unsichtbar meinen Namen auf seinen muskulösen Rücken. Vielleicht hat die Schicksalsgöttin ja gerade eine Sekunde Zeit und erhört meinen Besitzanspruch.

Denn eines steht schon mal fest, ich werde diesen Mann nie, nie wieder gehen lassen!

Es mag ja sein, dass er denkt, dass er mich in Besitz genommen hat, aber ich fühle tief in meinem Herzen, dass ich ihn ebenfalls für mich beansprucht habe.

„Davon werde ich niemals genug bekommen ..."

„Sicher?"

Seine Mundwinkel zucken leicht, ich spüre, wie er seine Hüfte kurz kreisen lässt, ehe er mir einen zärtlichen Kuss auf die Nasenspitze drückt und mir ins Ohr flüstert: „Ganz sicher!"

Unzufrieden wimmernd, spüre ich, wie er langsam aus mir herausgleitet, das Kondom abzieht, zuknotet und neben dem Bett auf den Boden fallen lässt.

Zutiefst befriedigt lehne ich mich in das Kopfkissen zurück und beobachte diesen sexy Kerl dabei, wie er sich neben mich legt.

„Au ... Was ist das?"

Ohne es verhindern zu können, beobachte ich Ben dabei, wie er sich kurz aufrichtet und meinen Rabbit unter seinem Rücken hervorzieht.

Ach du heilige Scheiße – den habe ich ja ganz vergessen!

Das kann doch alles einfach nicht wahr sein. Seit Monaten hatte ich keinen Sex und somit auch keinen Orgasmus mehr! Aber jetzt, ausgerechnet jetzt, wo ich mich das erste und einzige Mal hemmungslos durch einen Sexshop geklickt habe, muss mir das liebe Schicksal am selben Tag einen Mann und einen Vibrator ins Bett legen ...

Breit grinsend sieht mich besagter Mann an, zieht herausfordernd eine Augenbraue in die Höhe und schaltet den Vibrator an. Leise brummend kreist und vibriert mein Rabbit in Bens Händen, während ich mich am liebsten unter der Bettdecke verstecken würde.

Lieber Gott, lass mich bitte sterben!

„Na so was, mein Blumenmädchen steht auf batteriebetriebene Spielsachen ..."

Typisch Mann kann er das Ding nicht einfach beiseitelegen und so tun, als wäre nichts gewesen, nein, natürlich muss er mich aufziehen und seinen Spaß mit dem wild vibrierenden Ding haben.

Leise vor mich hin schimpfend, rutsche ich tiefer nach unten in mein Bett und ziehe mir die Decke über den Kopf.

Oh ja, heute benehme ich mich wieder sehr erwachsen!

„Ach komm schon, Süße, versteck dich nicht. Ich bin mir sicher, dass wir mit diesem Ding verdammt viel Spaß haben.“

Am immer lauter werdenden Brummen meines Rabbits höre ich, dass er die verschiedenen Stärken und Vibrationsmöglichkeiten ausprobiert.

Geht es eigentlich noch schlimmer?

Ich glaube nicht!

Ich spüre, wie sich meine Decke bewegt und Ben zu mir in mein Versteck rutscht.

„Hey Süße ...“

Beschämt lege ich mir die Hand vors Gesicht, damit ich ihm nicht in seine amüsiert funkelnden Augen sehen muss.

„Ich bin nicht da ...“

„Oh, das ist aber schade! Ich bin nämlich gerade in Spiellaune.“

„Haha, sehr witzig ...“

Kraftvoll und bestimmend schließen sich seine Finger um meine Handgelenke, ziehen meine Hände von meinem Gesicht weg und pressen sie dominant auf die Matratze. Im Dunkeln meines zugegebenermaßen nicht gerade perfekten Verstecks sieht er mir tief in die Augen.

„Es gibt nichts, wofür du dich schämen müsstest. Ich finde deinen Hasenohrenvibrator wirklich geil, und ich kann es kaum erwarten, ihn an dir zu benutzen. Fuck! Alleine bei der Vorstellung werde ich schon wieder hart!“

Trotz Bens Begeisterung für meinen Rabbit ist mir das Ganze schrecklich peinlich, ich meine, wie sollte es mir auch nicht peinlich sein? Das ist unsere erste Nacht, und er findet einen dicken, langen, schwarzen Vibrator mit Hasenohren in meinem Bett. Was soll er denn jetzt von mir denken?

Da er ihn jetzt nun schon mal entdeckt hat und wir uns beide unter meiner Bettdecke verstecken, beschließe ich die ganze Sache mit Humor zu nehmen ...

„Du willst mir also sagen, dass du keine Konkurrenz in meinem süßen Rabbit siehst?“

„Konkurrenz?“

Lachend erobert er meinen Mund, lässt seine Hand zwischen meine Beine gleiten und dringt mit zwei Fingern in mich ein.

„Damit das klar ist, ich dulde keine Konkurrenz.“

Um seinen Worten mehr Nachdruck zu verleihen, legt er seinen Daumen auf meinen Kitzler und beginnt ihn reibend zu massieren.

„Deine süße, enge kleine Pussy gehört nur mir! Aber ich denke, dass ich mir hin und wieder das Vergnügen gönnen werde, deinen Rabbit mit in unser Sexualleben zu integrieren. Allerdings nicht als Konkurrenz, sondern als Unterstützung."

„Hast du etwa Angst, dass du meinen Ansprüchen nicht gerecht wirst?"

Ich weiß, dass ich mit dem Feuer spiele, kein Mann kann es leiden, wenn eine Frau seine Standhaftigkeit infrage stellt.

Wild fauchend rollt er sich auf mich, seine Nasenspitze streicht sanft über mein Schlüsselbein, während er mit einem harten Stoß in mich eindringt. Die Decke, die uns als Versteck gedient hat, rutscht unter der Heftigkeit seiner Stöße davon, während ich meine Fersen in die Matratze stemme, um ihm willig entgegenzukommen.

Kraftvoll rammt er seinen Penis in mich und beweist mir geschickt und verflucht nachdrücklich, dass er definitiv keine Probleme mit der Standhaftigkeit hat.

Stöhnend nehme ich ihn immer wieder sehr tief in mir auf, meine Finger krallen sich in seinen Rücken, unsere Becken schlagen klatschend aufeinander, während sich ein leichter Schweißfilm auf meiner Haut ausbreitet.

Das hier ist kein Sex, sondern ein verflucht guter harter Fick!

Meine Augen rollen nach hinten, mein Körper beginnt zu zittern und ich falle laut schreiend über die Klippe der Erlösung.

Ruckartig zieht sich Ben aus mir heraus und verströmt sein heißes Sperma auf meinem Bauch. Schwer keuchend sehen wir uns in die Augen und ich weiß, dass die Durststrecke meiner Höhepunkte endgültig vorbei ist ...

Tief einatmend legt er sich neben mich, stützt sich mit dem Ellenbogen auf und sieht mir tief in die Augen.

„Happy Valentinsday, meine Süße!"

Zärtlich streift sein Mund über meine Lippen, ehe er mir einen liebevollen, sanften Kuss schenkt. Der Kontrast des zart schmelzenden Kusses zu der harten Nummer, mit der er mich gerade nach Walhalla gefickt hat, könnte nicht größer sein, und ich freue mich darüber, dass ich einen Mann in meinem Bett habe, der beides kann: zart und hart!

5. Kapitel

Nervös zupfe ich an dem kleinen Strauch Grünzeug herum, den ich eigentlich in den noch nicht ganz fertigen Blumenstrauß mit einbinden wollte – wieso bin ich heute nur so verflucht unkonzentriert?

In den letzten zehn Minuten habe ich bestimmt drei Dutzend Mal auf die Uhr gesehen, und mittlerweile bin ich mir ziemlich sicher, dass sich der Stundenzeiger heute ganz besonders viel Zeit lässt.

Bis jetzt kam die Post am Montag immer so gegen 10:00 – 10:30 Uhr. Was bedeutet, dass es noch eine gute halbe Stunde dauern wird, bis ich Ben endlich wiedersehen werde.

Mit mir selber schimpfend versuche ich mich wieder etwas mehr auf die Arbeit zu konzentrieren. Doch das gelingt mir einfach nicht, denn mein Verstand ist ununterbrochen damit beschäftigt, sich mit den wunderschönen Erlebnissen des letzten Wochenendes zu beschäftigen.

Oh Gott ... Alleine die peinliche Erinnerung daran, wie Ben meinen Rabbit gefunden hat, reicht aus, um mich sofort wieder rot werden zu lassen.

Doch was soll ich sagen?

Der Mann hat sein Wort gehalten und mir eindrucksvoll bewiesen, dass er und mein Selfiestick ein wunderbares Team sind. Trotzdem bin ich heilfroh, dass es mir gelungen ist, mein nicht so besonders diskretes schwarzes Paket mit den restlichen Toys in meinem Kleiderschrank zu verstecken.

Denn ich weiß wirklich nicht, wie ich ihm diese doch sehr farben- und formenfrohe Auswahl hätte erklären sollen ... Natürlich hätte ich es auf die Flasche Merlot schieben können, die ich während meines Onlineshoppings geleert habe, aber das wäre einfach zu platt gewesen ...

Glücklich vor mich her summend, binde ich den Strauß fertig und stelle ihn in die kleine Vase auf der Fensterbank.

Wer hätte gedacht, dass ich mich ausgerechnet am Valentinstagswochenende neu verliebe? Die Romantikerin in mir klatscht begeistert in die Hände, während sich in meinem Bauch Hunderte von Schmetterlingen ausbreiten.

Ben ist ein aufmerksamer, sehr talentierter Liebhaber und ein wundervoller Mensch. Und ich danke dem Schicksal dafür, dass es mir diesen Mann so unmissverständlich in den Weg meines Lebens gestellt hat.

Ich für meinen Teil bin sehr optimistisch, dass wir in knapp zwölf Monaten unser wunderschönes Liebesschloss an der Brücke befestigen werden!

Und wer weiß?

Vielleicht enden wir ja wie die Liebespaare in meinen Märchen – glücklich bis an ihr Lebensende ...

Epilog

Die weiche Wolle der Bommelmütze schützt meine Ohren vor der eisigen Kälte. Lautlos tanzen wunderschöne Schneeflocken vom Himmel, bedecken die Münchner Innenstadt unter einer puderzuckerartigen Schicht aus gefrorenen Sternen.

Die wenigen Sonnenstrahlen, die es schaffen, sich einen Weg durch die dicken Schneewolken zu bahnen, lassen die mit dünnem Frost überzogenen Liebesschlösser geheimnisvoll funkeln.

Bens Finger sind fest mit den meinen verschränkt, während sein Daumen liebevoll über meinen Handrücken streicht. Heute ist nicht einfach nur Dienstag, sondern auch Valentinstag. Seit ganz genau einem Jahr sind Ben und ich jetzt schon ein Paar, und was soll ich sagen?

Mit ihm an meiner Seite fühle ich mich glücklich, geliebt, beschützt und ja, wie sollte es auch anders sein, sehr befriedigt.

Wie nicht anders zu erwarten, sind Ben und mein Rabbit beste Freunde geworden und sie haben es sich zur Aufgabe gemacht, mir einen Orgasmus nach dem anderen zu schenken. Mein Batterieverbrauch ist gewaltig angestiegen, doch darüber werde ich mich ganz bestimmt nicht beschweren ...

Als wir direkt in der Mitte der Brücke angekommen sind, zieht mich Ben an seine Brust. Aufgeregt und unfassbar glücklich ertrinke ich in den Tiefen seiner Augen. Langsam beugt er sich zu mir herab und bedeckt meine kalten Lippen mit den seinen. Sein warmer Atem streift über meine kalten Wangen, während seine heiße Zunge in meinen Mund eindringt. Der sinnliche Tanz unserer Lippen verzaubert mein Herz, während sich sein köstlicher Geschmack auf meine Zunge legt.

Atemlos und mit wild schlagendem Herzen stehe ich vor meinem persönlichen Mister Perfect.

Ich weiß nicht genau, was uns die Zukunft bringt, doch ich spüre tief in meinem Inneren, dass wir sie gemeinsam bestreiten werden.

„Na, Süße? Hast du einen schönen Platz für unser Schloss gefunden?“

Langsam lasse ich meinen Blick über die vielen bereits hängenden Liebesschlösser gleiten. Manche von ihnen sehen noch ganz neu aus, andere hingegen sind bereits von der Witterung gezeichnet. Bronzefarbene Rostflecken zieren den ehemals bunten Lack.

Ein bisschen weiter rechts von uns sehe ich eine freie Stelle und ich weiß, dass die vom Schicksal für uns reserviert wurde.

Ohne zu zögern, ziehe ich Ben hinter mir her, sodass wir direkt vor der Stelle stehen, an der wir unser Liebesschloss befestigen werden.

„Hier, lass es uns ganz genau hier aufhängen.“

Erneut drückt er mir einen sanften Kuss auf den Mund, ehe er unser wunderschönes Schloss aus seiner Jackentasche holt. Langsam geht er vor mir in die Knie, fädelt den Bügel des Schlosses durch die Masche des Brückengeländers und schiebt den Verschluss in das Schloss. Das leise Klicken, als sich unser Liebesschloss für immer verschließt, jagt mir einen angenehmen Schauer über den Rücken.

Ben steht wieder auf und legt mir den kleinen goldenen Schlüssel in die Handfläche.

„Hier, den musst du jetzt, so weit es geht, in die Isar schmeißen!"

Glücklich streiche ich ein letztes Mal mit meinen Fingern über den winzigen Schlüssel, ehe ich ihn mit aller Kraft in das eiskalte Wasser des Flusses werfe.

Ben stellt sich hinter mich, zieht mich an seine warme Brust und gemeinsam genießen wir den verzauberten Moment unseres ersten Jahrestages.

„Versprich mir, dass wir es ganz oft besuchen kommen?!"

Am leichten Beben seines Brustkorbs merke ich, dass er lachen muss.

„Selbstverständlich!"

Ich spüre, wie er sich von mir löst, und höre ein paar Stimmen hinter uns.

Langsam drehe ich mich zu ihm um und bemerke das liebevolle Glitzern in seinen Augen. Erst jetzt bemerke ich, dass wir nicht mehr alleine sind. Verwirrt sehe ich meine Schwester Lilly an, die wie nicht anders zu erwarten in Johns Armen liegt. Und auch Sam, Bens anderer Kumpel, den ich ebenfalls vor ganz genau einem Jahr kennengelernt habe, ist hier.

Was soll das alles? Was wird hier gespielt?

Sprachlos beobachte ich, wie der Mann, den ich über alles liebe, vor mir auf sein rechtes Knie sinkt.

Für ein paar Sekunden bekomme ich keine Luft mehr, alles um mich herum verliert an Bedeutung und ich bin völlig auf den knienden Mann vor mir konzentriert.

Er macht mir einen Antrag ...

„Sophie."

Ich höre, wie er sich leise räuspert.

„Ich erinnere mich noch an das allererste Mal, als ich in deinen Laden gekommen bin. Du standest zwischen all deinen Blumen und hast mir sofort mein Herz gestohlen. Ab diesem Tag stand für mich fest, dass du die Frau meines Lebens bist. Und dennoch hat es noch fast ein Jahr gedauert, bis ich Idiot endlich den Mut aufgebracht habe, um dich zu der Meinen zu machen."

Tränen des Glücks schießen mir in die Augen und ich blinzle sie schnell weg.

„Doch jetzt gehörst du mir, unser Liebesschloss hat endlich seinen Platz gefunden und ich spüre tief in meinem Herzen, dass jetzt der richtige Zeitpunkt gekommen ist, um dich zu fragen, ob du meine Frau werden willst!"

Ich sehe, wie er einmal tief durchatmet, während er eine kleine Ringschachtel aus seiner Jacke holt. Während er sie öffnet, sieht er mir tief in die Augen, sodass ihm meine Reaktion nicht entgeht.

Auf einem blutroten Samtbett liegt ein wunderschöner goldener Ring. Der runde Diamant, der in einer kleinen Blüte eingefasst ist, funkelt in der Wintersonne, während dicke Schneeflocken stumme Zeugen unseres Glücks werden.

„Geliebte Sophie, erweist du mir die Ehre, meine Frau zu werden?"

In meiner Fantasie habe ich mir einhundertmal vorgestellt, wie es wohl sein wird, wenn der Mann meines Lebens vor mir auf die Knie geht, um mich zu bitten, dass ich seine Frau werde. Doch jetzt, wo der Augenblick gekommen ist, ist die Realität eintausendmal schöner und romantischer als meine Mädchenträume.

Die unendliche Liebe, die ich für diesen Mann empfinde, überschwemmt mein Herz und ich sinke ebenfalls vor ihm auf die Knie.

„Ja." Vor lauter Glück klingt meine Stimme ganz belegt, während ich ihm in die Arme falle.

„Ja – ja – ja!"

Ich höre das begeisterte Klatschen unserer Freunde, das Schluchzen meiner Schwester und das schnelle Klopfen meines rasenden Herzens.

The Deal

Prolog

Clemens

Kühl und herb legt sich der Geschmack des Biers auf meine Kehle.

Jonas, mein Studienkollege – oder sollte ich lieber ehemaliger Studienkollege sagen? – ist so damit beschäftigt, dem Mädchen, das gerade an uns vorbeigeht, auf den Arsch zu sehen, dass er völlig vergisst, mir von seiner neuen tollen Idee zu erzählen, wegen der er schon seit Tagen völlig aufgeregt ist.

In den vergangenen Jahren, in denen wir an der Universität in Hagen gemeinsam Informatik studiert haben, hat sich zwischen uns eine enge Freundschaft entwickelt, und jetzt, wo wir unseren Abschluss endlich in der Tasche haben, sind wir uns darin einig, dass wir das Leben noch mal so richtig genießen müssen, bevor wir uns um die Ernsthaftigkeit unserer Zukunft kümmern.

„Nicht schlecht ..." Er stößt einen anerkennenden Pfiff aus, ehe er sich sein Bier schnappt und sich anzüglich über die Lippen leckt.

Genervt sehe ich ihn an. „Also, wie lautet jetzt deine tolle Idee?"

„Hör mir zu. Letzten Sonntag war ich bei meinen Eltern zu Besuch, und als ich angekommen bin, saß meine Mutter wie immer vor der Glotze und hat sich einen ihrer schnulzigen Filme angesehen. Und da bin ich auf die Idee gekommen!"

Ach du Scheiße!

Wenn er schon so anfängt, kann seine Idee nicht gut sein ...

„Und was für eine Idee?"

„Wir suchen uns einen Job als Animateure auf einem Kreuzfahrtschiff!"

Genervt und irgendwie enttäuscht über den Müll, den er da redet, suche ich die Kneipe, in der wir sitzen, mit den Augen nach der Bedienung ab und bestelle uns mit einem Handzeichen eine neue Runde Schnaps und Bier.

„Das ist doch Bullshit!"

Jonas sieht mich wütend an.

„Nein, ist es nicht. Das ist der geilste Job aller Zeiten. Wir sind kostenlos auf einem Kreuzfahrtschiff, befinden uns irgendwo mitten im Pazifik und verdienen dabei auch noch eine Menge Geld!"

Wenn er das so formuliert, mag das ja ganz toll klingen, aber ich habe trotzdem keine Lust, fremde Kinder zu betreuen und mit denen stundenlang zu malen und basteln.

„Scheiß auf das Geld. Ich habe keinen Bock, den ganzen Sommer über auf einem gigantischen Schiff festzusitzen und fremde Kinder zu bespaßen!“
Jonas sieht mich fragend an. „Warum denn Kinder?“
„Kann es sein, dass du deine Idee nicht besonders gut recherchiert hast? Das ist doch der Job eines Animateurs!“
„Bist du bescheuert! Ich will doch nicht den Babysitter spielen. Ich rede davon, Sportanimateur zu sein ... Kapiert?“
Jonas sieht mich fragend mit hochgezogenen Augenbrauen an.
„Wie meinst du das? Sportanimateur?“
„Na, das ist doch ganz einfach. Wir kümmern uns um die Wassergymnastik und den ganzen anderen Kram. Auf den wirklich guten Kreuzfahrtschiffen gibt es sogar eigene Fitnessstudios.“
Jetzt wird es interessant ...
„Keine Kinder?“
„Nicht eines!“
„Also so langsam beginnt mir deine Idee zu gefallen.“
In meiner Fantasie sehe ich uns schon zwischen lauter heißen Bräuten, die mit nichts als knappen Bikinis vor uns herlaufen und nur darauf warten, dass wir ihnen zeigen, wie sie ihre Sportübungen richtig machen sollen.
Fuck! Jonas hat wirklich recht. Das ist ein Job mit viel Körperkontakt und verdammt wenig Kleidung.
„Sag ich’s doch. Geile Girls, viel Sonne und tolle Strände. Das ist wie ein bezahlter Traumurlaub.“
Und während uns die Bedienung die nächste Runde serviert, beginnt in meinem Kopf ein Plan zu entstehen.
Während unserer kompletten Studiumszeit haben wir beide in einem Fitnessstudio gearbeitet, um uns genug Geld für die horrend teuren Studiengebühren zu verdienen.
Während ich unter anderem Selbstverteidigungskurse und Kickboxen angeboten habe, hat sich Jonas um die Beratung an den Trainingsgeräten und ums Krafttraining gekümmert.
Es sollte also kein Problem sein, ausreichende Qualifikationen vorzuweisen.
„Okay, du hast mich überzeugt. Aber wie funktioniert das? Wo müssen wir uns bewerben und wie läuft das jetzt ab?“
Je länger ich über seine Idee nachdenke, desto geiler finde ich sie.
Und wer weiß, vielleicht ist Jonas’ Idee genau das Abenteuer, das ich niemals vergessen werde?

Bisher war ich zwar noch nie auf einem Kreuzfahrtschiff, aber was soll's.

Jedem normalen Menschen ist die Aida oder die Queen Mary ein Begriff und dann ausgerechnet auf so einem Luxusliner zu arbeiten, ist definitiv etwas ganz Besonderes.

Heiße Bikinigirls, pure Sonne und, wohin das Auge reicht, der tiefblaue Ozean.

Verdammt noch mal – Jonas hatte tatsächlich die Idee des Jahres!

„Auf meinem Schreibtisch liegen alle nötigen Informationen, alle wichtigen Unterlagen und zwei Anmeldebögen, die nur darauf warten, dass wir sie ausfüllen und abschicken."

Das klingt fast schon zu gut, um wahr zu sein ...

„Also, Clemens, was sagst du? Bist du dabei?"

„Ich sag's dir, wir schulden deiner Mutter einen verdammt großen Strauß Blumen. Ohne sie und ihre schrecklichen Kitschfilme wärst du nie auf diese geniale Idee gekommen."

Mir leicht zunickend, hebt Jonas sein Bier und wir stoßen an.

„Lass uns Boot fahren, Bruder."

„Auf den heißesten Sommer unseres Lebens!"

„Darauf kannst du wetten, Kumpel!"

Und noch während wir hier sitzen und uns unterhalten, spielt sich in meinem Kopf eine verdammt heiße Fantasie über viel nackte Haut, einen unendlich weiten Horizont und extrem knappe Bikinis ab ...

Marina

Wie jedes Jahr werde ich eine Woche vor der Abfahrt unheimlich nervös. Auch in dieser Saison haben wir uns wieder ein wahnsinnig abwechslungsreiches Unterhaltungsprogramm für unsere 2464 Passagiere ausgedacht, und es ist nicht so leicht, bei den vielen Positionen, die auf meiner To-do-Liste stehen, den Überblick zu behalten.

Nach meinem Studium habe ich durch unheimliches Glück sofort die Stelle als Bordexpertin angeboten bekommen und seitdem bin ich nun schon zum vierten Mal dabei, wenn es darum geht, alle Mitreisenden auf 10 Passagierdecks in 984 Kabinen bei Laune zu halten.

Für diese Fahrt haben wir uns allerdings etwas ganz Neues einfallen lassen.

Nachdem wir zwei Tage auf See sind, veranstalten wir eine Modeschau für Herrenbademoden. Von Boss bis zu Calvin Klein sind alle namhaften Brands dabei.

Unterstützt werden wir dabei von einem der führenden Onlineshops, wenn es um Herrenbademoden und Unterwäsche geht.

Nervös genehmige ich mir einen weiteren Schluck meiner eiskalten Coke Light und rufe bei der Personalabteilung an, um nachzufragen, ob bei den Animateuren alles klar ist.

Nichts ist schlimmer, als wenn sich das Personal kurz vor Schluss dazu entscheidet, doch nicht mitfahren zu wollen. Es passiert doch des Häufigeren, dass viele der neu Eingestellten, je näher die Abfahrt rückt, doch nicht damit klarkommen, für Monate auf hoher See unterwegs zu sein.

1. Kapitel

Clemens

„*Shit!* Das ist kein Boot, das ist eine eigene Stadt!“

Jonas sieht mich zufrieden an, während wir über das Deck laufen und uns einen ersten genaueren Überblick über unseren neuen Arbeitsplatz verschaffen.

„Verdammt, das wird der geilste Sommer unseres Lebens.“

Mich an die Reling anlehnend werfe ich einen letzten Blick auf den Hamburger Hafen.

An Land stehen mindestens hundert Zuschauer, die sich dieses Spektakel nicht entgehen lassen wollen. Viele von ihnen winken, andere klatschen und wieder andere sind so damit beschäftigt, alles mit den Kameras ihrer Handys zu filmen, dass sie beinahe ins Wasser stürzen.

Wie nicht anders zu erwarten ist Jonas schon wieder dabei, die anwesenden Girls abzuchecken. So wie ich ihn kenne, wird er sich nicht nur für eine entscheiden. Ich kann nur hoffen, dass er diskret ist, denn sonst ist er seinen Job gleich wieder los.

Wie hatte es noch mal die Personalleitung so überaus passend betont?

„Als Animateure ist es eure Aufgabe, dafür zu sorgen, dass sich die Passagiere für den Rest ihres Lebens mit einem glücklichen Lächeln auf den Lippen an die Fahrt mit der Leandra erinnern ...“

Doch wenn ich mir meinen Kumpel so ansehe, bin ich mir verdammt sicher, dass sich die Frauen, die in seinem Bett landen, in erster Linie nicht an das Schiff, sondern nur an den Sex mit ihm erinnern werden ... Aber was soll’s, das sollte die Personalchefin nicht stören, immerhin werden sie dabei ebenfalls ein Lächeln auf den Lippen haben.

Die laute Schiffshupe ertönt drei Mal und lässt den Boden unter unseren Füßen erbeben. So genial dieser Job auch sein mag, es wird trotzdem eine Zeit lang dauern, bis ich mich daran gewöhnt habe, keinen festen Boden unter meinen Fußsohlen zu spüren.

Trotz der Tatsache, dass wir erst Anfang Juni haben, ist es angenehm warm und die Chancen, dass der Pool morgen früh von heißen Bikininixen belagert wird, stehen nicht schlecht.

Über unseren Köpfen leuchten Hunderte von kleinen Lichtern, die sich über das ganze Schiff erstrecken.

„Komm schon, Alter, lass uns was trinken gehen, ehe morgen unser Dienst offiziell anfängt.“

Einen letzten Blick auf den immer kleiner werdenden Hafen werfend, machen wir uns auf den Weg zur Bar.

Marina

Nachdem ich mit dem Auspacken meiner Reisetaschen fertig geworden bin, lasse ich mich erleichtert auf mein Bett plumpsen.

Was für ein anstrengender Tag ...

Die letzten zwei Wochen waren zwar ebenfalls verdammt arbeitsreich, doch der heutige Tag war einfach nur die Hölle.

Prüfend werfe ich einen schnellen Blick auf meine Uhr und schalte den Laptop aus.

Wenn ich jetzt wirklich etwas vergessen oder übersehen habe, dann kann ich es auch nicht mehr ändern.

Wie immer, wenn wir vom Hafen ablegen, überkommt mich eine leichte panische Nervosität. Hunderte von Fragen schießen mir durch den Kopf und ich hoffe inständig, dass ich mich gründlich genug vorbereitet habe und dass unseren Passagieren unser geplantes Unterhaltungsprogramm gefällt.

Genau wie in den vergangenen Jahren ist meine Personalkabine weder besonders geräumig noch besonders luxuriös, doch das ist auch gar nicht nötig.

Die vielen Wochen der bevorstehenden Saison werden so wahnsinnig schnell vergehen, dass es schon fast ein Wunder ist, dass ich davon kein Schleudertrauma bekomme.

Völlig erledigt mache ich mich auf den Weg in mein kleines Badezimmer, frische mein Make-up auf und beschließe, auf ein kühles Glas Weißwein zu Marvin an die Bar zu gehen.

Erfahrungsgemäß ist dort am ersten Abend am wenigsten los, denn die meisten unserer Gäste sind jetzt gerade damit beschäftigt, ihre Sachen auszupacken und sich ihre Kabinen genauer anzusehen.

Mühelos laufe ich durch die labyrinthähnlichen Gänge des Personaltrakts, rufe mir den Lift und fahre hinauf in die erste Etage.

An der Bar angekommen, grüße ich Marvin, den Barmann, und bestelle mir einen eiskalten Pinot Grigio.

Mit den Worten „auf in die neue Saison“ stellt er das Weinglas vor mir ab und zwinkert mir freundlich zu.

Wir sind jetzt schon das dritte Mal zusammen auf einem Schiff und haben uns langsam, aber sicher wirklich gut angefreundet.

„Auf Mast- und Schotbruch ..." Nickend hebt er sein Glas Cola hoch und wir stoßen an.

„Na, dann erzähl mal, was du dir dieses Jahr für unsere Passagiere ausgedacht hast. Gibt es irgendetwas Neues? Ein Highlight sozusagen?"

Zufrieden an meinem Wein nickend, beobachte ich ihn dabei, wie er alle Checklisten durchgeht und jede der Getränkeschubladen prüft.

„Jepp, dieses Mal veranstalten wir eine Modenschau für Bademode."

„Eine richtige, echte Modenschau?" Interessiert beugt er sich weiter zu mir vor, damit uns die vier anderen anwesenden Männer, die ebenfalls an der Bar sitzen, nicht belauschen können.

„Du meinst, mit richtigen heißen Models. So wie bei Victoria's Secret?"

Typisch Mann ...

„Sorry, aber Victorias Engel waren leider zu teuer. Das hätte mein Budget gewaltig gesprengt."

„Ach, scheiß auf die Engel, Hauptsache, die Models sind heiß!"

Genau wie jedes Jahr ging auch dieses Mal wieder ein Infoblatt an alle Mitarbeiter raus, auf dem die genauen Programminfos aufgelistet sind. Aber typisch Marvin, scheint er sich mal wieder nicht die Mühe gemacht zu haben, es durchzulesen.

„Glaub mir, Marvin, die Models sind heiß! Aber sie werden dir dennoch nicht gefallen."

Perplex sieht er mich an. „Und warum nicht, wenn ich fragen darf?"

„Hättest du das Infoblatt gelesen, wüsstest du, dass es eine Herrenmodenschau ist."

Das dicke, fette Fragezeichen, das ihm jetzt mitten aufs Gesicht geschrieben steht, verrät mir, dass er keine Ahnung hat, wovon ich rede.

„Eine Herrenmodenschau?"

„Ganz genau, es gibt ausschließlich nur männliche Models!"

Sein geflüstertes „Fuck" bringt mich zum Lachen.

„Ich dachte mir, dass es auch mal an der Zeit ist, mich um die Augen der weiblichen Gäste zu kümmern."

Als er mir aus Rache das Weinglas vor der Nase wegschnappen will, bin ich schneller und halte das Glas mit seinem kostbaren Inhalt schützend an meine Brust.

„Das verzeihe ich dir nie. Endlich habe ich mal die Möglichkeit, eine Modenschau zu sehen, und dann gibt es keine heißen Models."

Sein Gesichtsausdruck erinnert mich an den eines kleinen Kindes, dem man das Spielzeug weggenommen hat.

„Ich habe nicht gesagt, dass sie nicht heiß sind. Denn sie sind megaheiß ..."

„Verdammt, Marina, du weißt ganz genau, was ich meine ...“

Stimmt, ich weiß ganz genau, wovon er spricht, und ganz genau deshalb finde ich dieses Gespräch ja auch so amüsant ...

Leise vor sich hin fluchend wirft er mir einen düsteren Blick zu, ehe er die Flasche Pinot Grigio aus meiner Reichweite zurück in den Kühlschrank räumt.

Ganz nach dem Motto:

Keine heißen Frauenkörper für mich – kein kühler Weißwein für dich.

Neugierig drehe ich meinen Kopf etwas weiter nach links und checke mit einem möglichst unauffälligen Blick den Mann neben mir ab.

Das Erste, was mir ins Auge sticht, sind seine perfekt trainierten Oberarme. Sein Bizeps hat genau die richtige Größe, um sich bei einer harten schnellen Nummer daran festzuhalten. Ich liebe es, wenn ich beim Sex gut trainierte Arme in meinem Blickfeld habe, das gibt mir den letzten Kick.

Neugierig und gespannt, was dieser Kerl noch so alles zu bieten hat, lasse ich meinen Blick etwas gründlicher über seinen Körper gleiten. Zwar kann ich sein Gesicht nicht ganz sehen, da er sich mit dem Typen neben ihm unterhält, doch sein Profil wirkt schon mal sehr vielversprechend. Seine muskulösen Oberarme enden an gepflegten Händen, während sein kurzes blondes Haar leicht verstrubbelt absteht. Sein breites Kreuz und seine schmale Taille sind neben seinem Bizeps der beste Beweis dafür, dass er gerne und oft Sport treibt.

Der Kerl hat bestimmt eine Wahnsinnsausdauer ...

Die dunkle Jeans, die sich an seine kraftvollen Oberschenkel schmiegt, passt perfekt zu seinem weißen Hemd.

Ob er eines der Models ist? Wenn ja, wäre das der Optimalfall!

Eine meiner obersten Regeln lautet, keine sexuelle Beziehung mit einem Passagier zu beginnen, denn das bedeutet nur Ärger ...

Aber wenn er ebenfalls hier arbeitet, steht einem Abenteuer ja nichts mehr im Weg.

Gerade als ich mir einen weiteren Schluck des Weins gönne, dreht er sich zu mir um, sodass sich unsere Blicke treffen.

Oh jaaa ...

Seine azurblauen Augen in Kombination mit seiner geraden Nase und den vollen Lippen runden das Bild eines Surferboy-Typen perfekt ab.

Als er seinen Blick von meinen Augen löst und über meinen Hals hinab zu meinem Ausschnitt gleiten lässt, überkommt mich ein wohliger Schauer, sein markantes Gesicht könnte durchaus das eines Models sein.

Jetzt checkt er mich ganz genauso ab, wie ich das gerade mit ihm gemacht habe ...

Langsam gleitet sein Blick wieder über meine Kehle nach oben, wir sehen uns erneut in die Augen und in der Sekunde ist alles klar. Schlagartig weiß ich, dass er gerade mit denselben Gedanken spielt wie ich ...

Clemens

Volltreffer!

Gerade eben sitze ich noch neben Jonas entspannt an der Bar, und dann? *Zack* ... weiß ich nicht mal mehr, über was wir uns gerade unterhalten haben.

Seit klar ist, dass wir den Job als Sport-Animateure bekommen haben, habe ich das Bild meines perfekten Sommerflirts vor Augen.

Lange brünette Haare, volle Lippen und Augen so grün, dass ich das Gefühl habe, den Blick einer Raubkatze zu erwidern. Ich wollte eine Frau finden, die mich von der ersten Sekunde an fesselt, und ganz genau das ist passiert.

Die schöne Fremde, die meinen Blick, ohne mit der Wimper zu zucken, erwidert, weiß ganz genau, was sie will, und zum Teufel noch mal, ich stehe auf Frauen, die wissen, was sie wollen.

Ihr schlanker, jedoch kurvenreicher Körper verspricht einfach alles, was sich ein Mann nur wünschen kann.

Trotz der Tatsache, dass wir uns auf einem Schiff befinden, bin ich nicht bereit, das Risiko einzugehen, sie aus den Augen zu verlieren.

Jonas' und mein Plan war von Anfang an, dass dieser Sommer der Sommer unseres Lebens wird, und das klappt nur, wenn wir beide bereit sind, auf volles Risiko zu gehen.

„Hi, ich bin Clemens."

Ohne unseren Blickkontakt zu unterbrechen, reiche ich ihr meine Hand.

Anscheinend amüsiere ich sie, ihre vollen Lippen verziehen sich zu einem charmanten Lächeln und auf ihren Wangen erscheinen zwei süße Grübchen.

„Marina."

In dem Moment, in dem sich ihre kleinen Finger um die meinen schlingen, ist es um mich geschehen. Jede Zelle meines Körpers sehnt sich nach mehr von ihr.

Ich will sie küssen, lecken, berühren und ficken.

Verdammt noch mal, ich will mich so tief in ihr vergraben, dass sie zu schreien beginnt.

Trotz des Wissens, dass mich Jonas den restlichen Abend mit dem eben Geschehenen aufziehen wird, kann ich es nicht lassen, Marina für mich zu gewinnen.

Aber das wird bestimmt nicht leicht. Ich meine, es ist jetzt 21:00 Uhr und wir befinden uns in einer Bar, die sich auf einem Kreuzfahrtschiff befindet. Die Wahrscheinlichkeit, dass sie diese Reise ohne männliche Begleitung angetreten hat, ist erschreckend gering.

Wenn sie nicht gerade mit einer Freundin oder mit ihrer Familie an Bord ist, werde ich diese Frau wohl ziehen lassen müssen ...

Marina

Clemens ist nicht nur verdammt attraktiv, sondern auch humorvoll und sehr charmant.

In den vergangenen Stunden hat er mich immer wieder leicht berührt und das Knistern zwischen uns ist zu einer Art emotionalem Feuerwerk angeschwollen.

Dank ihm und seinem Kumpel Jonas habe ich mir in der letzten Stunde einen leichten Schwips angetrunken.

Was nicht gerade ungefährlich ist, immerhin bin ich nicht privat, sondern geschäftlich hier. Auch Marvin hat sich, in Ermangelung anderer Gäste, zu uns gesellt.

Seit im Verlauf unseres Gesprächs rausgekommen ist, dass Clemens und Jonas diese Saison als Sport-Animateure mitfahren, weiß ich, dass einer heißen Affäre nichts mehr im Weg steht.

Gerade als mir Marvin ein weiteres Glas Weißwein reicht, spüre ich Clemens' Blick auf meinen Lippen. Die sexuelle Spannung, die von der ersten Sekunde an zwischen uns geknistert hat, ist im Laufe des Abends immer stärker geworden und ich weiß, dass ich heute Nacht nicht alleine schlafen werde.

Dank der Tatsache, dass ich aufgrund meiner Arbeit siebzig Prozent des Jahres auf Reisen bin, ist es wahrscheinlich nicht gerade überraschend, dass ich seit über vier Jahren keine richtige Beziehung mehr hatte.

Mein Liebesleben besteht aus spontanen Treffen, schnellen Entscheidungen und heißen Affären. Und bei Gott, ich habe mich so an diese ungebundene, äußerst befriedigende Art des Lebens gewöhnt, dass ich wahrscheinlich nie wieder mit den ganzen Bindungen und Kompromissen einer festen Beziehung klarkommen werde.

Das Leben auf Reisen erfordert viel Spontanität und wenn es um Clemens geht, bin ich gerne bereit, sehr spontan zu sein.

Dieser Mann ist genau mein Typ, verdammt sexy und er bringt mich zum Lachen. Wenn er jetzt noch gut im Bett ist, wird das eine verdammt befriedigende Saison ...

„Wie seid ihr auf die Idee gekommen, euch als Sport-Animateure zu versuchen?“

Marvins Frage an Clemens und Jonas interessiert mich auch sehr.

Ich meine, dass die beiden gerne Sport treiben, ist offensichtlich, aber der Job als Animateur lockt verdammt viele fragwürdige Menschen auf den Plan.

Jonas genehmigt sich noch einen Schluck seines Biers, ehe er antwortet.

„Clemens und ich sind gerade mit dem Informatikstudium fertig geworden, und irgendwie dachten wir uns, dass es nach all der Lernerei nicht schaden kann, sich einen Sommer zu amüsieren, bevor man sich um die Karriere kümmert.“

Marvin stößt einen anerkennenden Pfiff aus.

„Informatik, nicht schlecht. Nach so einem Studium kann ich verstehen, dass ihr euch noch ein wenig Spaß gönnen wollt.“

Clemens steht von seinem Barhocker auf und bleibt, welch ein Zufall, direkt hinter dem meinen stehen.

Wie schon vorhin erwähnt, bin ich mittlerweile ein absoluter Profi, wenn es um unkomplizierten, spontanen Sex geht.

Darum fällt es mir auch nicht besonders schwer, die vielen Zeichen und Signale zu erkennen, die mir Clemens sendet.

„Also, Jungs, ich danke euch für diesen schönen Abend. Aber es ist spät geworden und ich muss jetzt wirklich in mein Bett.“

Dass ich nicht vorhabe, alleine ins Bett zu gehen, spreche ich zwar nicht laut aus, doch Marvin und Jonas sind nicht dumm, sie wissen ganz genau, was da den ganzen Abend über zwischen mir und Clemens los war.

Marvin zieht nur fragend eine Augenbraue in die Höhe, während er mir eine gute Nacht wünscht.

„Ich biete dir Geleitschutz, nicht, dass du noch verloren gehst.“

Jonas und Clemens tauschen einen kurzen Blick aus, ehe ich mich bei ihm einhake und wir zusammen die Bar verlassen.

Mit jedem Schritt, mit dem wir meiner Kabine näher kommen, spüre ich, wie es tief in meinem Bauch wie wild zu kribbeln beginnt.

Irgendwie plötzlich doch nervös, lecke ich mir über die Unterlippe und sehe Clemens an.

Ich weiß nicht warum, aber tief in meinem Inneren spüre ich instinktiv, dass die Sache mit ihm völlig anders werden wird als mit den Männern, mit denen ich bisher zusammen war. Die Anziehungskraft, die zwischen uns herrscht, ist so unfassbar stark, dass ich nicht weiß, wie ich sie in Worte fassen soll.

Dieser Kerl hat irgendetwas an sich, das ihn maßgeblich von all seinen Vorgängern unterscheidet ...

Als wir vor dem Lift stehen bleiben, drücke ich den Knopf und sehe Clemens an.

Oh mein Gott ...

Das Prickeln in meinem Bauch erreicht einen neuen Höhepunkt und ich atme erleichtert aus, als sich die Aufzugtür mit einem leisen Ping vor uns öffnet.

Nachdem wir eingestiegen sind, drücke ich den goldenen Knopf, auf dem U1 steht, und versuche meine Nervosität in den Griff zu bekommen.

Reiß dich gefälligst zusammen, Marina!

Hier geht es nicht um die große Liebe, sondern um das Aufeinandertreffen zweier Körper. Es ist völlig normal, dass sich ein Mann und eine Frau treffen, um Sex miteinander zu haben. Das ist das Natürlichste auf der Welt.

Also ignorier das verräterische Kribbeln in deinem Bauch, denn hier geht es nur darum, biologische Bedürfnisse zu befriedigen ...

Endlich, mein Unterbewusstsein hat es tatsächlich geschafft, meinen völlig verrücktspielenden Hormonhaushalt wieder etwas abzukühlen.

Und gerade als ich denke, dass ich jetzt wieder alles unter Kontrolle habe, mache ich den Fehler und sehe Clemens direkt in die Augen.

„Du bist der Wahnsinn!“

In der Sekunde, in der seine Worte mein Gehirn erreichen, dreht er sich zu mir um, packt mich und presst mich mit dem Rücken gegen die verspiegelte Wand des Lifts.

Noch bevor ich weiß, was mir geschieht, presst er seine Lippen auf die meinen. Seine Zunge dringt stürmisch in meinen Mund ein, während er sein Knie bestimmend zwischen meine Schenkel presst.

Bei allen Göttern, dieser Mann kann vielleicht küssen!

Atemlos und leise keuchend gebe ich mich seiner Leidenschaft hin.

Er ist wie ein heroischer Pirat, der es sich in den Kopf gesetzt hat, mich zu erobern.

Fuck!

In Anbetracht dessen, dass wir uns gerade wirklich auf einem Schiff befinden, ist das alles mehr als nur ein wenig romantisch.

Pass gut auf mich auf, denn du bist verrückterweise gerade dabei, mich an einen völlig Fremden zu verlieren ...

Mein Herz versucht mich zu warnen, doch mein vor Lust bereits zitternder Körper lässt nicht zu, dass ich auf die Warnung höre.

Süchtig nach seiner Nähe und seinen Küssen, vergrabe ich meine Finger in seinen Haaren. Unsere Zungen liefern sich ein wildes Duell, bei dem es keinen Verlierer geben wird ...

2. Kapitel

Clemens

Eigentlich wollte ich mit meinem Kuss warten, bis wir in ihrer Kabine angekommen sind. Doch bei allem, was recht ist, irgendwann kommt ein Mann nun mal an die Grenzen des Erträglichen. Seit ich sie das erste Mal gesehen habe, habe ich mir unerlässlich die Frage gestellt, wie sie wohl schmeckt.

Knurrend packe ich mir meine Süße, schnappe mir ihre Handgelenke und nagle sie an der Wand der Aufzugskabine fest.

Wenn sie sich jetzt gegen mich wehren würde, wüsste ich nicht, ob ich die Kraft hätte, sie gehen zu lassen ...

Die grenzenlose Erleichterung, als sie meinen Kuss mit derselben Leidenschaft erwidert, mit der ich sie überfallen habe, lässt mich erbeben.

Süchtig nach mehr presse ich meinen Unterkörper gegen ihre Körpermitte, lasse sie so meine Erregung spüren.

Verflucht!

Seit Wochen habe ich das Bild meiner perfekten Traumfrau im Kopf. Und seit Wochen hoffe ich inständig, dass ich ihr begegnen werde. Doch jetzt, wo es tatsächlich so weit ist und ich das verdammte Glück hatte, sie zu finden, kann ich es nicht glauben.

Das verdammte *Ping* des Lifts unterbricht unseren hemmungslosen ersten Kuss.

Scheiße! Nur wenige Minuten länger und ich hätte sie mir direkt hier im Stehen genommen.

Mir ist sehr wohl bewusst, dass das nicht gerade die romantischste Art für unser erstes Mal gewesen wäre, aber bei Gott, diese Frau bringt mich um den Verstand ...

Marina

Atemlos und auf wackeligen Beinen steige ich völlig desorientiert aus dem Lift aus.

Wow ...

Dieser Kerl versteht es wirklich, eine Frau zu küssen.

Bis in die Haarspitzen erregt, fahre ich mit der Zungenspitze über meine angeschwollenen Lippen. Clemens' Blick liegt dunkel und eindringlich auf meinem Gesicht und ich weiß, dass er kurz davor ist, seine Kontrolle zu verlieren.

An sich eine gute Sache, aber wenn er mich schon vögelt, dann bitte in der Abgeschiedenheit meiner Kabine und nicht mitten im Aufzug.

Es wäre nicht gerade vorteilhaft für meine Karriere, wenn ich in flagranti mit einem der Sport-Animateure erwischt werde – ganz und gar nicht vorteilhaft ...

Seine markanten Gesichtszüge verziehen sich zu einem leichten Lächeln, während er nach mir greift und mich erneut an seine breite Brust zieht.

„Ich kann dir einfach nicht widerstehen ...“

Besitzergreifend legt er seine Hände auf meinen Hintern, seine Zunge umrundet verspielt die Konturen meiner Lippen, ehe sie erneut, doch dieses Mal etwas liebevoller, in meinen Mund eindringt.

Bei Kalypso, wenn das so weitergeht, dann schaffen wir es nie bis zu mir.

Mehr als widerwillig beende ich unseren Kuss, umfasse seine Hand fester und ziehe ihn eilig hinter mir her.

Verdammich ...

Was ist nur los mit mir?

Hatte ich zu lange keinen Sex mehr?

Oder wieso kann ich ihm nicht widerstehen?!

Endlich! An meiner Kabine angekommen ziehe ich die Schlüsselkarte durch den Schlitz und warte nervös darauf, dass das rote Lämpchen endlich auf Grün umschaltet und sich meine Türe entriegelt.

Gerade als ich die Karte wieder einstecken will, dreht er mich stürmisch um, und ich spüre, wie sich zwei kräftige Hände auf meine Taille legen und ich kurzerhand einfach hochgehoben werde.

„Jetzt gehörst du mir.“

Seine Stimme klingt rau und eher wie ein Knurren. Seufzend schlinge ich meine Beine um seine Hüfte. Meine Arme legen sich um seinen Nacken und mein Mund erobert den seinen. Wenn dieser Kerl denkt, dass ich heute Nacht der passive Part sein werde, dann hat er sich aber getäuscht.

Wild und hemmungslos treffen unsere Zungen aufeinander, unser Atem vermischt sich, während unsere Zähne aufeinanderschlagen.

Sein herber Geschmack benebelt meine Sinne und ich spüre, wie sich ein sehnsüchtiges Ziehen in meinem Unterleib ausbreitet.

„Ich will dich, Baby ...“ Knurrend packt er sich meine Haare, zieht meinen Kopf bestimmend nach hinten und knabbert an meinem

Schlüsselbein. „... ich will dich schreien hören, ich will dich lecken und mich bis zum Anschlag in dir versenken!"

Ungeduldig löse ich meine Finger aus seinen Haaren und beginne damit, die viel zu kleinen Knöpfe seines Hemds zu öffnen.

Ohne Rücksicht zerre ich sie durch die Knopflöcher und verliere nach den ersten dreien die Geduld.

Mit einem schnellen Ruck reiße ich sein Hemd auf und lasse meine Finger gierig über seine breite Brust gleiten.

Awww ... Feste Haut und harte Muskeln, soweit das Auge reicht ...

Tief durchatmend legt er seinen Kopf schief und sieht mich herausfordernd an, doch ich ignoriere seinen fragenden Blick und treibe ihn immer weiter in unserem dekadenten Spiel. Clemens versteht sofort, was ich will. Mit einem schnellen Kick tritt er die Kabinentüre hinter sich zu, trägt mich durch den kleinen Raum und presst mich mit dem Rücken gegen die Wand. Süchtig nach seinem Anblick schiebe ich ihm sein Hemd über die Schultern und entblöße so seinen Oberkörper komplett – Jackpot!

Was für ein Wahnsinnsbrustkorb, ich kann es kaum erwarten, endlich unter ihm zu liegen und von seinen Muskeln bedeckt zu werden ...

Langsam stellt er mich ab, seine Finger streichen federleicht über den Rand meines Dekolletés, ehe er mich mit einer ruckartigen Bewegung umdreht.

Sanft spüre ich seine Zähne, die an meinem Ohrläppchen knabbern, sein erigiertes Glied presst sich begierig gegen meinen Po.

Jede Zelle meines Körpers sehnt sich nach seinen Berührungen.

Kraftvoll drängt er mich gegen die Wand, automatisch stütze ich mich mit den Handflächen ab.

„Beweg dich nicht!"

Sein Befehl ist rau, dominant und angsteinflößend, und zu meiner großen Verwunderung fährt er mir direkt ins Höschen.

In meinem Inneren tobt ein wildes Feuer der Leidenschaft, das mich zu verschlingen droht.

Jeder meiner Sinne ist auf den Mann hinter mir ausgerichtet.

Sein schneller Atem streift meinen Rücken, während er mit geschickten Händen meine Klamotten verschwinden lässt.

Instinktiv bereitet sich mein Körper auf ihn vor. Meine Brustwarzen stellen sich auf, schwellen an und sehnen sich nach seinen Fingern.

„Clemens, bitte ..." Nicht sicher, worum ich ihn eigentlich bitte, spüre ich, wie mein BH auf den Boden fällt.

„Du bist wunderschön."

Geschickt öffnet er den Reißverschluss meines knielangen Rocks, und wenige Augenblicke später stehe ich nur noch in meinem Spitzentanga vor ihm. Seine Hände erkunden meinen Körper, liebkosen jedes sensible Fleckchen meiner Haut und nehmen mich in Besitz.

Mein Hunger nach ihm verwandelt sich in etwas Dunkles, Gefährliches, das mich zu verschlingen droht.

Mit ihm ist es ganz anders als mit allen Männern vor ihm.

Entschlossen, mir alles von ihm zu nehmen, was er mir zu geben bereit ist, missachte ich das warnende Flüstern meines Herzens. All meine Gedanken kommen zum Stillstand und ich konzentriere mich nur noch darauf, ihn zu spüren.

„Du bist so wunderschön." Der Stoff seiner Jeans reibt über meine Haut, verdeutlicht mir, wie schutzlos ich gerade bin.

Seine Hand streicht leicht über meine Wirbelsäule, ehe er fest meinen Nacken umfasst.

Von ihm kontrolliert spüre ich, wie die Finger seiner anderen Hand erst sanft über meinen Hüftknochen streichen, ehe sie sich unter meinen String schieben und zwischen meine Falten gleiten.

„Fuck, Baby! Du bist so bereit für mich – dein Körper will mich."

Sehnsüchtig drücke ich mich noch fester gegen seine Finger, fordere ihn so stumm auf, mir mehr zu geben. Langsam drehe ich mich zu ihm um und sehe ihm in die Augen.

Was hat dieser Mann nur an sich, dass ich ihm einfach nicht widerstehen kann?

Ungeduldig und ganz schrecklich erregt, streiche ich ihm über seine Brustmuskeln, sauge seinen köstlichen Geruch in mich ein und beschließe, dass es an der Zeit ist, die ganze Sache etwas voranzutreiben.

Als meine Finger endlich an seinem Hosenbund ankommen, höre ich sein dunkles Knurren. Suchend treffen sich unsere Blicke, während ich langsam vor ihm auf die Knie sinke und seine Hose mit mir nach unten nehme. Er steigt aus seiner Jeans und steht jetzt nur noch in seiner Boxershorts vor mir.

Was für ein heißer Anblick ...

Clemens könnte definitiv eines unserer Models sein.

Der schwarze eng anliegende Stoff seiner Shorts überlässt nichts, aber auch rein gar nichts meiner Fantasie. Der Bund seiner Shorts ist schneeweiß und hebt sich perfekt von seiner braunen Haut ab. Die dicken Buchstaben des Herstellers DIESEL sind hoffentlich ein Hinweis dafür, dass sein Schwanz eine Menge PS hat.

Keck lächle ich ihn an, fahre mit meinem Zeigefinger unter den Stoff und lasse ihn verspielt gegen sein Sixpack schnalzen.

„Sehr schick ... ich steh auf Männer mit sexy Unterwäsche. Da macht das Auspacken gleich doppelt so viel Spaß! Fast schon wie Kinder Überraschung für große Mädchen."

Clemens scheint es zu erregen, dass ich vor ihm knie, denn er weiß ganz genau, auf welche Art und Weise ihn mein Mund gleich verwöhnen wird.

„Bedank dich bei Andtimi.de."

„Du bestellst bei Andtimi.de?"

Was für ein Zufall, ausgerechnet der Shop veranstaltet auch die Modeschau, die in zwei Tagen hier stattfindet.

„Klar, das ist der beste Onlineshop für Männer im ganzen Web!"

Um ihn noch etwas zu foltern, streiche ich mit meiner Hand noch ein paar Mal über seinen harten Penis, ehe ich ihm seine sexy Shorts ausziehe.

Groß und prall reckt sich sein Glied meinen Lippen entgegen. Eine dicke Ader schlängelt sich vom Schaft bis zur Eichel über die komplette Länge. Fast schon so, als würde sie mir den Weg weisen wollen.

Nicht in der Lage, diesem prachtvollen Stück zu widerstehen, nehme ich ihn in die Hand und massiere ihn mit meinen Fingern.

Leise knurrend verdunkeln sich seine Augen sehnsüchtig.

Lustvoll versinke ich in seinem Blick, öffne leicht den Mund und lecke ihm über die weichen Konturen seines Schwanzes, sauge daran und umspiele sie wieder mit meiner Zungenspitze.

Sein köstliches Aroma erfüllt meine Sinne, und ich weiß, dass ich davon niemals genug bekommen werde. Noch immer in seinem Blick gefangen, genieße ich den Moment und das Wissen, dass dieser Kerl für einen kostbaren Augenblick nur mir gehört ...

Hungrig lecke ich mir über die Unterlippe, unterbreche unseren Blickkontakt und nehme sein hartes Glied komplett in den Mund. Hart und prall spüre ich, wie es auf meiner Zunge vor Erregung zu zucken beginnt.

Ich will mehr ...

Rhythmisch beginne ich damit, mich zu bewegen. Erst langsamer, doch dann immer schneller.

Immer ekstatischer gebe ich mich ihm hin, ziehe mich zurück, nur um ihn erneut bis zum Anschlag in meine Kehle zu saugen. Seine Finger krallen sich verzweifelt immer tiefer in meine Haare. Mit meinen Fingern massiere ich seine Hoden und spüre, wie sie sich immer mehr zusammenziehen und praller werden.

Saugend, leckend und züngelnd sorge ich dafür, dass er alles um sich herum vergisst. Ich schenke ihm einen Augenblick der absoluten Ekstase.

Langsam lasse ich meine Zunge über die Unterseite seines Gliedes gleiten, während ich mit meinen Zähnen an der Spitze knabbere.

Zufrieden spüre ich, wie sich sein kompletter Körper anspannt, und ich weiß, dass es nicht mehr viel braucht, bis er sich zwischen meinen Lippen verliert. Gerade als ich mich bereit dafür mache, sein Sperma zu schlucken, entzieht er mir sein Glied.

„Langsam, Baby.“ Seine Stimme klingt rau und kehlig.

Liebevoll hilft er mir hoch, hebt mich an und presst mich mit dem Rücken an die harte Wand. „Ich will in dir sein!“

Feucht und erregt bettelt mein Schoß um mehr. Jede Zelle meines Körpers sehnt sich nach seinem Eindringen.

Mehr als bereit für ihn, schlinge ich ihm meine Schenkel um die Mitte und küsse ihn hungrig. Süchtig schlinge ich ihm meine Arme um den Hals und kralle mich in seinen Haaren fest. Keuchend lehne ich mich an die Wand und wölbe mich ihm entgegen.

Seine Finger umspielen meine Brustwarzen, zupfen und zwirbeln sie, bis ein zartbitterer, süßer Lustschmerz durch meine Venen pulsiert.

„Ich will dich.“

Meine gehauchten Worte verstummen im nächsten Kuss.

Suchend verschwindet seine Hand zwischen meinen Schenkeln, seine Finger, die tief und langsam in mich eindringen, reichen beinahe aus, um mich kommen zu lassen.

„Bitte, Clemens, nimm mich ...“

Sein Daumen findet meinen Kitzler, massiert ihn langsam und rhythmisch – dieser Mann raubt mir den Atem.

„Das werde ich, Baby – hart und tief!“

„Halt dich fest.“

Ohne zu wissen, warum ich das tun soll, klammere ich mich noch mehr an ihn. Mit mir in seinen Armen dreht er sich kurz um und holt eine silbern schimmernde Kondompackung aus seiner Hosentasche.

Eine Sekunde später presst er mich schon wieder mit dem Rücken gegen die Wand.

„Jetzt, Baby!“

Endlich spüre ich, wie er seine Hüften leicht ankippt und sich seine dicke Eichel direkt vor meinen Eingang legt.

Seine großen Hände spreizen meine Beine, während sein Schwanz langsam und tief in mich eindringt.

Oh mein Gott!

Süße Lust trifft auf harte Gier ...

Keuchend sauge ich frischen Atem in meine Lunge, ehe mein lustvoller Schrei die Stille durchbricht.

Clemens' Stöße sind hart und gnadenlos. Sein Schwanz dringt immer wieder in mich ein, ehe er sich langsam aus mir zurückzieht.

Mit meinen Beinen um seine Hüfte geschlungen und meinem Rücken an der harten Wand komme ich dem Paradies immer näher.

In dem verzweifelten Versuch, leise zu sein, beiße ich mir keuchend auf die Innenseite meiner Wange.

Clemens' Augen sind vor Lust beinahe schwarz geworden, sie glühen vor Erregung, während er mich dem Paradies immer näher bringt. Fast schon schmerzhaft zieht sich mein Unterleib zusammen, während mein naives Herz zu tanzen beginnt.

Sein Blick fesselt mich an den seinen, während er mich immer und immer wieder nimmt.

Glühende Funken explodieren vor meinen Augen, meine Atmung stockt und mein Körper zieht sich krampfartig zusammen.

Hoffnungslos verloren, kralle ich mich an seinen starken Oberarmen fest.

Wimmernd genieße ich seine Nähe und das heiße Gefühl der Befriedigung, das sich tief in mir ausbreitet.

Clemens' Muskeln spannen sich an, sein Schwanz wird tief in mir immer dicker und seine Atmung kommt keuchend, während sich aus seiner Kehle ein animalisches Knurren löst.

„Yeah, Süße!"

Jeder noch so kleine Muskel seines beeindruckenden Körpers wird steinhart, während er sich tief in mir ergießt.

Kraftlos lehne ich an ihn, in meinem Bauch kribbelt es wie verrückt und eine angenehme postkoitale Mattigkeit legt sich über meinen Verstand.

„Ich bin noch nicht mit dir fertig, Baby!"

Verhängnisvoll und drohend hängt sein sinnliches Versprechen vor meinen Lippen, ehe er mich erbarmungslos küsst.

Unsere Zungen duellieren sich, wild, geradezu leidenschaftlich brutal nimmt er meinen Mund in Besitz.

Doch im Gegensatz zu mir scheint Clemens noch lange nicht genug zu haben. Sein Glied, das noch immer tief in meiner Pussy vergraben ist, schwillt erneut an. Sein Blick wandert über meine Lippen, hinab zu meinem Bauch, direkt zwischen meine Beine.

Sinnlich, aufreizend langsam beginnt er mit seinen Fingern meinen sensibilisierten Kitzler zu umspielen. Sanfter Druck, rhythmische Kreise

– doch jedes Mal, wenn ich kurz davor bin, mich in ein zitterndes Nervenbündel zu verwandeln, unterbricht er seine süße Folter ...

In einem perfekten Rhythmus beginnt er sich erneut in mir zu bewegen.

Hart – langsam – tief – schnell.

Seine Finger graben sich besitzergreifend in meine Hüfte, seine Lippen erobern die meinen.

All meine Sinne sind auf den Mann vor mir konzentriert, durch meine Venen fließt ein berauschender Hormoncocktail. Seine Stöße werden immer heftiger, der bittersüße Schmerz, der tief in mir zu glühen beginnt, schickt mich beinahe sofort erneut über die Klippe der Erlösung. Wimmernd vergrabe ich meine Finger in seine Haut, während ich die Kontrolle über meine Sinne verliere.

Dieser Kerl hat definitiv so einige PS in seinem Unterkörper ...

Plötzlich stoppt er seine Bewegungen, bleibt reglos stehen und sieht mir direkt in die Augen.

„Ab jetzt gehörst du mir!"

Ich schlinge meine Beine noch fester um seine Hüfte und spanne meine inneren Muskeln an, sodass sein Schwanz tief in mir massiert wird.

Oh Mist ... Mit diesen fünf kleinen, jedoch sehr besitzergreifenden Wörtern hat er direkt in mein Herz getroffen ...

„Ich will nicht vor dir davonlaufen, Clemens!"

Um der Situation ein wenig von ihrer Bedeutsamkeit zu nehmen, sehe ich ihn lächelnd an und füge noch hinzu: „Außerdem wäre das gar nicht so leicht, immerhin befinden wir uns auf einem Schiff."

Ohne unseren Blickkontakt zu unterbrechen, schiebt er sich noch etwas weiter in mich.

„Glaube mir, Baby! Es ist mir völlig egal, ob wir auf einem Schiff sind oder nicht, ich werde dich so schnell nicht wieder freigeben. "

Verwirrt betrachte ich seine wunderschönen azurblauen Augen, seine Lippen, die mir so wunderbare Küsse schenken, und seine Finger, die sich besitzergreifend in mein Fleisch graben.

Verdammter Mist!

Ich kann keinen einzigen klaren Gedanken fassen, wenn er mich so ansieht und vor allem während er auf diese elementare Art und Weise mit mir verbunden ist.

Kreisend reibt sein Daumen über meine Perle und mein Körper reagiert prompt auf seine Berührung.

Was hat sich das Schicksal nur dabei gedacht, als es mir diesen Mann vor die Nase gestellt hat?

„Sag es, Marina, sag, dass du mich willst!"

Das Bedürfnis, ihm so nahe zu sein, wie es nur irgend möglich ist, raubt mir die Luft zum Atmen.

Erregt, atemlos und verwirrt, lecke ich mir die Lippen, ehe ich ihm antworte.

„Ich will dich, Clemens!"

Bei allen Heiligen, in diesem Augenblick würde ich einfach alles sagen, nur damit er sich endlich wieder in mir bewegt.

Knurrend beißt er die Zähne zusammen, spannt die Muskeln in seinen Oberschenkeln an und fickt mich gnadenlos.

Immer schneller, immer härter dehnt er mich, treibt mich tiefer in den Strudel aus Lust und Emotionen. Wimmernd und nach Luft schnappend lasse ich mich gehen, inhaliere seinen Geruch und weiß, dass ich hoffnungslos verloren bin.

Erst als meine letzten Kontraktionen ausklingen, bewegt er sich wieder, doch dieses Mal ist er ganz behutsam und zärtlich. Langsam und viel zu gefühlvoll dringt er in mich ein, küsst mich zart schmelzend und beginnt damit, sich nicht nur meinen Körper, sondern auch mein Herz zu seinem Eigen zu machen.

Clemens

Liebevoll hauche ich der schlafenden Frau in meinen Armen einen sanften Kuss auf ihre leicht geöffneten, von meinen Küssen angeschwollenen Lippen.

Ihre langen braunen Haare verteilen sich wie ein Fächer auf dem weißen Kissen.

Fuck! Bis zu diesem Augenblick war ich nie ein Mann, der besonders großen Wert auf Gefühle oder Romantik gelegt hat, doch jetzt in diesem Augenblick scheint sich mein Verstand nicht für diese Tatsache zu interessieren.

Nachdenklich lasse ich meine Fingerspitzen über die weiche Haut an ihrem Bauch kreisen, verschlinge ihren nackten Körper mit meinen Augen und wehre mich verzweifelt gegen das verdammt unpassende Gefühl, das sich in diesem Augenblick in mir ausbreitet.

Verdammt noch mal ...

Ich bin doch nicht auf dieses vermaledeite Schiff gekommen, um mich dann in die erste Frau, die mir über den Weg läuft, zu verknallen. Ich bin hier, um meinen Spaß zu haben, Bikininixen zu bumsen und das Leben zu genießen.

Gefühle sind etwas für andere, ich bin ein Mann, der seinen Spaß hat, seine Sachen packt und weiterzieht. So war es die komplette Studienzeit und so wird es jetzt auch bleiben.

Verwirrt und irgendwie auch wütend auf sie, lasse ich meinen Blick über ihre zarten Gesichtszüge gleiten, ehe ich meine Hand zurückziehe und leise aus dem Bett steige.

Ich muss hier weg ...

Auch wenn es gerade verdammt danach aussieht, bin ich kein Idiot. Ich weiß, dass es immer wieder Frauen in meinem Leben geben wird, bei denen die Gefahr besteht, dass ich schwach werde, doch dann muss ich eben einfach die einzig logische Konsequenz ziehen und mich aus dem Staub machen, bevor ich dem Zauber dieser Frauen erliege.

Fluchend steige ich in die Jeans und schnappe mir mein Hemd.

Auch auf die Gefahr hin, dass ich mich gerade wie ein riesengroßes Arschloch benehme, aber ich muss hier weg.

Ich muss etwas Abstand zwischen uns bringen und diese Nacht vergessen.

Abstand? Wir sind auf einem beschissenen Kreuzfahrtschiff!

Die letzten Stunden und diese Frau waren der absolute Wahnsinn und darum muss ich jetzt die Reißleine ziehen und mich aus dem Staub machen.

Das Letzte, was ich gebrauchen kann, sind eine ernsthafte Beziehung und ein Mädchen, das sich mein Herz krallt.

Verdammte Scheiße!

Bis vor einer Stunde fand ich die Tatsache, dass wir uns auf einem Schiff befinden und sie mir nicht entkommen kann, absolut perfekt.

Doch jetzt, wo sich mein Verstand von dem phänomenalen Sex mit ihr wieder erholt hat, finde ich diese Tatsache nicht mehr so genial. Ganz im Gegenteil. So wie es aussieht, bin ich mit der einzigen Frau, die ich jemals wirklich wollte, auf diesem scheiß Schiff gefangen.

3. Kapitel

Marina

Völlig erledigt lasse ich mich auf das Bett sinken und schließe für einen kurzen, jedoch erholsamen Moment meine Augen.

Was für ein beschissener Tag ...

Seit ich heute früh aufgewacht bin, läuft alles völlig anders als erwartet.

Anders als gedacht bin ich heute Morgen alleine in meinem Bett gelegen. Von dem Mann, der mich letzte Nacht so gekonnt gebumst hat, ist nicht der kleinste Beweis seiner Anwesenheit übrig geblieben. Zumindest kein materieller, denn das leichte Wundsein zwischen meinen Beinen lässt sich nun mal nicht verleugnen.

Dank der Flasche Pinot Grigio hat sich mein Kopf angefühlt, als wäre er mit rosa Zuckerwatte gefüllt gewesen.

Verdammter Mist, wenn ich vor acht Stunden schon gewusst hätte, dass sich der ganze Tag zu einer einzigen Katastrophe entwickeln wird, wäre ich wahrscheinlich gleich nach dem Aufstehen einfach kopfüber von Bord gegangen.

Doch zu meinem Leidwesen wusste ich da noch nicht, dass eine der Musical-Darstellerinnen ausgerechnet heute feststellt, dass sie schwanger ist und an extremer Morgenübelkeit leidet. Und als wäre das alles noch nicht schlimm genug, hat sich eines der Models das linke Bein gebrochen, als er letzte Nacht leicht betrunken die Treppe heruntergefallen ist ...

Liebes Schicksal, kann es eigentlich noch schlimmer kommen?

Also mir persönlich fällt nichts mehr ein, das am ersten Tag noch schiefgehen könnte.

Wenn der Kapitän nicht gerade vom Kurs abkommt und das verdammte Schiff à la Titanic gegen einen Eisblock lenkt, ist der absolute Super-GAU definitiv schon eingetroffen.

Fix und fertig schlüpfe ich aus meinen Pumps, schleudere sie fluchend durch die Kabine und lasse mich rücklings auf mein Bett plumpsen. Dass das ausgerechnet noch nach Clemens und unserem genialen Sex riechen muss, hilft mir nicht gerade, das feige Arschloch aus meinem Kopf zu verbannen.

Warum ist er heute Nacht einfach heimlich verschwunden?

Dank meiner jahrelangen Erfahrung als One-Night-Ständerin, weiß ich, dass das letzte Nacht nicht einfach nur extrem befriedigender, aber bedeutungsloser Sex war.

Das zwischen ihm und mir hat sich verdammt noch mal nach mehr angefühlt ...

Ob er gerade deswegen abgehauen ist?

Was auch immer seine Beweggründe waren, um sich heimlich still und leise davonzuschleichen, mir soll es recht sein.

Ich steh auf echte Kerle, die wissen, was sie wollen, und nicht auf kleine Jungs, die sich heimlich aus dem Staub machen.

Das einzige Problem bei Kerlen, die man sich auf einem Schiff aufreißt, man läuft ihnen zwangsweise immer und immer wieder über den Weg ...

Ergeben seufzend stehe ich auf und schnappe mir meinen Laptop. Ich brauche dringend eine nicht schwangere Tänzerin und ein männliches Model, das über den vermaledeiten Laufsteg gehen kann!

Nachdem ich der Agentur, von der wir die Models bekommen haben, eine Mail geschrieben habe, rufe ich meinen Chef an und erkläre ihm die Sache mit der Musical-Darstellerin.

Kann der Tag eigentlich noch schlimmer werden?

Wir sind noch keine vierundzwanzig Stunden unterwegs und ich habe eine kotzende Tänzerin und einen humpelnden Dressman – was für eine Katastrophe.

Clemens

Meine erste Schicht als Sport-Animateur findet im schiffseigenen Fitnessstudio statt.

Dank des Sommergewitters, das oben auf dem Deck wütet, wurde aus meiner Badenixen-Fantasie bis jetzt leider noch nichts.

Die hohen Wellen, die das Meer fest im Griff haben, harmonieren perfekt mit den schwarzen Wolken, die nur ab und an von einem grellen Blitz durchzogen werden.

Das Studio ist vom Allerfeinsten. Den Passagieren stehen die neuesten Geräte in einer angenehmen Atmosphäre zur Verfügung. Jonas hat heute das Glück, für die Kletterwand zuständig zu sein.

Bis wir auf die Idee gekommen sind, uns als Animateure zu bewerben, wusste ich nicht, dass es auf diesen Luxuslinern so ein gewaltiges sportliches Angebot gibt.

Vom Surfen, übers Boxen bis hin zum Klettern oder gar Minigolfen ist einfach alles möglich. Unter anderen Umständen wäre ich hier in meinem persönlichen Paradies, doch dank der letzten Nacht fühle ich mich nicht gerade besonders glücklich.

Wie hat es Jonas heute Morgen beim Frühstück, nachdem ich ihm alles erzählt habe, so treffend formuliert?
„Du hast dich benommen wie ein richtig mieses Arschloch."
Und was soll ich sagen? Er hat definitiv recht.
Was sie wohl gerade macht?
Ob sie sauer auf mich ist?
Warum auch immer, aber ich schaffe es verflucht noch mal einfach nicht, sie aus meinem Kopf zu verbannen. Die Erinnerungen an letzte Nacht haben mir in den vergangenen Stunden mehr als nur einmal einen verdammten Harten beschert.
Wenn das so weitergeht, verliere ich noch den Verstand!
Fuck! So hatte ich mir meinen ersten Arbeitstag ganz bestimmt nicht vorgestellt.
Fest entschlossen, mich nach meiner Schicht bei ihr zu entschuldigen, schiebe ich jeglichen Gedanken an sie aus meinem Großhirn und konzentriere mich wieder auf die Arbeit.
Das Letzte, was ich gebrauchen kann, ist, dass sich einer der sportbegeisterten Urlauber unter meiner Aufsicht an den Geräten verletzt.

Marina

Wie nicht anders zu erwarten war mein Chef alles andere als glücklich über meine Nachrichten, aber wie hat er es so schön formuliert: „Das packen Sie schon, Frau Mooser."
Es ist zwar schön, dass er anscheinend ein grenzenloses Vertrauen in meine Fähigkeiten hat, aber das hilft mir jetzt auch nicht weiter.
Die Modenschau findet in zwei Tagen statt und das Musical ist für nächsten Sonntag geplant.
Wo zur Hölle soll ich so schnell eine Tänzerin herbekommen? Und selbst wenn ich eine finde, muss die immer noch genügend Zeit dafür haben, die Choreografie einzustudieren.
Genervt prüfe ich erneut meine Mails und stelle erleichtert fest, dass sich zumindest die Modelagentur schon zurückgemeldet hat. In der Hoffnung, dass sich zumindest eines meiner Probleme bald gelöst hat, klicke ich die Mail an und lese mir den kurzen Text durch.
Was????
Fassungslos lese ich sie mir erneut durch, doch der Inhalt bleibt der gleiche. Die Agentur hat keinen Ersatz für mich. Was bedeutet, dass ich ganz genauso schlau bin wie vorher.

Genervt beschließe ich, dass es für heute reicht. Den Laptop zuklappend schnappe ich mir die Schlüsselkarte und verlasse meine Kabine.

Jetzt ist genau der richtige Zeitpunkt für Marvins Gesellschaft und ein perfekt gekühltes Glas Weißwein. Doch im Gegensatz zu gestern wird es bei einem Glas bleiben und ich werde schön brav alleine in mein Bett gehen!

Clemens

Heilfroh darüber, dass der Tag endlich rum ist, klopfe ich wie vorhin mit ihm verabredet an Jonas' Kabinentüre an. Doch anstatt dass er mir öffnet, höre ich das Lachen einer Frau und ein verräterisches „*Bssst* ... sei leise, Süße" durch die Türe.

Die Augen verdrehend wünsche ich meinem Kumpel viel Spaß, während ich mich auf den Weg zur Bar mache. Das Einzige, was diesen Tag noch retten kann, ist ein kaltes Bier!

Warum auch immer, aber irgendwie hatte ich wirklich gedacht, dass die Arbeit auf dem Schiff nicht annähernd so anstrengend ist, wie sie es heute am ersten Tag war.

Die schrecklich gute Laune der Urlauber ging mir heute gehörig gegen den Strich.

Scheiße! Ich war tatsächlich so genervt, dass ich nicht mal auf die Flirtversuche der süßen Blonden eingegangen bin, die in ihrer hautengen pinken Trainingshose an mir vorbeigeschlendert ist.

Gottverdammt ...

Alleine die Art, wie sie auf dem Stepper mit ihrem Hintern gewackelt hat, war eine deutliche Einladung. Doch anstatt sie anzunehmen, musste ich immer an eine gewisse Brünette denken, die mir allem Anschein nach mit ihren vollen Lippen und ihrem tollen Körper den Kopf verdreht hat.

Vielleicht hätte ich mir die Blonde ja gönnen sollen, vielleicht hätte ich nach einer heißen Nummer mit ihr Marina vergessen?

Dumme Idee ... Marina ist eine Frau, die nicht so schnell von einem Barbieverschnitt ersetzt werden kann!

Gerade als ich die Bar betreten will, stoppe ich prompt. Irgendwie hätte ich mir ja denken können, dass sie auch hier sein wird.

Immerhin weiß ich ja seit gestern, dass sie und der Barkeeper – wie heißt er noch gleich? Marvin? – Freunde sind.

Fest entschlossen, mich bei ihr für mein Benehmen letzte Nacht zu entschuldigen, atme ich kurz durch, ehe ich auf sie zugehe.

Mit den Worten meiner Entschuldigung auf den Lippen setze ich mich auf den freien Barhocker direkt neben sie.

Doch noch bevor ich ein Wort sagen kann, hebt sie, ohne mich anzusehen, abwehrend ihre Hand und gibt mir so zu verstehen, dass ich meine Klappe halten soll – sie ist definitiv sauer auf mich.

„Hör mir zu, Bab... Marina."

„Wenn du mich noch einmal Baby nennst, schmeiße ich dich über Bord!"

Ohne auf ihre Drohung einzugehen, bestelle ich mir bei Marvin ein Bier und betrachte ihr Profil.

Als mein Blick auf ihre vollen, rot geschminkten Lippen fällt, zuckt mein Schwanz gierig.

„Hör mir zu, ich bin hier, weil ich mich bei dir entschuldigen wollte!"

Mich noch immer ignorierend, schnappt sie sich ihr Weinglas und trinkt es aus.

In der Hoffnung, dass ich sie mit einem neuen Glas Wein etwas beschwichtigen kann, bestelle ich für sie bei Marvin auch gleich noch einen Pinot Grigio.

Wütend dreht sie sich zu mir um, das gefährliche Funkeln in ihren katzenhaften Iriden verrät mir, dass sie kurz davor ist, mir die Augen auszukratzen.

Sich kurz über die Lippen leckend, streckt sie ihren Zeigefinger aus und pikst mir damit gegen den Brustkorb.

„Jetzt hör mir mal gut zu ... ich hatte heute einen wirklich beschissenen Tag und alles, was ich jetzt noch will, ist ein gutes Glas Wein und meine Ruhe."

„Das mit heute Morgen tut mir leid, also nimm meine Entschuldigung an und lass mich dir einen Pinot Grigio spendieren."

Hilfe suchend sehe ich zu Marvin, doch der zuckt nur amüsiert mit den Schultern und stellt mir mein Bier vor die Nase.

„Heute ist Chardonnay-Tag!"

Es dauert einen Augenblick, bis ich kapiere, wovon er da gerade redet.

„Immer wenn sie einen schlechten Tag hat, trinkt sie Chardonnay."

Für mich als Biertrinker ist es einerlei, welchen Wein ich ihr ausgebe, das Einzige, was mich interessiert, ist, dass sie ihn annimmt.

„Hört gefälligst auf, so über mich zu reden, als wäre ich nicht anwesend!"

Marvin lässt sich von Marinas schlechter Laune nicht aus der Ruhe bringen. Er holt die Flasche Chardonnay aus dem Weinschrank und schenkt ihr ein frisches Glas ein.

„Hör mir zu, ich weiß, dass ich mich wie ein Arschloch benommen habe, und es tut mir leid."

Ihr leises Schnauben ist anscheinend die einzige Antwort, die ich von ihr erhalte.

„Okay, Baby. Sag mir, was ich für dich tun kann, und ich tue es."

„Du hast es gerade wieder getan."

Wow, zumindest redet sie wieder mit mir ...

„Was habe ich wieder getan?"

„Du hast mich Baby genannt!"

Fuck! Ich muss verrückt sein, denn ich genieße es sogar, mit ihr zu streiten ...

„Das ist mir durchaus bewusst."

Fest entschlossen, sie noch etwas zu reizen, genehmige ich mir noch einen Schluck Bier, ehe ich aufs Ganze gehe ...

„So nenne ich nun mal die Frau, mit der ich Sex habe."

Das gefährliche Funkeln in ihren Augen verwandelt sich in ein eiskaltes Glitzern.

Jepp ... jetzt ist sie richtig sauer auf mich!

Marina

Was denkt sich dieses eingebildete Machoarschloch eigentlich?

Dass er mich erst ficken kann, bis mir Hören und Sehen vergeht, sich dann still und heimlich davonschleicht, nur um am nächsten Abend erneut sein Glück bei mir zu versuchen?

Hält er mich wirklich für so bescheuert?

Verflixt noch mal!

Selbst wenn der Sex mit ihm noch so gut und die Orgasmen (jawohl, Mehrzahl) phänomenal waren, bedeutet das noch lange nicht, dass ich mich von ihm verarschen lasse!

Wütend sehe ich ihm direkt in die Augen und weiß schlagartig, was hier los ist. Er will mich mit Absicht reizen, er will, dass ich sauer auf ihn werde, aber das kann er vergessen. Immerhin bin ich die Ruhe in Person!

„Lass mich dich verbessern. Wir haben keinen Sex miteinander, wir hatten welchen. Vergangenheit! Kapiert, Mister Informatikstudent?"

„Klar, Baby!"

Arghhhh! Dieser Kerl treibt mich in den Wahnsinn!
„Nenn mich nicht so!"
„Jetzt komm schon, Baby, sag mir, was ich tun muss, damit du mir verzeihst!"
„Da gibt es nichts ... Moment mal ... da wäre schon etwas!"
Jetzt, wo ich ihn beim Wort nehme, scheint er nicht mehr ganz so übermütig zu sein.
„Ach, und was?"
Sein herausfordernder Blick, die sexy Grübchen, die sich direkt neben seinen Lippen bilden, wenn er mich so herausfordernd anlächelt, wie er es jetzt gerade macht, und die Art, wie seine Finger die Bierflasche berühren ...
Dieser Mann bringt meine Hormone völlig durcheinander, in seiner Nähe verwandelt sich mein Selbsterhaltungstrieb in ein zitterndes Östrogenhäufchen.
„Da ich ja seit letzter Nacht ganz genau weiß, dass du auf heiße Unterwäsche stehst, und ich heute eines meiner Models verloren habe, wirst du es ersetzen!"
Sein herrlich schockierter Gesichtsausdruck ist fast so befriedigend wie seine begnadeten Finger.
„Komm schon, Baby ... Das ist nicht dein Ernst!"
„Doch, *Baby*", das Baby betone ich ganz besonders, „das ist mein absoluter Ernst!"
Nicht besonders glücklich über den Gefallen, um den ich ihn bitte, leert er sein Bier in einem Zug, während er mich dabei prüfend ansieht.
Und was mache ich dumme Kuh?
Anstatt dass ich mich über meinen Sieg und zugleich die Lösung meines Problems freue, starre ich wie eine Idiotin auf die Bewegung seines Kehlkopfs und kann an nichts anderes denken als daran, ihn erneut mit in mein Bett zu locken.
Mit der Gewissheit, dass ich ihn jetzt sprichwörtlich an den Eiern habe, drehe ich mich wieder zu Marvin um und genieße den Wein, den mir Clemens ausgegeben hat.
Ich spüre seinen eindringlichen Blick auf meinem Gesicht, doch ich ignoriere ihn einfach und lasse mir nichts von meiner Schadenfreude anmerken.
Der arme Kerl, wenn er gestern schon gewusst hätte, was für Konsequenzen nach unserer gemeinsamen Nacht und seinem bescheuerten Verhalten auf ihn zukommen, wäre er nie und nimmer mit mir in die Kabine gegangen ...

Ganz typisch einfühlsame Frau, habe ich fast schon Mitleid mit ihm – aber eben nur fast!

„Gut, ich mache es! Aber es hat seinen Preis!"

Alles im Leben hat seinen Preis ...

„Ach, und was soll mich das bitte kosten? Ich dachte, du willst dich entschuldigen?"

Was auch immer er sagt, wenn er wirklich als Model einspringt, löst er eines meiner Probleme damit.

„Hör mir zu, Baby! Ich ersetze dein ausgefallenes Model und dafür gehörst du mir noch drei ganze Nächte lang!"

Ach du heilige Scheiße ... bei seinen Worten hätte ich mich fast an dem kostbaren Chardonnay verschluckt.

Ist das sein Ernst?

Den Wein runterschluckend drehe ich mich wieder zu ihm um und sehe ihm tief in die Augen – er meint es völlig ernst!

Tief durchatmend denke ich kurz darüber nach.

Will ich, dass er für mich modelt? Definitiv ja!

War der Sex letzte Nacht mit ihm grandios? Wieder ein klares Ja!

Kann ich mit seinem Vorschlag leben? Darüber muss ich eigentlich nicht lange nachdenken. Dieser Deal ist eine Win-win-Situation.

Nur gehen beide ‚Wins' ganz klar an mich. Denn mein Problem ist gelöst und ich habe genialen Sex – vielleicht ist der Tag ja doch nicht so schlecht, wie ich dachte?!

„Abgemacht, Baby?"

Schnell setze ich mein Pokerface auf, immerhin muss er ja nicht wissen, dass ich es kaum erwarten kann, ihn endlich wieder in mir zu haben, und strecke ihm ganz geschäftsmäßig meine Hand entgegen.

„Abgemacht!"

Seine langen Finger schlingen sich um die meinen und mein Herzschlag setzt für zwei Sekunden aus.

Diese Modenschau in Verbindung mit diesem Kerl wird der absolute Hammer!

Ende

Blaubeer Küsse

1. Kapitel

Das Beseitigen meines Lebensabschnittspartners, auch erste große Liebe genannt.

„Das hat keinen Sinn mit uns, wir sehen uns nie. Und abends, da schlafen wir nebeneinander ein und obwohl du bei mir bist, fühle ich mich einsam." Jetzt wo es ausgesprochen ist, und dieser Satz nicht mehr nur lautlos durch meinen Kopf geistert, weiß ich, dass es wahr ist. Unsere Beziehung ist vorbei. Tränen der Akzeptanz und der Trauer laufen über mein Gesicht, verwischen mein Make-up und tropfen lautlos auf den kalten Wohnzimmerboden. Seine braunen Augen sehen mich resigniert an, und der Schmerz in meinem Herzen droht mich zu zerreißen.

„Du machst also wirklich Schluss mit mir?"

Und wie immer schafft es Patrick, in all dem Durcheinander aus Gefühlen völlig ruhig zu bleiben. In den Momenten, in denen ich schreien und toben möchte, wird er ruhiger und besonnener. Das Sprichwort ‚Gegensätze ziehen sich an' beschreibt unsere Beziehung so perfekt, dass es eigentlich für uns patentiert gehört. Patrick war meine erste große Liebe, von seinen Lippen kam mein erster Kuss, in seinen Händen wurde mein Körper zur Frau und mit ihm hatte ich mein erstes Mal. Doch was helfen einem unendlich viele schöne Erinnerungen, wenn sie in der Realität wie bunte Seifenblasen zerplatzen? Aus wie vielen Tagen bestehen fünf Jahre und acht Monate?

„Aber Maja, wir gehören doch zusammen. Wir waren schon immer zusammen."

Patrick hat recht, seit meinem sechzehnten Lebensjahr sind wir ein Paar. Aber muss etwas immer weiter bestehen, nur weil es schon immer so war? Vor zwölf Monaten hat es in meinem Bauch angefangen unangenehm zu zwicken. Und das Gefühl, das ich etwas vermisse, wollte sich einfach nicht mehr abschütteln lassen. In wenigen Tagen werde ich einundzwanzig Jahre alt, und ich kann mich nicht mehr daran erinnern, wie es sich anfühlt frisch verliebt zu sein. Die Magie vor dem ersten Kuss und die Aufregung vor dem ersten Sex? All das, und noch so vieles mehr, vermisse ich. Ich bin noch nicht bereit, mit dem was ich habe zu leben, ich bin noch nicht bereit mich zufriedenzugeben. In beinahe jedem Buch, das ich lese, beneide ich die Protagonisten um ihr Glück, in Filmen sauge ich die Romantik geradezu auf und Kino-Lovestorys schaue ich schon seit Ewigkeiten nicht mehr an; diese überschäumende Glückseligkeit, die mir da vorgespielt wird, deprimiert mich ein ums andere Mal immer mehr. „Hör zu Patrick, ich liebe dich,

ich habe dich immer geliebt und dich werde dich immer lieben. Aber leider reicht mir das einfach nicht mehr aus. Ich muss endlich anfangen mein eignes Leben zu leben, ich muss mich weiterentwickeln und einfach mal frei sein."

Verständnislos schüttelt er den Kopf. Für ihn hätte unsere Partnerschaft ausgereicht, doch ich finde, wenn man seine eigene Beziehung beschreibt, sollte man sich nicht denken, mir reicht sie. Ganz im Gegenteil, man sollte die Gefühle für den eigenen Partner genauso wenig beschreiben können, wie den Geschmack von Regentropfen während eines Sommergewitters.

Mein neues Domizil

Weiß, romantisch und sehr schön, schlängelt sich der Stuck hoch oben an den Wänden. Der alte Holzdielenboden, der leise unter meinen Füßen knarzt und die hohe Decke, die mir das Gefühl der Freiheit vermittelt, lassen mich glücklich grinsen. Die weißen Holzfenster, durch die sich die letzten sonnigen Herbststrahlen schummeln, zaubern verspielte Schatten auf die Wände. Die Tatsache, dass der Makler vor guten fünf Minuten endlich seinen unangenehmen Redeschwall beendet hat, sagt mir, dass er entweder, all sein einstudiertes Repertoire verschossen, oder das mein Gesichtsausdruck ihm schon verraten hat, dass er heute Abend mit einem Abschluss nach Hause geht. Seit ich denken kann, wollte ich in so einer Wohnung leben, in einem Altbau mitten in Berlin. Und jetzt, wo ich endlich Single bin, kann ich mir mein neues Zuhause ganz alleine aussuchen, ohne dass mir Patrick den Mietenspiegel im Kopf errechnet, oder die Vorteile eines unpersönlichen Neubaus ins Ohr flüstert. Innerlich schwöre ich mir, dass in diese Wohnung kein Mann so schnell seinen Fuß setzen wird und drehe mich zu dem Makler um.

„Ich nehme sie. Wann kann ich den Mietvertrag unterschreiben?"

Zufrieden wie ein Pinguin, der gerade einen ganz besonders großen Fisch herunter gewürgt hat, kommt er auf mich zu. Mit seinen etwas zu großen blauen Augen, seinem schief sitzendem Hemd und seinen ungepflegten Schuhen ist er schon außergewöhnlich unattraktiv. Wenn mir in nächster Zeit nur solche Männer über den Weg laufen, dürfte es nicht allzu schwer sein, dass ich mein Vorhaben, möglichst lange Single zu sein, einhalte.

„Was halten sie davon, wenn ich sie jetzt zur Feier des Tages zum Essen einlade und wir in aller Ruhe die noch offenen Details besprechen."

Sein leicht watschelnder Gang, der zu seiner ganz besonders pinguinartigen Ausstrahlung passt, lässt mich automatisch ausweichen. Seit ich mich vor gut neun Tagen von Patrick getrennt habe, scheinen es alle Kerle auf mich abgesehen zu haben. Es ist sonderbar, so als würde auf meiner Stirn das Wort SINGLE in Großbuchstaben stehen. Dank meiner noch nicht wirklich gesammelten Erfahrung, zu dem Thema Flirten und Entsetztem-Ausweich-Absagen, bekommt der Makler, mein für diese Situation freundlichstes Lächeln. „Danke, aber ich denke, ich komme lieber morgen in ihrem Büro vorbei, für heute ist mir das zu spät." In Anbetracht, dass es gerade einmal 17:36 Uhr ist, kann ich nur hoffen, dass ich mit dieser Ausrede einigermaßen durchkomme. Ich muss mir unbedingt ein paar bessere Nein-Danke einfallen lassen.

Im Nu verschwindet die aufgesetzte Freundlichkeit aus seinem königspinguinartigen Gesicht, und er kann mich gar nicht schnell genug aus der Wohnung bekommen. Wie schon gesagt, ich muss dringend an meinen Absagen üben!

Ein Bett ohne Erinnerungen

Mit jedem weiteren Tag kann ich neue Haken hinter die einzelnen Posten meiner To-do-Liste setzen.

- Beziehung beenden
- Wohnung suchen (möglichst Altbau)
- Ein neues Bett frei von jeglichen Erinnerungen kaufen
- Das Rauchen aufhören
- Mich im Fitnessstudio anmelden
- Vom Winde verweht lesen
- Meinen Eltern von unserer Trennung erzählen
- Eine Städtereise nach Paris buchen
- Mein Leben als Single genießen

Zu meiner größten Zufriedenheit sind die zwei obersten Punkte schon erledigt, denn das waren in meinen Augen, auch die schwersten. Ich bin zufrieden, dass sich alles so positiv in die Richtung entwickelt, in die ich gerne kommen möchte.

Zuerst setze ich den Blinker meines Opel Corsas und peile den gigantischen Parkplatz des schwedischen Möbelhauses an. Nachdem ich mir notiert habe, an welcher Stelle mein Auto steht und ich mir zwei gute Fixpunkte zur Orientierung eingeprägt habe, schnappe ich mir einen dieser XXL-Einkaufswagen und mache mich auf den Weg. Psychologisch gesehen, macht IKEA nun wirklich alles, damit wir Kunden möglichst viel Geld an den Kassen lassen. Wenn der Einkaufswagen so groß ist, dauert es logischerweise länger, bis er randvoll ist. Für unsere Augen und unser aufs Shopping programmiertes Gehirn, wirkt unser Einkauf so geringer und wir sind bereit mehr Geld auszugeben als mit einem kleinen Einkaufswagen, der sehr schnell voll ist und uns so vermittelt: Stopp, ich bin voll und teuer genug für heute... Ich beschließe, dieses Wissen möglichst weit vorne in meinen Gedanken zu lassen, in der Hoffnung, dass mich dieses Mal nicht der IKEA-Kassen-Schock trifft. Dumm nur, dass ich immer brav und günstig durch die mit Pfeilen markierten Gänge komme, zumindest so lange, bis ich mit dem Aufzug in die Markthalle gebeamt werde. Es ist wie eine magische Grenze. Die ganze Zeit ist mir bewusst, dass ich nicht zu viel Geld ausgeben will, aber sobald ich den Lift verlasse, und ich den magischen ersten Schritt in die Markthalle, zwischen all die Duftkerzen und Servietten setze, ist mein Vorsatz wie davon gepustet. So als würde der Duft der vielen bunten Kerzen, meinen Verstand unter Droge setzen. Nachdem ich einen gefühlten Marathon hinter mich gebracht habe, bin ich endlich in der Bettenabteilung angekommen. Völlig nassgeschwitzt, dank des tropischen Klimas, das hier herrscht, verliebe ich mich auf den ersten Blick, in mein Traumbett. Leirvik heißt das gute Stück. Und auch wenn mir mein logisches Denken gleich sagt, das dieses Bettgestell nicht allzu stabil ist, verlangt die Romantikerin in mir, dass ich es sofort mitnehme. Das romantische weiße Bettgestell, das mich sofort an einen ebenfalls weißen Baldachin denken lässt, ist wie geschaffen für mich. Auch die Tatsache, dass es nur in einer maximalen Breite von 1,60 Meter zu kaufen ist, stört mich nicht weiter. Im Nu ist die Artikelnummer, das Regal und das Fach, in dem es bereits auf mich wartet, notiert und ich kann mich auf den Weg durch die verhexte Markthalle Richtung Warenlager und Kasse machen.

Zu viel Information

Brav wie ich bin, habe ich mir nach meinem sehr anstrengenden IKEA Nachmittag, sofort die nächsten zwei Punkte meiner To-do-Liste vorgenommen. Es kristallisiert sich nur langsam heraus, dass diese beiden Punkte unglücklicherweise nicht wirklich zusammenpassen. Mein Leben als Single genieße ich, aber gleichzeitig die Idee umsetzen zu wollen, das Rauchen aufzuhören, ist etwas unproduktiv. Das Wichtigste in meinem Leben war bisher immer Patrick, viel Schokolade, Prosecco und meine roten Gauloises. Und jetzt ... Na ja Patrick musste gehen, die Schokolade durfte bleiben, der Prosecco schmeckt alleine nicht und die Zigaretten fehlen mit so sehr. In unserer ehemaligen gemeinsamen Wohnung herrscht ein heilloses Durcheinander. Patrick hat, ohne zu zögern, alles was er während unserer Beziehung gekauft hat, mitgenommen. Was bedeutet, dass ich keine Couch, keinen Wohnzimmertisch und keine Garderobe mehr habe. Mein alter Retro-Ohrenbackensessel, steht völlig vereinsamt in meinem leeren Wohnzimmer. Und ohne, dass ich es verhindern kann, kommen mir leise Zweifel, ob ich das Richtige getan habe, ob es eine kluge Entscheidung war, mich von Patrick zu trennen. Rabiat schreit mich mein Unterbewusstsein an, das ich nicht jammern, sondern endlich etwas aus meinem Leben machen soll. Kurzentschlossen schnappe ich mir mein Handy und rufe meine Freundin Anna an. Zu meinem Glück hebt sie nach dem zweiten Läuten ab. „Hallo Süße, ich bin es Maja, was hältst du davon, wenn wir mit etwas Prosecco die Stadt unsicher machen?“

Die dunkle Männerstimme, und ihr Kichern verraten mir, das sie definitiv nicht alleine ist, und höchst wahrscheinlich kein Interesse daran hat, mit mir auszugehen.

„Oh Hi. Süße, ich bin gerade beschäftigt ... “

Beschäftigt? Die hat es gut! Ich kenne keine Frau, die so viele Männer abschleppt und vernascht wie Anna. Sie ist wie eine Gottesanbeterin. Ihr Verschleiß ist beinahe schon rekordverdächtig. „Oh Schade, dann wünsche ich dir und deinem John Doe viel Spaß!“ In der Hoffnung nicht ganz so niedergeschlagen zu klingen, wie ich mich fühle, versuche ich dieses Gespräch möglichst schnell zu beenden.

„Hey Maja, was hältst du davon, wenn wir uns in einer Stunde im Blue treffen? Eine kleine Verschnaufpause könnte mir auch nicht schaden.“

Auch wenn ich nicht wirklich wissen will, wovon sie eine Verschnaufpause braucht, bin ich froh, dass sie Zeit hat. „Alles klar, ich freue mich schon auf dich! Kommt dein Lover mit?“

Für gewöhnlich, schmeißt Anna ihre Aufrisse nach ein bis zwei Wochen raus. Außer, sie sind ganz besonders gut im Bett, dann dürfen sie manchmal einen ganzen Monat in den Genuss ihrer Gesellschaft kommen.
„Ja ich denke, dass er mitkommen darf."
Das laute Klatschen, das sich verdächtig nach einer Hand, die auf einen nackten Hintern trifft, anhört, und ihr gequietschtes Aua, verraten mir, das sie ihren Spaß hat.
„Was hältst du davon, wenn ich Ben frage, ob er seinen heißen Studienkollegen anruft, mit ein bisschen Glück kommt er ja auch mit. Und glaube mir Maja, der ist so was von sexy!"
Um ehrlich zu sein, hasse ich es, wenn sie mich verkuppeln will, aber was solls? Vielleicht kann mich der angeblich so heiße Typ von meinem Zigaretten-Notstand ablenken! „Tu was du nicht lassen kannst Süße ... wir sehen uns in einer Stunde."
Annas lautes Lachen und das dunkle männliche Knurren im Hintergrund sind das letzte, was ich höre, bevor ich auflege und einige Sekunden lang neidisch auf das Display meines Telefons blicke. Wieso kann ich nicht so locker sein wie sie? Wieso kann ich nicht einfach mal meinen Spaß haben? Kopfschüttelnd, mache ich mich auf den Weg in mein Schlafzimmer, es wird Zeit für ein richtig gewagtes Outfit, eines das meiner inneren Göttin verdammt gut tut, und mein Selbstbewusstsein etwas aufheitert.

Ohne zu denken

Grüner Lidschatten betont meine grauen Augen, der süße Geschmack meines Lipgloss, der mich an Blaubeeren erinnert, benetzt feucht glänzend meine Lippen. Wild gebändigt, hält der Haargummi meine braunen Haare zu einem lockeren Knoten zusammen. Ich bin zu früh, bestimmt eine halbe Stunde, aber ich habe es keine Minute länger in meiner leeren Wohnung ausgehalten. Alles darin erinnert mich an Patrick, und ich will verdammt noch mal nicht an ihn erinnert werden. Das Einzige was ich gerade will, ist, eine Zigarette rauchen, und genau das habe ich mir selber verboten. Einen tiefen Atemzug der nach bunten Blättern riechenden Herbstluft nehmend, hebe ich meinen Kopf und zwinge mich zu einem Lächeln.
In der Bar namens Blue, ist es einfach nur schön, kein Wunder, dass es hier immer wie verrückt zugeht. Der Tresen ist aus schwarzem Marmor, auf dem violette Schälchen mit gewürzten Erdnüssen stehen. Die Bar an

sich ist modern gehalten, das überdimensionale Regal, das die komplette Bar einnimmt, ist völlig überfüllt. Eine Flasche neben der anderen, gefüllt mit bunten hochprozentigem, sahnehaltigem Liquor oder brennendem Wodka, wartet darauf, endlich getrunken zu werden. Ein neon lilaner Spot beleuchtet die bunten Logos der Flaschen. Weiße Leder Barhocker und ein schwarzer Marmorboden, der wiederum perfekt zu dem Tresen passt, runden das Bild ab.

Das dumpfe Gemurmel der Gäste wird dann und wann von einem weiblichen Lachen unterbrochen. Gestylte Frauen und starke Männer auf der Suche nach einer unverbindlichen Nacht. In meinem schwarzen Minirock und dem roten Top, sitze ich völlig zufrieden an der Bar. Meine Füße, die in meinen obligatorischen Ballerinas stecken, wippen passend zum Rhythmus der Musik mit. Ich weiß, dass ihr euch jetzt wundert, dass ich Ballerinas anhabe, aber ich muss euch eines gestehen: Ich hasse Schuhe mit hohen Absätzen. Manche Frauen, können damit laufen, sich wie eine Sexbombe darin bewegen. Ich hingegen, komme mir in Pumps oder Heels vor wie ein Storch auf Ecstasy.

Anna und ihr Lover müssten, falls sie es tatsächlich aus dem Bett geschafft haben, in den nächsten Minuten eintreffen. Möglichst aufmerksam studiere ich die Cocktail Karte und entscheide mich kurz entschlossen für einen Tequila. Scheiß auf das zusammengemixte Zeug, ich will es kurz und knackig. Geduldig warte ich darauf, dass der Barmann sich erbarmt und auch nur einmal in meine Richtung sieht. Gerade als meine Geduld endgültig vorbei ist, höre ich Annas Stimme direkt neben mir.

„Wow Süße, du siehst so was von verdammt heiß aus."

Ihr Kompliment lässt mich strahlen, doch der Blick ihres Lovers ist Balsam für meine Seele. Ich lege ihr meine Arme um den Hals und begrüße sie mit einem dicken Schmatzer.

„Ich freue mich, dass Ihr gekommen seid, ich hätte uns auch gerne schon eine Runde Kurze bestellt, aber dieser Barkeeper ist einfach nur dämlich."

Typisch Anna: Sie lehnt sich vor, legt ihre Finger zwischen die Lippen und lässt einen Pfiff los, auf den jeder Kerl neidisch wäre. Und wie zu erwarten, hat sie jetzt alle Blicke auf sich gezogen, inklusive den des Barkeepers. „Was zur Hölle muss man hier tun, damit man eine Runde Tequila bekommt?"

Jeder von euch der denkt, dass sie so erst recht nichts zu trinken bekommt, kennt Anna nicht! Mit ihrer vorlauten Klappe, ihren roten Kringellocken und den moosgrünen Augen, sind die Männer nur allzu gerne bereit ihr alles zu verzeihen. Schneller als ich bis drei zählen kann, stehen die drei Schnäpse mit Salz und Zitronenscheiben vor uns und Anna hat einen weiteren Verehrer auf ihrer Liste stehen. Doch mein Stimmungshoch ist nicht von allzu langer Dauer.

„Leider schafft es der Freund von Ben nicht pünktlich, aber er hat gesagt, dass er später nachkommt.“

Na super, ich bin es ja gewöhnt, dass sich die Männer nicht um mich reißen, aber das ich von jemandem versetzt werde, der mich noch gar nicht kennt, ist selbst mir neu.

Merkwürdig, obwohl ich nicht besonders scharf darauf war, verkuppelt zu werden, muss ich mich trotzdem ziemlich anstrengen, damit mir mein Lächeln nicht von den Lippen fällt. „Nicht so schlimm, Süße, um ehrlich zu sein, habe ich mir fest vorgenommen, dass mir so schnell kein Typ ins Haus kommt.“

Belustigt verdreht sie ihre schönen grünen Augen. „Maja! Der Sinn der Sache, ist nicht, dass er in dein Haus kommt, sondern zwischen deine Schenkel.“

Genervt, darüber, dass sie sich so über meine eigentlich recht vernünftigen Vorsätze lustig macht, schnappe ich mir den Salzstreuer, verteile die weißen Kristalle auf meinem Handrücken und lecke sie ab. Schlucke ohne eine Grimasse zu verziehen den Schnaps und beiße in die furchtbar saure Zitrone. Ich glaube mich daran erinnern zu können, dass es eine sehr lustige Postkarte gibt, auf der steht:

Gibt das Leben dir Zitronen?
Frag nach Salz & Tequila!

Und wisst ihr was liebe Leser und Leserinnen, diese fucking Karte hat Recht ... Mehr als bereit, mich dieser unglaublich intelligenten Weisheit zu fügen, vergeht der Abend wie im Flug. Und ehe ich mich versehe, liegt ein ganzer Stapel fein säuberlich ausgelutschter Zitronenscheiben vor mir auf der Bar. Anna ist mit ihrem Ben seit bestimmt zehn Minuten auf der Toilette verschwunden, und ich sitze hier, wurde von meinem Blind Date versetzt, sehne mich fürchterlich nach einer Kippe und kann es kaum erwarten endlich zu verschwinden. Anscheinend hat der Nikotinentzug eine seltsame Wirkung auf meinen Körper, denn je länger ich auf meine Zigaretten verzichte, je mehr spüre ich meine Libido.

Wie schon erwähnt, war das Sexleben zwischen Patrick und mir nicht besonders aufregend, man kann es auch unbefriedigend nennen. Und das Kopfkino, welches dank meines Tequila Konsums ordentlich in Schwung gekommen ist, lässt mich mehr als neidisch auf Anna und ihren Stecher werden. Vielleicht sollte ich jetzt besser nach Hause gehen und mich online im Orionshop austoben. Ich brauche dringend einen lustigen, perfekt proportionierten, möglichst farbenfrohen Dildo, der den Mann an meiner Seite ersetzt.

Ihr lieben Ladys vor den E-Book Readern da draußen, seid mal ehrlich ... Wofür braucht man denn diese metrosexuellen Möchtegern-Machos die sich heutzutage Mann schimpfen, denn wirklich noch?

- Im Supermarkt gibt es Katzenstreu Light, das nur die Hälfte wiegt.
- Wasserkästen mit PET-Flaschen, die sogar meine Oma in den zweiten Stock tragen kann.
- Die meisten Fernseher programmieren sich mittlerweile selbst.
- Und die perfekt gebogenen, garantiert den G-Punkt treffenden Dildos aus dem Onlineshop, sind absolut stylish, stinken nicht nach Bier und sind immer einsatzbereit. Und das so lange wir es wollen, nicht bis der an dem lustbringenden Körperteil hängende Rest Erster schreit.

Oh ja, ich werde jetzt heimgehen und mir einen wirklich langen, dicken und am besten rosa glitzernden Dildo bestellen. Zufrieden mit meinem Vorsatz reiche ich dem Barkeeper einen fünfzig Euroschein und rutsche einigermaßen elegant von dem Barhocker. Soll diese ganzen Kerle doch der Teufel holen! Das Blue ist so voll, dass ich mich mehr quetschend als laufend Richtung Ausgang vorarbeiten muss. *Frustriert schließe ich die Augen, dieser Abend war ein absoluter Reinfall!*

„Hey, ist alles okay bei dir?"

Genervt, dass mich die Männer jetzt schon für *krank* halten, öffne ich meine Augen, bereit alles und jeden anzuzicken, bis er das Weite sucht. *Heilige Scheiße!*

Der Mann, der jetzt vor mir steht, ist ein absolut perfektes Prachtexemplar. Sein Kiefer, seine Wangenknochen und seine vollen Lippen ... *Wie sich die wohl anfühlen?* Oooh Hilfe, langsam beginne ich mich zu fragen, was mit mir los ist… Der fremde Typ hat ein beeindruckend breites Kreuz, seine gut gebräunten Arme, die in einem weißen Hemd verschwinden, lassen meine innere Göttin seufzen. Da scheint jemand regelmäßig zu trainieren!

Und die Tatsache, dass er einen sexy Dreitagebart trägt, stört mich nicht im Geringsten. Ganz im Gegenteil! Welche Art von Kerl er wohl ist? Welcher Körper sich unter seiner Kleidung versteckt? Ein Marlboro oder ein Gillette Typ – na ja, vielleicht auch eher ein Jever Kerl? Ist er rau, wie die Cowboys aus der Zigarettenwerbung? Oder so trainiert und perfekt gepflegt wie ein Mann aus der Gillette-Rasierer Werbung? Oder ist er ein kantiger Kerl, der naturverbunden ist? Also ein Jever Trinker? Tja! Dank meines Alkoholspiegels, fällt mir nichts Besseres ein, als ihn einfach danach zu fragen!

„Bist du ein Marlboro, ein Jever oder ein Gillette Typ?"

Völlig perplex und mit zwei riesen großen Fragezeichen in den Augen, sieht er auf mich hinab.

Habe ich eigentlich schon erwähnt, dass er verdammt groß ist? Und während ich einfach voraussetze, dass er selbstverständlich kapiert was ich gerade von ihm will, verschlinge ich ihn mit meinen Blicken. Für diese Sahneschnitte würde ich glatt eine Ausnahme in meiner – KEINE MÄNNER REGEL – machen!

„Ganz ehrlich Baby, ich habe keine Ahnung was du gerade von mir willst, aber wenn du mich weiterhin so hungrig ansiehst, werde ich dir anbieten es selbst herauszufinden!"

Seine Stimme ist rau wie Schmirgelpapier und tief wie ein wildes Knurren ... und sie geht mir direkt ins Höschen. *Kann es sein, dass der letzte Tequila schlecht war?*

Nachdenklich lege ich meinen Kopf schief und überlege mir ernsthaft, ob ich es tatsächlich selber herausfinden will?! All meine inneren Instinkte schreien laut *Ja*. Vielleicht ist ein guter Fick tatsächlich das, was ich jetzt brauche? Darf eine Single-Frau einen heißen Typen für eine versaute Nacht benutzen? Ich finde, das kommt ganz darauf an, ob er gut küssen kann. Wie hat meine Oma immer gesagt, vertraue nie einem Mann der küssen kann? Oder war es Tanzen? Na ja, scheiß drauf, ich will diesen Mann, ich will ihn tief, hart und vor allem will ich ihn jetzt!
„Okay, ich bin einverstanden und finde es selbst heraus!"

Seine vollen Lippen verziehen sich zu einem charmanten Lächeln, seine Augen verdunkeln sich und seine Muskulatur spannt sich an.

Verdammte Scheiße! Endlich habe ich eine richtige Entscheidung getroffen, guter Sex, kann schließlich nie eine schlechte Entscheidung sein! Oder wie seht ihr das?

Mister Nobody

Seine Finger schließen sich besitzergreifend um meinen Oberarm und wir suchen uns einen Weg aus dem Blue. Dank seiner Zielstrebigkeit stehen wir endlich draußen vor der Bar. Der laue Herbstwind flüstert mir leise zu, dass ich diese Nacht genießen soll. Endlich fühle ich mich frei, geradezu beschwingt leicht! „Gehen wir zu mir oder zu dir?"

Ohhh jaaaaa … ich sage euch jetzt mal eines, meine lieben Leser und Leserinnen, es fühlt sich so verdammt gut an, diesen abgedroschenen Satz, endlich mal zu hören, und das nicht nur, in Erzählungen, sondern endlich bin ich die Hauptprotagonistin, die in den Genuss kommt, verrucht und begehrt zu sein.

„Ich habe keine Gummis!“

Mit einem möglichst unschuldigen Blick sehe ich zu ihm auf und grinse ihn frech an. „Okay Baby, dann also zu mir!“ Der Drang ihn noch weiter zu reizen, wird immer stärker, also gebe ich der süßen Versuchung nach, und gebe mein Bestes. „Ich kann aber nicht mit einem Mann mitgehen, von dem ich nicht weiß, ob er gut küssen kann! Denn ein Kerl, der nicht küssen kann, ist wie Zimt ohne Zucker!“ Gespannt warte ich ab, ob er schlagfertig ist.

„Du willst also nicht nur gebumst, sondern auch geküsst werden?“ Langsam kommt er auf mich zu, legt seine Hand an meinen Kiefer und seinen Arm um meine Taille. Langsam, bittersüß und unglaublich romantisch, beugt er sich zu mir herunter. Unsere Blicke treffen sich, intensiv und klar, versinke ich in dem Blau seiner Augen. Hungrig nach seinem Geschmack stelle ich mich auf die Zehenspitzen und komme ihm entgegen. Langsam senke ich meine Lider und öffne meine Lippen. Wie kann es sein, dass ich mich fühle wie Scarlett O`Hara in ‚Vom Winde verweht‘? Wenn diese Geschichte ein Film wäre, würde jetzt eine schrecklich kitschige Musik laufen, im Hintergrund würden Schmetterlinge Richtung Süden fliegen und mein Knie würde sich zwischen seine Beine drücken. So aber, genieße ich seine warmen, weichen Lippen, sein Atem der mein Gesicht streift und seine Hände, die sich in mein Fleisch graben.

Zart und fordernd, drängt sich seine Zunge in meinen Mund, trifft auf die meine und beginnt einen sinnlichen Tanz. Die vielen hundert Gedanken, die mich seit Wochen quälen, verpuffen, lösen sich in ein angenehmes Nichts auf, das mich erregt und süchtig nach mehr, zurücklässt. Ich weiß nicht wie ich es euch beschreiben soll, aber dieser Kuss … Er ist rau wie von einem Marlboro Cowboy – zärtlich wie von einem Gillette Typen und urtümlich wie von einem Jever Kerl ...

Um mich kurzzufassen, er ist nahezu perfekt!

Völlig außer Atem, mit einem feuchten Höschen und Schmetterlingen im Bauch, stehe ich jetzt also hier, in seinen Augen spiegelt sich sein Verlangen nach mir wieder und ich weiß, diese Nacht wird einfach unglaublich.

„Habe ich dich überzeugt?“

Ich weiß, dass seine Frage obligatorisch ist, denn mein Zustand lässt sich nicht wirklich verbergen. Die kurze Strecke bis zu seinem Auto, das direkt gegenüber auf der anderen Straßenseite steht, fordert meinen wackeligen Beinen alles ab. „Okay, ich gebe es zu, deine Küsse sind gar nicht mal sooo schlecht, nichtsdestotrotz wüsste ich gerne deinen Namen, ehe ich in dein Auto steige ... "

Lässig, geradezu arrogant sieht er mir in die Augen. „So so, neugierig bist du also auch noch."

Für mich ist es ein absolutes Wunder, das er so cool bleiben kann. In meinen Adern lodert ein Feuer, das sich erst durch hemmungslosen Sex löschen lässt. Bis zu diesem Kuss war mir nicht klar, wie dringend sich mein Körper nach einem echten Kerl sehnt.

„Baby, sieh mich an."

Ich tue was er sagt, und bin gespannt was jetzt noch kommt.

„Mach dir keine Sorgen, ich werde dich verwöhnen. Deinen Körper lieben und deine Seele ficken."

Am liebsten hätte ich gelacht, mich umgedreht und wäre gegangen. Aber irgendetwas in mir, sagt mir, dass er es absolut ernst meint. Dass er mich wirklich will ...

„Wenn du dich besser damit fühlst, können wir auch gerne in ein Hotel gehen ... Aber um deine Fragen zu beantworten, ich kann dir nicht sagen ob ich ein Marlboro oder ein Bier Typ bin. Aber ich bin ein netter Kerl, der dich unbedingt haben muss."

Süß ist er ja, aber seinen Namen weiß ich immer noch nicht. „Verrätst du mir jetzt endlich wie du heißt oder bist du mein persönlicher John Doe?"

Langsam öffnet er die Fahrertür, und kurz bevor er einsteigt, kommt er endlich zum Punkt. „Peter Müller. Jetzt bist du dran."

Oh Fuck ... Jetzt weiß ich auch, warum er ihn nicht verraten hat. Ich kann mir nur schwer vorstellen, dass ein Peter Müller der Hammer im Bett ist. Nichts für ungut, aber Peter Müller, der Name klingt, als würde er belegte Brötchen verkaufen ... Ob Cowboys auch so heißen? Wir werden sehen! Doch das Lustigste an seinem Namen ist, dass er mich tatsächlich beruhigt. So als ob ein Mann mit diesem Namen kein Psycho sein kann. Jetzt fehlt nur noch, dass er Mathe studiert und noch bei Mutti lebt. Aber selbst wenn das alles so ist, wer so küssen kann, kann eigentlich nicht schlecht im Bett sein.

„Maja." Den Nachnamen werde ich ihn nicht verraten, wer weiß, ob er sich doch noch zu einem Stalker entwickelt, schließlich kann man nie wissen ...

2.Kapitel

Kamasutra – Tantra - Scheiß egal

Peter wohnt tatsächlich in einer ruhigen Gegend, allerdings nicht mehr bei seiner Mutti.

Während der kompletten Autofahrt, die circa fünfzehn Minuten gedauert hat, ist meine Unsicherheit stetig gewachsen. Ist das hier richtig? Mache ich gerade einen riesigen Fehler? Ich weiß, dass ich Single bin, aber der Schritt mit einem Fremden zu schlafen, ist schon heftig. Vor allem, wenn man bedenkt, dass Patrick mein erster und bis heute Nacht einziger Liebhaber war.

Wenn er mich nicht bald küsst, wenn er mir nicht bald endlich seine Zunge in den Hals steckt, bekomme ich tatsächlich noch kalte Füße. Unsicher falte ich meine Hände, und schiebe sie zwischen meine Oberschenkel. Mein Lover, Peter Müller, parkt seinen Golf direkt vor der Haustür, ehe er mich hungrig ansieht.

„Komm her!“

Diese zwei Wörter hallen wie ein Befehl durch sein Auto. Und wie paralysiert, befolge ich seine Anweisung.

„Es wird Zeit für einen weiteren Kuss!“

Seine Zungenspitze umrundet die Konturen meiner Lippen, ehe er mich sachte küsst. Seine Zunge massiert die meine, fordert und schenkt pure Lust. Das Kribbeln des Unbekannten, die Aufregung des Neuen und das Wissen des Kommenden ... Genau das habe ich so unendlich vermisst. Atemlos und völlig berauscht, sitze ich hier, spüre noch immer seine Lippen auf den meinen und öffne langsam die Augen.

„Davon werde ich nie genug bekommen.“

Ich keuche leise, am liebsten hätte ich meine Beine zusammengepresst, um den lustvollen Druck zu erhöhen. Doch ich schaffe es zu meinem Glück gerade noch, mich zu beherrschen.

Ein wölfisches Grinsen breitet sich in seinem Gesicht aus. „Glaube mir, heute Nacht wirst du mehr als nur das bekommen, und davon mehr als genug.“

Sein Kuss und sein Versprechen lassen meine Knie weich wie Wackelpudding werden. *Puhh* ... Nach einem tiefen Atemzug und einer Sekunde der Selbstfindung, steige ich, nachdem er mir die Türe öffnet, aus. Mein Körper pulsiert nur so vor sexuellem Verlangen. Leise seufzend lehne ich mich an ihn und genieße seine Kraft. Sein Geruch, seine Wärme und die deutliche Beule in seiner Hose lösen einen angenehmen Schauer der Erregung aus. Mit seinen Händen stützt er sich links und rechts neben mir am Auto ab, nimmt mich gefangen.

„Das ist deine letzte Chance auf Flucht."

Flucht? Dieses Wort klingt irgendwie verlockend, aber dennoch kann ich nicht gehen, denn das hier, dieser Moment ist genau das was ich so vermisst habe, das ist einer der Gründe gewesen, weshalb ich meine Beziehung beendet habe. Und jetzt, wo es endlich so weit ist, werde ich keine kalten Füße bekommen. „Wieso? Hast du etwa Angst, dass du mich nicht schaffst?"

Sein dunkles Knurren begleitet seinen Angriff, und ehe ich begreife was passiert, ehe ich es schaffe zu kreischen, hänge ich wie ein Sack Kartoffeln über seiner Schulter. Seine Hand landet klatschend auf meinem Hintern und ich spüre, wie sein Brustkorb vor Lachen bebt. Mit mir auf seiner Schulter sperrt er ganz gelassen die Eingangstür und wenig später seine Wohnungstür auf.

Den weiblichen Protagonisten in meinen Büchern ist so etwas nie passiert, wenn es hieß, dass sie auf Händen getragen wurden. Aber hey, ich werde mich ganz sicher nicht beschweren, denn jetzt in seiner Nähe fühle ich mich lebendiger und attraktiver als je zuvor.

„Du bist jetzt meine Beute, mein Opfer und meine Geliebte ..." Langsam und sinnlich lässt er mich an seinem Körper hinab gleiten, bis ich vor ihm stehe. Wild und hemmungslos, leidenschaftlich und hungrig, plündert er meinen Mund, seine Hand schiebt sich unter meinen Rock, legt sich auf meine Scham. Feuchtigkeit durchdrängt meinen Slip, während seine Finger meine Venuslippen durch den dünnen Stoff hindurch verwöhnen. Gierig beiße ich mir auf die Unterlippe, ein verzweifelter Versuch, seine Nachbarn nicht zu stören. Langsam und zärtlich schiebt sich seine Hand in meinen Slip, berührt meine feuchten Schamlippen, massiert sanft meinen Kitzler. Geschwollen vor Lust und Begierde, presst sich der kleine Lustknopf begierig gegen seine Finger. Mein Höhepunkt ist zum Greifen nah, und gerade als ich meine Augen schließe, um über die Klippe zu stürzen, stoppt er.

„Sein nicht so ungeduldig Baby, wir haben noch nicht einmal angefangen." Gekonnt zieht er mir mein Top über den Kopf, öffnet meinen BH und schiebt meinen Rock nach unten. Nackt und bis in die Zehenspitzen erregt stehe ich nun in seinem Schlafzimmer. Überhaupt ist die ganze Wohnung, zumindest das was ich über seiner Schulter baumelnd gesehen habe, sehr ordentlich gewesen. Anscheinend ist er doch ein Gillette Typ und kein Werbe-Cowboy!

Gespannt was mich unter seinen Klamotten erwartet, knöpfe ich sein Hemd auf und entblöße eine braune Männerbrust. Ich entdecke definierte Muskeln und ein leckeres Sixpack. Dieser Kerl ist eindeutig ein Jackpot. „Also eines steht schon mal fest, du bist kein Mathematik Student."

Amüsiert schüttelt er den Kopf. „Nein, das bin ich nicht, denn ich studiere Sport. Wobei ich durchaus in der Lage bin, 1 + 1 zusammenzuzählen."

Trotz unseres Geplänkels liegt Erotik in der Luft. Geschickt öffne ich seine Hose, ziehe sie ihm nach unten und freue mich über seinen harten, erigierten Schwanz. Prachtvoll reckt er sich mir entgegen und ich kann ihm nicht widerstehen.

Gierig umfasse ich ihn, massiere seine Länge und streiche über seine weiche Eichel. Sein knurrendes *Ja*, und seine Erregung, die ihm ins Gesicht geschrieben steht, sind mir Ermunterung genug. Langsam dirigiere ich ihn rückwärts zum Bett, „setz dich."

Mit zusammengebissenen Zähnen macht er, was ich sage, während ich möglichst anmutig vor ihm auf die Knie sinke. Prickelnde Erwartung legt sich über uns und ich fühle mich herrlich verrucht und skandalös sexy. Wie eine giftige Viper einen Hasen will, will ich seinen Schwanz verschlingen. Zartschmelzend küsse ich seine saftige Spitze, züngle über den kleinen Schlitz und lasse ihn langsam tiefer in meinen Mund gleiten. Sein langes Stöhnen, tief und kehlig lässt mich noch mutiger werden. Saugend ziehe ich ihn in meine Kehle, massiere ihn mit meiner Zunge und lasse ihn sachte meine Zunge spüren.

Kraftvoll legt sich seine Hand auf meinen Hinterkopf, seine Finger krallen sich in meine Haare und halten mich so in Position. Seine kraftvollen Oberschenkel, auf denen meine Handflächen liegen, spannen sich zuckend an, demonstrieren mir seine Begierde. Ich spüre, dass er sich zurückhält, dass er meinen Kopf am liebsten noch tiefer auf seinen Schwanz drücken will. Instinktiv lasse ich ihn weiter in meine Kehle gleiten. Ich bin bereit, ihm alles zu geben, bereit mir alles zu nehmen. Immer schneller, immer wilder und immer hemmungsloser blase ich ihm einen. Mein Körper wird immer heißer, meine Vagina immer feuchter und meine Lust wird immer größer.

„Stopp Baby, du saugst mich aus."

Ganz im Gegensatz zu seinen Wörtern fickt er immer wilder meinen Mund. Tief und kraftvoll stößt er zu. Verweilt einen kurzen köstlichen Augenblick in meiner Kehle, ehe er sich langsam und stöhnend zurückzieht. Sanft reibt seine Eichel über meine Zunge, meine Lippen prickeln, hungrig nach mehr.

„Ich will dich! Jetzt!“

Kraftvoll packt er meine Hüfte, wirft mich auf sein Bett. Willig spreize ich meine Beine, biete mich ihm an. Groß und stark steht er vor mir, verschlingt mich mit seinen Blicken. Langsam beugt er sich zu seinem Nachttisch, öffnet die obere Schublade und reißt die Folie eines Kondoms ein. Endlich ist es soweit, endlich werde ich ihn in mir spüren.

„Komm zu mir, nimm mich!“

Schwer und dominant legt er sich auf mich, presst mich in die Matratze. Sein Glied drückt sich vielversprechend auf meinen Oberschenkel, lässt mich gierig stöhnen.

Knabbernd verwöhnt er meine Brustwarzen, saugt, beißt und versöhnt den süßen Schmerz. Wenn er so weiter macht, werde ich noch verrückt. Der Geruch unserer Erregung liegt in der Luft, während er sich in Position bringt. Hart – kraftvoll und tief drängt er sich in mich. Dehnt meine Öffnung und nimmt mich endlich in Besitz. Er fühlt sich so gut an, so unglaublich perfekt. Gierig reibe ich mich an ihm, komme seinen Stößen entgegen und genieße seinen Rhythmus ... Wer will schon so verrückte Stellungen, die sich aufgehende Sonne oder gespaltener Bambus nennen? Wenn es sich in der Vereinigung - so primitiv, und einfach am besten anfühlt. Ganz ohne zu denken, ohne irgendwelche Verrenkungen, einfach nur die Vereinigung unserer Körper, das Aufeinandertreffen von Mann und Frau und die sinnliche Reibung Haut an Haut..

Süß und schwer breitet sich die Lust in mir aus, sein Kuss, der meine Laute schluckt. Seine Muskeln, die sich unter meinen Fingern bewegen und sein Knurren, wenn ich mich um ihn herum anspanne. Bittersüße Kontraktionen beginnen in meinen Zehen, wandern meine Beine hinauf und lassen meinen ganzen Körper beben. Erregt beiße ich mir auf die Unterlippe, in der Hoffnung so nicht allzu laut zu sein.

„Nicht ...“ Mit seiner Zunge leckt er über meinen Mund. „Mach das nicht, verbirg deine Lust nicht vor mir, ich will dich hören, dich spüren und dich ficken. Immer und immer wieder!“ Wimmernd spüre ich wie seine dicke Eichel direkt auf meinen G-Punkt trifft. Heiß und allumfassend reißt mich mein Orgasmus mit, mein Schrei durchbricht die Stille, vermischt sich mit seinem erlösenden Keuchen.

Völlig erschöpft kuschle ich mich an ihn. Seine Hand liegt auf meiner Brust und liebkost sanft meine Knospe. Mit seinem Geschmack auf den Lippen genieße ich die postkoitale Glückseligkeit. Das gerade eben erlebte war einfach nur unglaublich, und auch wenn es gemein klingt. Es war der beste Sex meines Lebens. Endlich habe ich wieder dieses Kribbeln in meinem Bauch gespürt. Diese Aufregung, wenn man weiß, dass man sich aus all den Männern einen aussuchen kann, dass man frei ist, ganz genau das zu tun, wonach einem der Sinn steht. Es hat durchaus etwas für sich, Single zu sein.

Leise und vervögelt klingt seine Stimme unglaublich sexy, so rau und männlich.

„Du bist unglaublich, deine Lippen schmecken nach Blaubeeren, dein Körper ist der Himmel und deine kleine Pussy ist der Wahnsinn."

Blaubeerküsse ... Ganz ehrlich? Das gefällt mir! Sanft umrundet meine Fingerspitze seinen Bauchnabel, erkundet seinen Körper und hinterlässt eine unsichtbare Spur auf seinem Sixpack. „Das war schön ..." Ein zufriedenes Lächeln breitet sich auf meinen wundgeküssten Lippen aus. „In der Bar war ich gerade auf dem Heimweg, mit dem festen Ziel den kompletten Orion Onlineshop leer zu shoppen." Gespannt was er auf mein Geständnis erwidert, sehe ich zu ihm hoch. Amüsiert grinst er mich an.

„Und ich war auf dem Weg zu Bekannten, die mich mal wieder verkuppeln wollten. Seit Adrian seine neue Flamme hat, ist er der Meinung, dass sich jeder sofort verlieben muss."

Oh, oh Adrian? Verkuppeln? Langsam aber sicher breitet sich eine sehr komische Vorahnung in mir aus ...

„Wahrscheinlich ist er jetzt sauer, weil ich kein Interesse daran habe, die Freundin seiner Freundin kennenzulernen."

Ich stütze mich auf meinen Ellenbogen und lecke sanft über seine Brustwarze.

„Ach keine Sorge, ich denke, dass mit dem Kennenlernen, haben wir übersprungen."

Genüsslich schließt er seine Augen und genießt meine Streicheleinheiten. Knabbernd sauge ich mich an ihm fest, mit meiner Hand streichle ich seinen Oberschenkel und nähere mich immer weiter seinem Glied.

„Da bin ich anderer Meinung Baby, wie sollte ich dich besser kennenlernen, als so?" Sein Penis zuckt gierig, bereit für die nächste Runde.

„Hmmm, da fällt mir auch nichts ein. Aber wenn du deinen Kumpel das nächste Mal siehst, sag ihm, dass du der Freundin seiner Freundin das Gehirn aus dem Kopf gevögelt hast!“ Mehr als belustigt beobachte ich Peter dabei, wie er langsam versteht, was ich ihm gerade sagen will.

„Wie? Er wollte mich mit dir verkuppeln?“ Ungläubigkeit breitet sich in seinem Gesicht aus, während sein Schwanz bereits wieder hart und bereit für mich ist.

Ich nicke und umfasse begierig seine prallen Hoden.

„Na dann will ich mal keine Zeit verlieren und mich dir gründlich vorstellen.“ Kraftvoll dreht er sich um, drückt mich mit dem Rücken in die Matratze, und öffnet meine Beine. Seine Lippen legen sich auf meine Scheide, seine Zunge dringt züngelnd in mich ein. Stöhnend schließe ich meine Augen, lasse mich fallen und genieße die verrückten Wege des Schicksals, die mich in das Bett dieses heißen Mannes gebracht haben.

Denn jetzt mal ganz im Ernst! Gibt es eine bessere Art, als ihn auf diese Weise kennenzulernen? Vielleicht ist es gar nicht so schlecht, verkuppelt zu werden!

Taken by the underwear model

1. Kapitel

Anna

Die Kit Softboxen und die Strahler sind ausgerichtet, am Boden liegen Unmengen von Verlängerungskabeln, während ich das Stativ für meine Kamera in Position bringe.

Trotz der Tatsache, dass wir heute einen richtig schönen Frühlingstag haben, ist es hier in der alten Fabrikhalle ziemlich kalt.

Der unbehandelte Betonboden, die zerbrochenen Fenster und die mit Graffiti besprühten Wände wirken nicht gerade einladend. Und ganz genauso soll es sein. Der Herrenwäsche-Onlineshop, der mich für dieses Shooting gebucht hat, wollte einen Lost Place als Location.

Jetzt stehe ich hier, bereite alles vor und warte darauf, dass Eugen Stark endlich eintrifft.

Stark ist Deutschlands begehrtestes Männermodel und es wird meiner Karriere einen gewaltigen Aufschwung geben, dass ich ihn vor meiner Linse hatte.

Ungeduldig werfe ich einen Blick auf die Uhr an meinem rechten Handgelenk. Es ist 8:15 Uhr, er ist bereits eine Viertelstunde zu spät.

Die Visagistin, die mir die Auftraggeber geschickt haben, sitzt rauchend auf ihrem Stuhl und betrachtet in dem Standspiegel, den sie mitgebracht hat, ihr Spiegelbild.

Gott, ich hasse Unpünktlichkeit! Der einzige Grund, warum ich noch ruhig und entspannt bin, ist, dass ich nach Stunden bezahlt werde.

Wenn Herr Stark also meint sich Zeit lassen zu müssen, ist das seine Sache, ich werde am Ende der Woche meine Rechnung schreiben.

Auch wenn ich ihm noch nie persönlich über den Weg gelaufen bin, habe ich mir dank der vielen Berichte, die über ihn in den Klatschblättern stehen, bereits ein Bild machen können.

Wenn ich der Regenbogenpresse glauben kann, ist er ein eingebildeter Weiberheld, der von einer Party zur nächsten hüpft und dabei nichts anbrennen lässt.

Nachdem ich meinen Latte to go ausgetrunken habe, prüfe ich ein letztes Mal das Licht, ehe ich mich in den klappbaren Regiestuhl fallen lasse und warte auf mein Model.

Die erste Stunde vergeht ohne das geringste Lebenszeichen, dieser Idiot hält es nicht mal für nötig anzurufen.

Eigentlich war es mein Plan, die durch die Fenster einfallende Mittagssonne für das Shooting zu nutzen, wenn er allerdings noch etwas später kommt, wird daraus nichts werden.

Immer wütender werdend stehe ich wieder auf, krame mein Handy aus meiner Handtasche und checke, ob er vielleicht doch angerufen hat und ich es nur nicht gehört habe. Fehlanzeige.

Dank meines aufbrausenden Temperaments ist nach einer Stunde unentschuldigter Verspätung meine Geduld am Ende.

Gerade als ich die Visitenkarte von Eugen Stark aus der Gesäßtasche meiner Jeans gezogen habe, öffnet sich laut quietschend die verrostete Hallentüre.

Er ist da. Dunkle Augenringe zieren sein schönes Gesicht, ein Dreitagebart bedeckt seinen markanten Kiefer. Die Sonnenstrahlen, die sich ihren Weg durch die zersprungenen Fensterscheiben gebahnt haben, entlocken seinen braunen Haaren einen leichten Kupferton. Seine langen Beine stecken in einer ausgewaschenen, abgewetzten Jeanshose. Mein Östrogenspiegel schnellt in die Höhe, als mein Blick über seinen perfekt trainierten Oberkörper gleitet.

Der dünne Stoff seines weißen T-Shirts bildet den perfekten Kontrast zu seiner braunen Haut. Über seinem breiten Brustkorb spannt sich der Stoff gefährlich und für eine Sekunde hoffe ich, dass er reißen und mir seinen Körper entblößen wird.

Oh my goodness – dieser Kerl sieht sogar völlig fertig besser aus als jeder andere Mann, der mir bisher unter die Augen gekommen ist.

Eigentlich sollte ich ihn anschreien und ihm sagen, dass ich es beschissen finde, dass er mich so lange hat warten lassen. Doch anstatt ihm mitzuteilen, dass er ein unprofessionelles Arschloch ist, lecke ich mir über die Lippen und warte, bis er bei mir angekommen ist.

Dass er viel zu spät ist, scheint ihn nicht zu stören. Als er die Distanz zwischen uns überwunden hat, zwinkert er mir frech zu, ehe er mir seine Hand entgegenstreckt.

„Bevor wir anfangen und ich mich vor dir ausziehe, sollten wir uns vielleicht noch kurz vorstellen."

Jetzt, wo ich im Fokus seiner Aufmerksamkeit stehe, beginnt mein Herz wie wild zu rasen.

„Ähm, ja", ich schlucke schwer, „das sollten wir."

Herr Gott, Anna, reiß dich gefälligst zusammen!

Ich ergreife seine Hand, erwidere seinen Blick und ertrinke in den Tiefen seiner azurblauen Augen.

„Alles klar, nenn mich Eugen."

„Anna."

Ich schaffe es, meinen Blick von seinen Augen abzuwenden. Gegen das Prickeln, das sich in meinen Bauch ausbreitet seit seine langen Finger die meinen umschlingen, bin ich hingegen völlig machtlos.

Da er keine Anstalten macht, meine Hand wieder loszulassen und mein Gehirn gerade offline ist, stehen wir noch eine gefühlte Ewigkeit so da. Erst als sich Maggie, die Visagistin, neben uns räuspert, zerbricht der Bann, der sich auf uns gelegt hat.

Blitzschnell, so als hätte ich mich an seinen Fingern verbrannt, ziehe ich meine zurück, wende mich ab und schaffe so etwas Sicherheitsabstand zwischen Eugen Stark und mir.

Verdammt noch mal. Was ist nur mit mir los?

Dieses Shooting ist meine Karrierechance, und anstatt mich professionell und cool zu geben, stelle ich mich an wie ein sechzehnjähriges Mädchen, das noch nie zuvor einen heißen Typen gesehen hat.

Über mich selbst verärgert atme ich ein paar Mal tief durch, stecke mir einen Kaugummi in den Mund und konzentriere mich auf die Arbeit.

Im Gegensatz zu mir scheint Maggie gegen Eugens Charme immun zu sein. Nachdem sie ihm mitgeteilt hat, dass er absolut scheiße aussieht und sie morgen keine Lust hat, wieder eine Stunde auf ihn zu warten, befiehlt sie ihm regelrecht, dass er sich setzen soll.

Die nächsten dreißig Minuten ist sie damit beschäftigt ihn zu stylen.

Während dieser halben Stunde richte ich die Softboxen erneut aus und überlege mir, mit welchem Bild ich starten soll.

Insgesamt brauche ich fünfzehn Fotos, auf denen er jeweils in einer anderen Pose zu sehen ist.

Auf jedem dieser Bilder wird er ein anderes Teil der neuen Frühjahrskollektion tragen.

Kaum dass es mir gelungen ist, meine Nerven wieder etwas zu beruhigen, höre ich, wie Maggie zufrieden in die Hände klatscht.

„So das wars, wir sind fertig."

Ich höre, wie Eugen ein „Gott sei Dank" brummt. Die Stuhlbeine kratzen über den rauen Betonboden, als er aufsteht. Festentschlossen ab jetzt professioneller zu sein drehe ich mich langsam zu ihm um – und das war es dann auch schon mit meiner Coolness.

Als Fotografin habe ich ja schon viele heiße Kerle vor der Kamera gehabt, aber Eugen Stark ist definitiv der schärfste von allen.

Dank Maggie sind die Augenringe verschwunden, seine Haare sind leicht gegelt und stehen sexy ab. Alles in allem wirkt er, als wäre er gerade erst aufgestanden, und ganz genau das hatte ich ja auch mit ihr besprochen.

Seine Jeans und das weiße Shirt sind verschwunden, stattdessen trägt er jetzt nur noch königsblaue Boxershorts, auf der weiße Totenköpfe abgebildet sind.

Hot as hell ...

Möglichst unauffällig sauge ich seinen Anblick in mich auf.

Keine Ahnung, wie es mir gelingen soll, mich zu konzentrieren. Zum Glück habe ich ja genug Zeit, mich an diesen Anblick zu gewöhnen, denn Eugen wird die komplette vor uns liegende Woche nicht arg viel mehr Stoff am Leib tragen.

Die neue Frühjahrskollektion, für die er modelt, besteht nur aus Unterwäsche und Bademode ....

Für das erste Bild habe ich mehrere alte Holzkisten auf dem Boden verteilt. Ein dickes Seil und ein altes Fischernetz runden das Bild ab.

Meine Kulisse sollte nicht zu kitschig sein, jedoch trotzdem an Piraten erinnern.

„Okay, Eugen, setz dich bitte auf die vorderste Kiste, winkle dein rechtes Bein an und stütz dich mit dem Ellenbogen auf deinem Knie auf."

Profi, der er ist, nimmt er die gewünschte Pose mit Leichtigkeit ein und sieht mit einem eindringlichen Ich-will-dich-mit-Haut-und-Haaren-verschlingen-Blick direkt in meine Kamera.

Wie zur Hölle soll es mir da gelingen kein feuchtes Höschen zu bekommen?

Langsam drehe ich an dem Objektiv und zoome so sein perfekt definiertes Sixpack etwas näher heran ... oh ja ... ich habe den besten Job der Welt!

Die Sekunden verstreichen, alles was zu hören ist, ist das schnelle Klicken des Auslösers.

Immer wieder weise ich ihn in einem strengen Tonfall an, sich etwas anders zu positionieren – jedes Mal setzt er meine Anweisungen sofort um.

Es mag ja sein, dass er letzte Nacht durchgefeiert hat, und auch, dass er eine Stunde zu spät war, aber jetzt ist er voll bei der Sache. Gut fünfzehn Minuten später lege ich die Kamera weg und atme tief durch.

„Alles klar, ich checke schnell die Aufnahmen, wenn die passen, machen wir mit dem nächsten Outfit weiter."

Ohne auf Eugens Antwort zu warten, drehe ich mich um, verbinde meine Kamera mit dem USB-Kabel mit meinem MacBook und ziehe die Fotos rüber.

Sie sind absolut perfekt geworden. Das erste, die Nahaufnahme seines Sixpacks, gefällt mir ganz besonders gut. Noch bevor ich mich dazu entschieden habe, ob ich wirklich so frech sein und es als neues Lesezeichen behalten kann, spüre ich eine Bewegung hinter mir.

Erschrocken drehe ich mich um und sehe, wie Eugen mich wissend angrinst.

Oh verdammich .... Ich würde sagen, ich wurde erwischt.

Sofort schießt mir verräterisch eine heiße Röte in die Wangen.

Die Luft um uns herum verändert sich, in meinem Magen bitzelt es wie verrückt, während meine Atmung stockt. Gebannt beobachte ich, wie sich seine Pupillen weiten und seine Wangenmuskulatur verräterisch zuckt.

Ich inhaliere seinen köstlichen Geruch nach Shampoo und Mann. Bei allem, was recht ist, aber dieser Kerl bringt mich wirklich völlig durcheinander.

Eugen hebt seine Hand, umfasst mein Kinn und streicht mit seinem Daumen über meine Unterlippe.

Gerade, als ich denke, dass er mir noch näher kommt, ertönt das laute Klingeln eines Handys.

Wie vom Blitz getroffen weichen wir auseinander, er fährt sich fluchend mit der Hand durchs Haar, während er zu seinen Sachen läuft.

Nicht sicher, ob ich über die Unterbrechung froh oder traurig bin, sauge ich frischen Sauerstoff in meine Lungenflügel und lasse mich kraftlos auf den Regiestuhl plumpsen.

Was zur Hölle war das denn gerade?

Im Augenwinkel beobachte ich, wie er das Telefonat entgegennimmt.

„Hey Baby ... ja natürlich, Schatz, ich beeile mich ..."

Baby? Schatz? Fuck!

Vor einer Sekunde waren wir uns so nah, dass sich unser Atem vermischt hat, und ich verwette meine Kamera darauf, dass wir uns, wenn uns sein Handy nicht unterbrochen hätte, geküsst hätten, und jetzt telefoniert er mit seinem Baby? Echt jetzt?

Maggie kommt auf mich zu, lächelt mich wissend an und reicht mir die Packung Haribo, die sie in der Hand hält.

„Pass bloß auf dich auf, Anna. Dieser Typ ist gefährlich. Selbst ich, und ich jage auf ganz anderen Gebieten, muss bei ihm aufpassen, dass ich nicht auf versaute Gedanken komme."

Kichernd schnappe ich mir eine Handvoll Gummibären und stopfe sie mir in den Mund.

Dass Maggie auf Frauen steht, wusste ich bereits, ich habe sie letztes Jahr auf dem Weihnachtsmarkt mit ihrer damaligen Freundin getroffen.

„Ohhh jaaaa, er ist definitiv gefährlich. Aber jetzt mal ehrlich, Maggie. Hin und wieder müssen wir Frauen uns doch die Finger verbrennen. Das gehört zum Leben dazu, und an ihm", ich deute auf Eugen, „würde ich sie mir nur allzu gerne verbrennen."

Eugen telefoniert noch immer mit seinem Baby. Es ist nicht gerade die feine Art, ihn bei seinem Gespräch zu belauschen. Aber es will mir einfach nicht gelingen, mich auf etwas anderes zu konzentrieren.

„... ich dich auch, Prinzessin. Hör mal, sobald ich hier fertig bin, besorge ich uns etwas zum Essen und dann hole ich dich ab. Okay?"

Zu meinem Erstaunen sind es nicht mal seine Worte, die mich so eifersüchtig machen, sondern die Art, wie er spricht, seine Tonlage und das Lächeln, das sich auf seinem Gesicht ausbreitet, während er mit seiner Prinzessin redet.

Herrgott, ich bin einfach schon viel zu lange Single ....

Aufgewühlt beginne ich damit, die Holzkisten auf die Seite zu räumen. Nicht zum ersten Mal seit ich heute Morgen hier in die Fabrikhalle gefahren bin, verfluche ich Mark dafür, dass er seit einer Woche krank ist. Mark ist mein Assistent, und ohne ihn muss ich mich um alles alleine kümmern.

Kaum dass er fertig telefoniert hat, teile ich ihm mit, dass wir mit den schwarzen Boxershorts von Dolce & Gabbana weitermachen.

Maggie stylt seine Haare neu und pudert sein makelloses Gesicht. Sie reicht ihm die schwarzen Cowboystiefel, die er zu den Shorts tragen soll, und schickt ihn, als sie mit seinem Aussehen zufrieden ist, wieder zurück zu mir.

„Lehn dich an die Wand, leg den Kopf leicht schief und winkle den Arm an."

Falls er sich über meinen plötzlich schroffen Ton wundert, lässt er es sich nicht anmerken. Wahrscheinlich hat er schon Erfahrung mit zickigen Frauen, die sich beinahe von ihm küssen lassen, ehe sie dabei zuhören müssen, wie er zu einer anderen am Telefon Prinzessin sagt. Es sollte ihn also nicht wundern, dass ich darüber nicht gerade begeistert bin.

Das Dumme an der Sache ist, dass ich nicht auf ihn, sondern auf mich wütend bin. Ich habe mich hinreißen lassen – das ist alles andere als professionell.

Entschlossen richte ich die Softboxen ein letztes Mal neu aus, ehe ich mich wieder hinter die Kamera stelle. Ab jetzt werde ich hoch konzentriert sein und mich nicht mehr von irgendwelchen Tagträumen ablenken lassen.

Wenn es mir gelingt, dass diese Fotos perfekt werden, wird mir das eine ganze Menge Folgeaufträge einbringen, und die kann ich weiß Gott wirklich gut gebrauchen.

2. Kapitel

Eugen

Angespannt beobachte ich Anna dabei, wie sie die Softboxen neu ausrichtet.

Mir ist klar, dass wir einen schlechten Start hatten, aber das kann ich jetzt auch nicht mehr ändern. Sofie ist der Mittelpunkt meines Lebens, und wenn das bedeutet, dass ich eine Stunde zu spät am Set auftauche, weil meine vierjährige Tochter krank ist, dann ist das nun mal so. Als alleinerziehender Vater ist es nicht immer so leicht, Arbeit und Familie unter einen Hut zu bekommen. Zum Glück hat meine Schwester heute frei, sodass sich Sofie einen schönen Tag bei ihrer Tante machen kann.

Doch wie alle Kinder, wollen sie ihre Hauptbezugsperson, wenn sie krank sind, und die bin nun mal ich.

Am liebsten hätte ich das Shooting abgesagt, aber ich brauche das Geld.

Mir ist klar, dass ich in der Klatschpresse als Playboy und Frauenheld dargestellt werde, ein Image, das mir zwar nicht besonders gut gefällt, das sich aber positiv auf meine Karriere auswirkt. Auch wenn sie es nur ungern zugeben, aber die meisten Frauen stehen auf Bad Boys. Dank diesem Ruf und dem Interesse der Medien an meiner Person werde ich so oft gebucht wie noch nie.

Es hat mich viel Energie und einige Anwaltsrechnungen gekostet, aber es ist mir gelungen, die Presse von meiner Tochter fernzuhalten.

Müde komme ich Annas Anweisungen nach. Mir ist klar, was sie jetzt von mir denkt, und dass sie wütend auf mich ist, und das ist gut so.

Es war falsch, mich hinreißen zu lassen. Das Letzte, was ich im Moment gebrauchen kann, ist eine Frau, die mein Leben nur noch mehr verkompliziert.

Anna ist süß. Sie hat einen tollen Körper mit perfekten Kurven. Ihre langen roten Haare schimmern im grellen Licht der Strahler.

Doch es ist weder ihr Körper noch ihr feuerrotes Haar, das meine Konzentration so stört, es sind ihre vollen, rosafarbenen Lippen. Ihr Mund ist der Traum eines jeden Mannes.

Holy Fuck! Es kostet mich einiges meiner Selbstbeherrschung, dass ich ihr nicht andauernd auf den Mund starre.

In meiner Fantasie kniet sie längst vor mir. Ihre Lippen sind weit geöffnet, während ich mein Glied tief in ihren Rachen schiebe ....

„Eugen!“

Shit! Anscheinend hat sie irgendetwas gesagt, das ich nicht mitbekommen habe.
Ich sehe sie fragend an, doch sie schüttelt nur den Kopf und flucht leise. Als sie mich eine Minute später wieder ansieht, fällt mein Blick natürlich sofort auf ihren Mund. Was in Anbetracht der Tatsache, dass ich nur Shorts trage, keine so besonders gute Idee ist. Ich will gar nicht wissen, wie sie reagiert, wenn ich mit einem Harten vor ihr stehe.
„Dreh dich mit dem Gesicht zur Wand, stütz deine Ellenbogen gegen das rote Graffiti und lass den Kopf leicht nach vorne sinken."
Wieder tue ich, was sie sagt. Das Klicken des Auslösers tönt durch die stille Halle.
Arbeit hin, Arbeit her, morgen werde ich einen CD-Player mitnehmen. Die Akustik dieser alten Fabrik ist sicher der Wahnsinn.

Die nächsten Stunden vergehen wie im Flug. Am Nachmittag zieht ein Sturm auf. Schwarze Wolken verdunkeln zu Annas Leidwesen den Himmel. Selbst die vielen Strahler, die sie aufgestellt hat, können nichts gegen die immer stärker werdende Dunkelheit ausrichten.
Nachdem sie mehrmals die Softboxen neu ausgerichtet hat, bricht sie das Shooting für den heutigen Tag ab.
„Okay Leute, das wird nichts mehr. Lasst uns für heute Schluss machen."
Für mich ist dieses Unwetter genau richtig. So wie ich Sofie kenne, wartet sie die ganze Zeit auf mich. Kinder haben ein ganz anderes Zeitgefühl als wir Erwachsenen, für sie können sich ein paar Stunden wie ein ganzer Tag anfühlen ...
Noch bevor ich mich wieder komplett angezogen habe, bricht ein wildes Frühlingsgewitter los. Knurrendes Donnergrollen und grell zuckende Blitze begleiten einen heftigen Regenschauer.
Amüsiert beobachte ich, wie Anna immer wieder verängstigt zusammenzuckt. Maggie verabschiedet sich winkend. Auch wenn ich eigentlich ebenfalls fertig bin, bringe ich es nicht übers Herz, Anna mit ihrer offensichtlichen Angst in der Fabrikhalle alleine zu lassen.
Das Dach ist an manchen Stellen undicht, sodass sie damit beschäftigt ist, ihre teure Ausrüstung vor dem Wasser in Sicherheit zu bringen.
„Gib mir deinen Schlüssel, ich fahre dein Auto so nah an die Halle, dass du deine Sachen nicht durch den strömenden Regen tragen musst."
Verwirrt sieht sie mich an, ich erkenne am überraschten Ausdruck ihrer Augen, dass sie nicht mit meiner Hilfe gerechnet hat.
Ganz offensichtlich hält sie mich für ein ziemliches Arschloch.

Zögerlich greift sie in ihre Jackentasche und wirft mir ihren Schlüsselbund zu.
Ich fange ihn mit der rechten Hand auf und mache mich auf den Weg zu ihrem Auto.
Dank der Hektik heute Morgen habe ich nicht mal daran gedacht, mir eine Jacke anzuziehen, was bedeutet, dass ich innerhalb von wenigen Sekunden durchnässt bin.
Da außer meinem Wagen nur noch ein feuerwehrroter VW Passat vor der Fabrik steht, bin ich mir sicher, dass das ihrer ist. Schnell steige ich ein, und fahre rückwärts so nah es geht vor die Hallentüre. Nachdem ich den Kofferraum geöffnet habe, gehe ich zurück zu Anna und helfe ihr beim Tragen.

3. Kapitel

Anna

Der Himmel hat alle Schleusen geöffnet.

Das Dach der Fabrik hat die Beschaffenheit eines Schweizer Käses - es ist total löchrig. Panisch bringe ich meine empfindlichen Softboxen in Sicherheit, verstaue alles in den Taschen und klappe mein MacBook zusammen.

Dieses verdammte Wetter ruiniert mir meinen Zeitplan.

Dank Eugens Hilfsbereitschaft ist es mir gelungen alles in Sicherheit zu bringen.

Nass und durchgefroren stehe ich hinter meinem Auto und schließe den Kofferraum.

Der eigentliche Grund, warum ich mich zu Eugen umdrehe, ist, dass ich mich bei ihm bedanken will. Dumm nur, dass, kaum dass ich ihn ansehe, mein Hirn wie leer gefegt ist. Sein weißes Shirt ist komplett durchnässt und klebt durchsichtig an seinem trainierten Körper. Vereinzelte Wassertropfen rinnen über seine muskulösen Unterarme.

Er sieht aus, als wäre er frisch aus einem Werbespot für irgendein Männerparfüm gestolpert. Wenn ich jetzt meine Kamera zur Hand hätte, könnte mich nichts davon abhalten, seine Schönheit in einem Foto festzuhalten.

„Ähm“ ich räuspere mich leise. „Danke für deine Hilfe, ohne dich hätte ich es nicht geschafft, alles unbeschadet ins Trockene zu bringen.“

Sein voller Mund verzieht sich zu einem charmanten Lächeln.

„Kein Thema, das war doch selbstverständlich.“

Für einen Moment bin ich wirklich kurz davor, ihn für einen netten Kerl zu halten, aber wie gesagt, nur für einen Moment.

Dann erinnere ich mich daran, dass er heute Morgen eine Stunde zu spät war. Und was noch viel schlimmer ist, dass er mich küssen wollte, ehe er zu einer andere Frau Prinzessin gesagt hat, das war alles andere als *nett.*

Oh nein, Eugen Stark ist kein netter Kerl. Er ist ein charmanter Bad Boy, der immer nur an sich selber denkt. Wahrscheinlich hat er mir nur geholfen, damit er jetzt doch noch an einen Kuss kommt, aber das kann er vergessen. Bevor ich ihn küsse, küsse ich lieber noch den Arsch eines Wildschweins.

Erneut breitet sich dieses verführerische Kribbeln zwischen uns aus. Die feinen Härchen in meinem Nacken stellen sich auf, meine Lippen prickeln erwartungsvoll.

Es wäre so leicht, ich müsste mich nur auf die Zehenspitzen stellen und meine Lippen auf die seinen pressen, doch ich widerstehe der Versuchung, lächle ihn kurz an und umrunde mein Auto. Kaum das ich die Türe hinter mir zugeschlagen habe, atme ich tief durch und lobe mich für meine Selbstbeherrschung.

Eugen zu widerstehen ist, als würde man zu einer Schwarzwälder Kirschtorte nein sagen – also gar nicht so leicht.

Zu Hause angekommen steige ich als Erstes unter eine heiße Dusche, ehe ich mir ein großes Glas Rotwein gönne, meinen Mac schnappe und mich auf die Couch setze. Trotz Eugens Verspätung und des Frühlingsgewitters sind wir heute weit gekommen.

Die Fotos, die ich geschossen habe, sind mehr als gut und ich bin mir sehr sicher, dass sie meinem Auftraggeber gefallen werden.

Langsam klicke ich mich durch die Aufnahmen, sauge den sexy Anblick meines Models in mich ein und beginne die ersten Bilder zu bearbeiten.

Den ersten Tag habe ich gut hinter mich gebracht. Wenn es mir jetzt noch gelingt, die restliche Woche auch so konsequent zu sein, kann ich verdammt stolz auf mich sein.

Bevor ich den Laptop ausschalte, betrachte ich noch ein allerletztes Mal die Aufnahme von Eugens Sixpack, ehe ich es pflichtbewusst lösche.

Diesen Mann zu fotografieren ist mein Job, es ist äußerst unprofessionell, diese Situation auszunutzen, um für meinen privaten Gebrauch Fotos von seinem nackten Körper zu machen.

Ich trage das leere Glas in die Küche, schalte das Licht aus und gehe mit meinem Buch ins Bett.

Es war ein verdammt langer Tag und der morgige wird mit Sicherheit nicht leichter werden ....

Der nächste Tag beginnt mit einer positiven Überraschung. Nicht nur dass die Sonne scheint und die Lichtverhältnisse in der Fabrikhalle bestens sind, oh nein, Herr Stark hat es tatsächlich geschafft pünktlich zu sein. Im Gegensatz zu gestern wirkt er auch nicht übermüdet, sondern ausgeruht und fit.

Schon nach den ersten zwei Stunden haben wir doppelt so viele Aufnahmen gemacht, wie ich mir für den ganzen Tag vorgenommen hatte.

Punkt 12 Uhr machen wir eine kurze Pause. Maggie, die schon den ganzen Morgen unkonzentriert und niedergeschlagen gewirkt hat, entschuldigt sich bei mir und haut für eine Stunde ab. Ganz klasse ... jetzt sitze ich hier mit niemand Geringerem als Eugen Stark, dem personalisierten Sexgott, und er trägt nichts weiter als eine marineblaue Badehose von Andrew Christian. Das Ding heißt *‚Almost Naked Sports Trunk'* und ich muss wohl nicht extra erwähnen, dass sie ziemlich eng anliegend ist. Verflixt! Bis zu dem Augenblick, an dem er sich sein Shirt überzieht, fällt es mir verdammt schwer, ihn nicht andauernd anzustarren. So wie ich das sehe, liegt mein Sexleben schon viel zu lange auf Eis. Meine Hormone drehen völlig durch und zwischen meinen Beinen pocht es verlangend. Sobald dieser Auftrag hier abgeschlossen ist, werde ich mir einen Mann gönnen – so viel steht fest.

Frustriert beiße ich in den Apfel und versuche, nicht an den Kerl zudenken, der sich direkt neben mich setzt. Der herbe Geruch seines Aftershaves steigt mir in die Nase, benebelt meine Sinne. „Wie sieht es aus, kann ich einen ersten Blick auf die Aufnahmen werfen?" Seine Frage ist nicht außergewöhnlich, und dennoch fällt es mir aufgrund seiner Nähe und der Wärme, die sein Körper ausstrahlt, verdammt schwer zu antworten. Nicht zum ersten Mal ärgere ich mich darüber, dass er so eine verheerende Wirkung auf mich hat.

„Klar." Als ich aufstehe, berühren sich kurz unsere Oberschenkel.

„Ich hole nur schnell mein MacBook." Unsere Blicke begegnen sich, meine Atmung stockt. Ganz genau wie gestern scheint sich die Luft um uns herum elektrisch aufzuladen, meine Nerven liegen blank und mein dummes Herz beginnt verräterisch zu rasen. Auf wackeligen Beinen durchquere ich die Halle und rufe mir in Erinnerung, dass es eine ziemlich beschissene Idee ist, mich nach einem Kuss von ihm zu verzehren ... Alleine die Tatsache, dass er seine Prinzessin ganz offensichtlich schon gefunden hat, verrät mir, dass er definitiv nicht der Prinz ist, auf den ich seit Jahren warte. Ich kann mich nicht daran erinnern, dass Dornröschen mit Aschenputtels Prinzen geknutscht hat, und warum nicht? Ganz einfach, weil es eine verdammt bescheuerte Idee gewesen wäre ...

Gerade als ich mich mit meinem Mac unter den Arm wieder zu ihm umdrehen will, spüre ich, dass er mir gefolgt ist.

Seine breite Brust berührt meinen Rücken, sein warmer Atem streift die empfindliche Haut an meinem Nacken.

Wie erstarrt bleibe ich reglos stehen und warte ab, was er vorhat.

Seine Hand streicht mir eine verirrte Haarsträhne aus dem Gesicht, sofort überzieht eine Gänsehaut meine Arme.

Denk daran, dieser Kerl ist weder dein Frosch noch dein Prinz. Er ist ein verdammter Macho!

Die warnende Stimme meines Unterbewusstseins ignorierend, lecke ich mir über die Lippen und atme seinen köstlichen Duft ein.

Als ich mich ein paar Herzschläge später immer noch nicht bewege, umfasst er mit seinen Händen meine Schultern und dreht mich zu sich um.

Sein Blick sucht den meinen und meinem Verstand gehen die Lichter aus. Ich schlucke schwer und lasse zu, dass er mir das MacBook abnimmt und zurück auf meinen Klapptisch stellt.

Eine Sekunde später zieht er mich bestimmend in seine Arme, seine Hand legt sich besitzergreifend auf meinen Po, während sich unsere Gesichter immer näher kommen. In dem Augenblick, in dem ich meine Augen schließe, spüre ich seine vollen Lippen auf den meinen.

Mir ist klar, dass das hier die beschissendste Idee meines Lebens ist, und dennoch presse ich meinen Mund nur noch fester auf den seinen, heiße seine raue Zunge willkommen und vertiefe unseren Kuss.

Seit ich ihn das erste Mal gesehen habe, sehne ich mich danach, meine Finger durch seine vollen Haare gleiten zu lassen. Seufzend kralle ich mich an seinem Nacken fest, genieße den Druck, der sich in meinem Unterleib aufbaut und reibe mich an seinem Oberschenkel.

Unsere Zungen duellieren sich leidenschaftlich. Hier und jetzt gibt es kein Zögern, kein vorsichtiges Austesten und keine Scheu, sondern nur eine allumfassende Sehnsucht nach mehr und immer und immer und immer mehr ....

Wir stehen eng umschlungen mitten in der Fabrikhalle. Ich spüre den harten Beweis seiner Erregung an meinem Bauch und wünsche mir nichts sehnlicher, als ihn tief und hart in mir zu spüren. Plötzlich hebt er mich hoch, trägt mich durch die Halle und presst mich eine Minute später mit dem Rücken gegen die mit Graffiti besprühte Betonwand.

Stöhnend knabbere ich an seiner Unterlippe, sauge seine Zunge tief in meinen Mund und verliere mich in unserem ersten Kuss.

Nach Halt suchend schlinge ich ihm meine Beine um die Taille. Ohne unser Zungenspiel zu unterbrechen, öffnet er die kleinen Knöpfe meiner Bluse, entblößt so meinen Oberkörper.

...Oh verflucht, ich hätte bei diesem Job wirklich eine Art Gefahrenzulage verlangen sollen ....

In dem Augenblick, in dem er die Körbchen meines BHs nach unten zieht und seine Finger meine geschwollenen Brustwarzen berühren, schnappe ich japsend nach Luft.

Völlig egal, ob das hier ein Fehler ist, der Augenblick, in dem ich es hätte stoppen können, ist längst ungenutzt verstrichen.

4. Kapitel

Eugen

Fuck!

Alles, was ich wollte, war ein Kuss. Ich musste einfach wissen, wie Anna schmeckt und ob es sich ganz genauso gut anfühlt, sie in meinen Armen zu halten, wie ich es mir vorgestellt habe. Jetzt weiß ich es – sie schmeckt noch besser als in meiner Fantasie.

So unglaublich sich das jetzt auch anhören mag, es fühlt sich einfach nur perfekt an, sie an mich zu pressen und sie zu halten.

Ganz im Gegensatz zu dem Scheiß, den die Klatschblätter immer berichten, bin ich kein Weiberheld. Um ehrlich zu sein, weiß ich nicht mal mehr, wann mich eine Frau genug interessiert hat, um sie anzusprechen. Bei dieser Fotografin hier ist das anders. Seit ich sie das erste Mal gesehen habe, will ich sie. Und alleine die Tatsache, dass sie zwanghaft versucht, meinem Blick auszuweichen, macht sie nur noch interessanter.

Gierig wühle ich mich durch ihren Mund, fordere alles und will immer noch mehr.

Heilige Scheiße! Ich weiß nicht, wann ich das letzte Mal so geküsst worden bin.

Mein Schwanz ist so hart, dass ich das Gefühl habe, jeden Augenblick zu platzen.

Meine Eier sind geschwollen, heiße Schauer rieseln über mein Rückgrat.

Gierig bohre ich meine Finger in ihren runden Po, presse sie fester an mich. Als sie mir ihre Beine willig um die Hüften schlingt, beginne ich damit sie auszuziehen.

Keine Ahnung, wie weit wir noch gegangen wären, aber Maggies lauter Pfiff, als sie uns in flagranti erwischt, unterbricht uns.

Auch wenn es nicht gerade für meine Selbstbeherrschung spricht, aber es hätte nicht mehr viel gefehlt, und ich hätte Anna gleich hier an der Wand gefickt.

Mein Atem kommt stoßweise. Schmerzlich erregt beobachte ich Anna dabei, wie sie ihre Bluse wieder schließt – Scheiße!

Erst als sie wieder vollständig angekleidet ist, stelle ich sie vorsichtig wieder auf ihre eigenen Beine. Da sie leicht wankt, halte ich sie noch einen Moment lang fest, ehe ich sie endgültig loslasse.

Frustriert versuche ich ihren Blick einzufangen, doch sie weicht mir aus. Wütend beobachte ich sie dabei, wie sie sich mit der Hand durch die Haare fährt, ehe sie ein künstliches Lächeln aufsetzt.

Wenn sie glaubt, dass sie mich täuschen kann, liegt sie falsch, denn es wird ihr nicht gelingen.

Jetzt wo ich sie gekostet und geküsst habe, erkenne ich, dass sie mich ganz genauso sehr will wie ich sie.

Das Problem an der Sache ist nur, dass jetzt, wo ich weiß, wie süß sie schmeckt und wie verdammt gut sie sich anfühlt, ich sie wieder und wieder an mich ziehen will.

Maggie und Anna tauschen einen langen Blick. Weibliche Telepathie oder so etwas. Auch ohne ein Teil dieser wortlosen Unterhaltung zu sein, weiß ich, dass ich Gesprächsthema Nummer 1. bin.

Anna schüttelt kurz den Kopf, klatscht in die Hände und gibt sich betont fröhlich, doch mich kann sie nicht täuschen. An ihren geweiteten Pupillen und ihren zitternden Händen kann ich erkennen, dass sie alles andere als ruhig und gelassen ist.

Nachdem sie ihre Kameras und die Softboxen umgestellt hat, befindet sich nun eine XXL-Sonneninsel mittig zwischen ihrer Ausrüstung.

Bunte Kissen, zwei Bierkästen und ein Grill runden ihre Kulisse ab. Mein Job ist es, mich betont lässig in burgunderroten Shorts in Pose zu bringen.

Zu meinem Glück sind die Badeshorts nicht eng anliegend, im Gegensatz zu Anna ist mir meine Erregung deutlich anzusehen ...

Die nächste Stunde kommandiert sie mich in einem kühlen Befehlston durch das Shooting. Erst als der Auslöser ihrer Kamera gefühlte einhundert Mal geklickt hat, gibt sie mir mit einem Handzeichen zu verstehen, dass ich meine Muskeln wieder entspannen kann.

Sie checkt die Bilder auf ihrem PC und verkündet gespielt gut gelaunt, dass wir für heute fertig sind.

Mir ist klar, dass sie es kaum erwarten kann, von hier zu verschwinden, doch so leicht werde ich es ihr nicht machen ....

Sofie ist heute bei meiner Mutter. Soweit ich weiß, wollen sich die beiden irgendeinen Disneyfilm ansehen und dabei Unmengen Popcorn essen, was bedeutet, dass ich es heute nicht ganz so eilig habe, zu meiner Prinzessin zu kommen. Und das passt ganz gut zu meinem Plan, Anna nicht so schnell davonkommen zu lassen.

Wenn sie glaubt, dass sie mich erst so küssen und dann in ihr Auto steigen und mich unbefriedigt zurücklassen kann, hat sie sich gewaltig geschnitten. Ich weiß ja nicht, mit was für Männern sie es bis jetzt zu tun gehabt hat, aber in einer Sache haben die Idioten von der Presse nicht gelogen, ich bin kein Mann, der kampflos aufgibt.

Wenn ich etwas wirklich will, setze ich alles daran, es auch zu kriegen. Und im Moment will ich nichts so sehr wie Anna.

Ich helfe ihr beim Aufräumen und warte darauf, dass Maggie sich verabschiedet. Kaum dass hinter der Visagistin die Türe quietschend ins Schloss gefallen ist, gehe ich zu Anna, hebe sie von hinten hoch und trage sie Richtung Sonnenliege.

Ihr Gezappel und ihre Aufforderung, sie loszulassen, ignoriere ich und lege sie auf das weiche Polster. Noch bevor sie weiß, was ihr geschieht, liege ich auch schon auf ihr und tackere meinen Mund auf den ihren.

Ein paar Atemzüge lang wehrt sie sich noch gegen mich, doch dann ergibt sie sich seufzend und erwidert meinen Kuss mit solch einer Leidenschaft, dass es mir den Atem raubt.

Knabbernd, leckend, kratzend und stöhnend windet sie sich in meinen Armen, reibt sich an meinem eh schon harten Glied und sorgt so dafür, dass noch mehr frisches Blut hineinströmt.

Ihre scharfen Zähne graben sich in meine Unterlippe, sie zieht an meinen Haaren.

Ohne Rücksicht auf die Knöpfe zu nehmen, reiße ich ihre Bluse auf, umfasse das weiche Fleisch ihrer Brüste und knete es sanft.

Der süße moschusartige Geruch ihrer Erregung steigt mir in die Nase, raubt mir das letzte bisschen Verstand.

Wenn ich mich nicht bald in ihrem weichen engen Körper vergraben kann, drehe ich noch durch.

Geschickt öffne ich ihre Hose, schiebe meine Hand in ihren Slip und streife mit meinen Fingern durch ihren nassen Spalt.

Fuck! Sie ist so was von bereit für mich!

Mit meinem Handballen massiere ich ihren Kitzler, während ich mit meinem Mittelfinger tief in ihre enge Grotte eindringe.

Das zutiefst weibliche Stöhnen, das ich als Dank für mein Fingerspiel ernte, sorgt dafür, dass meine Hoden ungeduldig zu puckern anfangen.

Wer hätte gedacht, dass dieser Auftrag nicht nur für meine Karriere, sondern auch für mein Privatleben gut ist?

5. Kapitel

Anna

Langsam und zärtlich erobert Eugen meinen Mund, saugt an meinen Lippen, ehe er an ihnen knabbert.

Es war nie geplant, dass ich mit ihm schlafe, doch jetzt, wo es so weit ist, fühlt es sich verdammt gut und richtig an.

Das intensive Blau seiner Augen ist beinahe schwarz, seine Kieferpartie angespannt. Ich sehe, wie seine Bauchmuskeln ungeduldig zucken und schnappe nach frischem Atem.

„Ich will dich ficken, Baby!"

Das dunkle Timbre seiner Stimme hallt durch meine Nerven und noch bevor ich ihm widersprechen kann, presst er mich mit seinem großen Körper noch fester auf die Liege. Sein Kopf senkt sich erneut zu mir herab und ich schlinge automatisch meine Arme um seinen Nacken.

Für den Bruchteil einer Sekunde sehen wir uns an, ehe unsere Lippen erneut zu einem stürmischen Kuss verschmelzen.

Seine raue Zunge gleitet über meine Unterlippe, seine Finger umfassen besitzergreifend meine Brüste. Langsam und träge streichen seine Daumenkuppen über das empfindliche Fleisch meiner Nippel.

Das dunkle Knurren, das aus seiner Kehle aufsteigt, lässt mich noch feuchter werden.

Heiliger BimBam ....

Immer leidenschaftlicher berühren sich unsere Körper, unser Atem kommt laut und stoßweise und ich weiß, dass es nicht mehr lange dauern wird, bis ich ihn endlich tief und hart in mir spüren werde.

Mit jeder Sekunde, die vergeht, werden seine Berührungen immer bestimmender und fester. Eugen ist ein Mann, der ganz genau weiß, was er will, und er nimmt es sich ohne zu zögern.

Seine Nasenflügel blähen sich und ich weiß, dass er meine Erregung riechen kann.

Gierig vergrabe ich meine Finger in seinem vollen Haar, ziehe ihn wieder zu mir nach unten und beiße ihm in die Unterlippe.

Zwischen meinen Schenkeln wird es immer feuchter und ich reibe meine Scham ungeduldig an seinem harten Oberschenkel.

Wenn er mich nicht bald nimmt, verliere ich noch den Verstand!

Er stöhnt laut, schlingt seine Finger um meine Handgelenke und presst sie über meinem Kopf auf das weiche Polster.

Die kühle Luft streicht über meine erhitzte Haut.

Schutzlos und ihm völlig ausgeliefert gebe ich mich ihm hin, genieße diesen einzigartigen Augenblick mit diesem absolut scharfen Typen.
Ich spüre, wie sich jeder Muskel in seinem Körper anspannt, alles an ihm wird hart.
Endlich gleitet seine Hand in mein Höschen, seine Finger reiben über meinen Kitzler und setzen meine Nervenbahnen in Flammen.
Mein Blut rauscht kochend durch meine Venen, es fühlt sich an, als wäre ich ein Vulkan, der kurz vor dem Ausbruch steht.
Völlig in meiner Lust gefangen, überlasse ich ihm bereitwillig die Führung, und zum ersten Mal in meinem Leben spüre ich, wie erregend es sein kann, die Kontrolle abzugeben und schutzlos zu sein ....

Eugen streicht leicht über meine Klit, nach Luft schnappend spüre ich, wie sich ein bittersüßer Lustschmerz in mir ausbreitet.
„Oh Anna, ich muss in dir sein."
„Dann nimm mich endlich!"
Winzige Schweißtropfen sammeln sich in meinem Nacken, seine Zunge leckt heiß und rau über meine Brust.
Nur am Rande spüre ich, wie er meine Hände wieder frei gibt.
„Du schmeckst einfach köstlich."
Er sieht mir tief in die Augen, ich vergesse zu atmen.
Eugens Blick dringt direkt bis in meine Seele, und ich weiß jetzt schon, dass ich mich diesem Mann nicht nur körperlich hingeben werde.
Endlich zieht er mich endgültig aus, beseitigt so die nervigen Stoffschichten, die verhindern, dass wir uns Haut auf Haut spüren können.
„Verdammt noch mal, Süße, du bist einfach wunderschön!"
Seine Augen verweilen hungrig auf meinen Brüsten.
Die Muskeln in seinen Armen zucken stark und ich weiß, dass er gerade um seine Selbstbeherrschung ringt.
Eugen ragt groß und kraftvoll über mir auf, während er leise grollend mit zwei seiner Finger in mich eindringt. Ich spüre seine Zähne an meinem Hals. Stöhnend drücke ich den Rücken durch und biete mich ihm an.
Feucht und pulsierend zieht sich mein Schoß sehnsüchtig zusammen.
Gekonnt massiert er mit genau dem richtigen Druck meinen Venushügel.
„Du bist so nass. Deine Muschi kann es kaum erwarten, dass ich mich endlich in dich ramme."
Wimmernd genieße ich das dekadente Spiel seiner Finger, während Eugen jede meiner Reaktionen ganz genau beobachtet.

Hart und verdammt groß spüre ich seinen Schwanz an der Innenseite meines Schenkels. Seine Hände legen sich um meine Knie und ziehen meine Beine weiter auseinander, sodass sein intensiver Blick auf meiner nassen Spalte liegt.

In dieser Stellung bleibt ihm nichts von meiner Scheide verborgen.

Langsam und verspielt streicht er mit seinen Fingern über meinen Eingang, fährt die Konturen meiner Schamlippen nach und dringt mit seinem Daumen leicht in mich ein.

Ich bin so schrecklich erregt, dass ich alleine davon schon fast komme.

Eugen spürt, dass ich fast so weit bin, er legt sich auf mich, küsst mich und wühlt sich mit seiner Zunge durch meinen Mund. Mit jedem weiteren geteilten Atemzug spüre ich, wie er immer fordernder wird. Er kann es kaum erwarten, sich in mich zu stoßen.

Zitternd reibe ich mich an ihm, fordere ihn heraus.

Langsam entzieht er mir seinen Daumen, umkreist rhythmisch meinen Kitzler, und verpasst meinen empfindlichen Falten einen harten Klaps.

Laut stöhnend schließe ich die Augen und verliere mich in der Sinnlichkeit des Augenblicks.

Zentimeter für Zentimeter hinterlassen seine Berührungen eine prickelnde Spur auf meiner glühenden Haut. Meine inneren Muskeln zucken ungeduldig, während mir ein leises Wimmern entschlüpft.

Dieser Mann, seine Finger und seine Lippen sind der absolute Wahnsinn ...

Tief in meinem Unterleib findet eine Kernschmelze statt, jegliche Gedanken entmaterialisieren sich und ich versinke im Strudel unserer Begierden.

Stöhnend gebe ich mich ihm rückhaltlos hin, spreize meine Beine noch etwas weiter und kann es nicht erwarten, ihn endlich so tief wie möglich in mir zu spüren ...

Eugens Zunge umkreist meine rechte Brustwarze, saugt sie in seinen Mund und klemmt sie zwischen seine Zähne.

Knabbernd und saugend verwöhnt er meine Sinne und schickt immer intensivere Wellen der Lust durch mein Nervensystem.

Stöhnend rekle ich mich unter ihm, meine Augenlider fallen zu, als er einen weiteren Finger in meine enge Öffnung schiebt.

Atemlos presse ich ihm meine Pussy entgegen.

Das wars – mehr brauche ich nicht, um zu fliegen ...

Gekonnt winkelt er tief in meinem Inneren seine Finger an, sodass er bei jedem erneuten Vorstoß meinen G-Punkt touchiert.

Kreisend dringt er in mich ein, massiert meine Perle und treibt mich in ungeahnte Höhen.
Keuchend spüre ich, wie sich mein Inneres stark zuckend zusammenzieht. Der intensive Druck, der sich in meinem Schoß ausbreitet, lässt mich laut aufschreien.
Atemlos werde ich von einem heftigen Sturm verschiedener Emotionen überrollt, während ich von einem unglaublich intensiven Höhepunkt hinfortgerissen werde.
Oh mein Gott!!!
Krampfartig ziehen sich meine Zehenspitzen zusammen. Vor meinen Augen tanzen grelle Punkte. Die Kontraktionen in meinem Unterleib sind so stark, dass ich am ganzen Körper bebe.
Mein lauter, fast schon verzweifelter Schrei hallt von den leeren Hallenwänden wieder.
Wow, was für ein Erlebnis ....
„Ich muss dich lecken ..."
Atemlos schüttle ich den Kopf, alleine bei der Vorstellung, seinen Mund auf meinem empfindlichen Kitzler zu spüren, verliere ich beinahe den Verstand.
Auch mein Körper kann nur ein gewisses Maß an Lust ertragen, ehe er verbrennt. Meine, zugegebenermaßen nicht besonders starke, Gegenwehr ignorierend, züngelt er mit seiner rauen Zungenspitze sanft über meinen noch immer zuckenden Eingang, umkreist meinen Kitzler und saugt sich an ihm fest.
Die Vibrationen seines animalischen Knurrens schicken einen heißen Blitz durch meine Nervenbahnen.
Quälend langsam leckt er meine Scheide, knabbert an meiner empfindlichen Haut und lässt mich immer höher zu den Sternen fliegen.
Als er bemerkt, dass ich schon wieder kurz davor bin den kleinen Tod zu sterben, lässt er von mir ab.
Gerade als er sich vor mir in Position bringen will, breitet sich ein geradezu mörderischer Ausdruck auf seinem Gesicht aus.
„Was ...", ich lecke mir über die trockenen Lippen, „was ist los?"
Verunsichert erwidere ich seinen Blick.
Fluchend sieht er auf mich herab und ich spüre, wie seine Eichel gegen meinen Eingang stupst.
„Ich habe kein Kondom."
Scheiße!
Ich kann verdammt froh sein, dass er an die Verhütung gedacht hat, ich für meinen Teil war viel zu sehr damit beschäftig, von seiner Zunge in den Wahnsinn geleckt zu werden.

Langsam beginnt mein völlig offline gegangener Verstand zu verstehen, dass das hier ein echtes Problem ist - ohne Kondom keinen Schwanz!

„Vertraust du mir Baby?“

Wenn man bedenkt, in was für einer Situation wir uns gerade befinden, ist das eine sehr komische Frage.

Nervös lecke ich mir die Lippen.

„Ja?“

„Ich habe seit über sechs Monaten mit keiner Frau mehr geschlafen, und mein letzter Aidstest ist erst acht Wochen alt. Ich bin sauber.“

„Echt? Ich meine, bist du dir sicher? Ich habe dein gestriges Telefonat belauscht ...“

Er sieht mich verständnislos an.

„Und?“

„Ich habe gehört, wie du die Frau am Telefon Prinzessin genannt hast.“

Warum auch immer, aber seine Mundwinkel beginnen amüsiert zu zucken.

„Süße“, er streicht mit seinen Fingern sachte über meinen Bauch. „da habe ich mit meiner Tochter telefoniert. Sie ist 4.“

Ohhhh .... jetzt komme ich mir ziemlich lächerlich vor. Ich war also die ganze Zeit auf ein Kind eifersüchtig ... *na ganz klasse* ...

Der Augenblick zieht sich in die Länge, wir sehen uns schweigend an.

Nach einer gefühlten Ewigkeit lasse ich meinen Blick nach unten über seinen muskulösen Bauch bis hinab zu seinem Penis gleiten. Hart und dick reckt er sich mir entgegen. Eugen ist mehr als bereit, mich nach allen Regeln der Kunst zu ficken, zumindest wenn ich ihm vertraue ...

Was für ein absolut göttlicher Anblick!

„Wenn du mich weiter so mit deinen Augen verschlingst, ficke ich dich auch ohne deine Erlaubnis. Also, was ist jetzt Baby? Vertraust du mir?“

„Ja!“

Meine geflüsterte Antwort entlockt ihm ein zufriedenes Brummen.

„Braves Mädchen.“

Zärtlich streifen seine Lippen über meine Schläfe, während er sich zwischen meine gespreizten Schenkel kniet.

Endlich ist der Augenblick gekommen, in dem ich ihn tief und hart in mir spüren werde!

Die Spitze seiner breiten Eichel dringt wenige Zentimeter in mich ein, dehnt meinen Eingang und nimmt mich endlich quälend langsam in Besitz. Unsere Blicke verschmelzen, während er sich immer und immer tiefer in mich stößt. Sein breiter Penis dehnt meinen Körper bis aufs Äußerste.

„Sieh mich an, Baby ..."
Ich tue was er sagt.
Unser Atem vermischt sich, während er sich bis zum Anschlag in mich rammt. Er ist verdammt gut bestückt und es dauert eine kleine Weile, bis sich mein Körper an seine enorme Größe gewöhnt hat.
„Deine Pussy ist das reinste Paradies, Baby!"
Seine tiefen Stöße werden immer härter und sein Schwanz dringt so unfassbar tief in mich ein, dass ein dekadenter Schmerz entsteht.
Stöhnend verändert er seinen Winkel, legt meine Füße auf seine Schultern und trifft bei jedem erneuten Stoß meinen G-Punkt.
Oh – mein – Gott!
Atemlos spüre ich, wie wir uns Körper verbinden.
Eugens gnadenloser Rhythmus ist absolut perfekt.
Ich brauche nicht lange, bis ich erneut schreiend komme.
Der Orgasmus, der über mir hereinbricht, ist so allumfassend, dass ich seinen Namen laut und heiser hinausschreie.
Die heftigen Kontraktionen, die mich erzittern lassen, sind so stark, dass ich Eugen mit mir reiße. Sein Atem kommt immer schneller, seine Stöße werden heftiger, während sich sein Körper anspannt und stahlhart wird.
Er fickt mich immer härter, wimmernd beobachte ich, wie seine Augen zurückrollen, seine Atmung stockt und die Sehnen an seinem Hals deutlich hervortreten.
Wie ein brüllender Löwe wirft er seinen Kopf in den Nacken und verliert sich in seiner Lust ....
Das Pulsieren seines Gliedes, seine Kraft und das Gefühl, von ihm in Besitz genommen worden zu sein, lässt mich dahinschmelzen.
Was für ein Erlebnis!
Noch bevor sein Schrei verhallt ist, rollt er sich von mir runter und legt sich neben mich. Zutiefst befriedigt kuschle ich mich an ihn, atme tief durch und seufze leise.
Das war mit Abstand der beste Sex meines Lebens ...
Eine angenehme Mattigkeit breitet sich in mir aus, meine Glieder sind schwer und zwischen meinen Schenkeln pocht es heiß und angenehm.
Wir schweigen, unsere Blicke treffen sich. Ich sehe, wie sein Gesichtsausdruck sanft wird, während er mit seiner Hand zärtlich über meine Wange streicht und mir einen federleichten Kuss auf die wundgeküssten Lippen haucht.
„Das war unglaublich, Baby!"
„Ja, du hast recht, es war wirklich nett ..."
„*Nett*?"

Er klingt fast so, als würde er an dem einen Wort ersticken.
Gespielt wütend sieht er mich an.
„Dir gebe ich gleich *nett*. Aber beschwer dich bloß nicht, wenn du morgen nicht mehr sitzen kannst."
„Soll das ein Versprechen oder eine Drohung sein?"
Lachend verdreht er seine Augen.
„Fuck Anna, du bist ja unersättlich!"
Glücklich entspanne ich mich.
Wer hätte gedacht, dass dieser Tag so verdammt gut enden würde?
Besitzergreifend schlingt er seine Arme um meine Taille und zieht mich noch näher an seine Brust.
Auch wenn ich jetzt eigentlich nicht darüber nachdenken will, stelle ich mir unweigerlich die Frage, was das gerade eben war?
Ein After-Work-Quickie?
Eine einmalige Sache, oder der Beginn von etwas Langfristigem?
Er hat gesagt, dass er eine Tochter hat, aber was ist mit der Mutter des Kindes?
Unendlich viele Fragen flattern wie ein Schwarm Mücken durch mein postkoitales Gehirn.
Wäre ich überhaupt bereit für so etwas wie eine Beziehung?
Natürlich träume ich wie alle Mädchen von meinem persönlichen Mister Perfect.
Aber das bedeutet noch lange nicht, dass ich bereit bin, irgendwelche Frösche zu küssen. Wobei, eines muss ich Eugen wirklich eingestehen, er ist ein wirklich sehr attraktiver Frosch ....
„Worüber denkst du nach?"
Da ich keinen Sinn darin sehe, ihn anzulügen, sage ich ihm einfach die Wahrheit.
„Über uns."
Jetzt richtet er sich auf einen Ellenbogen auf und sieht auf mich herab.
„Willst du denn, dass es ein *‚uns'* gibt, Anna?"
Wieder beschließe ich, ehrlich zu sein.
„Ich weiß es nicht."
Keiner von uns sagt ein Wort, unser Atem vermischt sich, während mich sein warmer Körper vor der kalten Luft abschirmt.
„Was hältst du davon, wenn wir es langsam angehen lassen, Anna?"
Zärtlich streiche ich mit meinen Fingerspitzen über seine Schulter und sehe ihn an.
„Nur weil wir *netten* Sex hatten", das *nett* betone ich in derselben Tonlage wie er vor wenigen Sätzen, „will ich wirklich nichts

überstürzen. Also ja, langsam klingt wirklich gut! Lass uns diese Woche dazu nutzen, um zu sehen, wohin das führt."

Alleine das Wissen, dass er die nächsten Tage für halb nackt vor meiner Kamera stehen wird, lässt es in meinem Bauch aufgeregt prickeln – was habe ich nur für ein verdammtes Glück?!

6. Kapitel

Eugen

Zufrieden steige ich in mein Auto, schnalle mich an und starte den Motor. Die ersten Kreuzungen müssen wir in dieselbe Richtung, was bedeutet, dass ich eine Zeit lang hinter Annas rotem Passat herfahre, an der nächsten Ampel ordnet sie sich links ein, ich bleibe auf der Spur. Durch die Scheiben hindurch treffen sich unsere Blicke, das angenehme Gefühl, das sich in meinem Bauch ausbreitet, ist mir Beweis genug, dass ich diese Frau am Ende dieser Woche nicht wieder frei geben werde.

Mein Leben ist kompliziert, und es wird einige Zeit dauern, bis Anna und ich unseren Weg gefunden haben – dass wir ihn aber finden, steht in meinen Augen bereits fest. Die Chemie zwischen uns stimmt nicht nur, oh nein, sie ist hochexplosiv.

Die nächsten vier Tage werden wir uns in der Fabrikhalle treffen, ich vor und sie hinter der Kamera, aber am Ende der Woche werde ich sie um ein Date bitten.

Wir werden erst essen und dann ins Kino gehen, und anschließend, da nehme ich sie mit zu mir. Ich kann es kaum erwarten, sie in meinem Bett zu haben, mich tief in ihr zu vergraben.

Anna ist die faszinierendste Frau, die mir jemals begegnet ist, und ich werde alles in meiner Macht Stehende tun, um sie an mich zu binden. Die Ampel wechselt von Rot auf Gelb und springt dann auf Grün.

Sie lächelt mich ein letztes Mal liebevoll an, ehe sie Gas gibt. Tief durchatmend fahre ich ebenfalls weiter, es wird Zeit, dass ich Sofie von ihrer Oma abhole und nach Hause bringe.

Ich bin gespannt, wie meine kleine Prinzessin reagieren wird, wenn ich ihr zum ersten Mal Anna vorstelle, doch so wie ich sie kenne, wird sie sie sofort mögen.

Es kommt mir so vor, als hätte der heutige Tag alle dunklen Schatten aus meinem Leben vertrieben. Plötzlich sehe ich Licht, wo vorher Dunkelheit war.

Anna hat es geschafft, mich aus meiner Lethargie zu reißen, dank ihr mache ich endlich wieder Pläne für die Zukunft. Und auch wenn sie es noch nicht weiß, sie ist in jedem einzelnen ein Teil davon....

Buchempfehlung

Kennt Ihr schon alle Rocker Romane von Bärbel Muschiol?

Die Rocker Serie besteht aus:

1. Rocker Dämon – Ace und Amy
2. Rocker Devil – Slide und Ellen
3. Rocker Bastard – Razzor und Nicki
4. Rocker Heart – Spider und Abigail
5. Rocker Ghost – Ghost und Angel

Ihr könnt die Rocker Romane als Taschenbücher und eBooks lesen!

„Rocker Dämon – Ace und Amy“

Klappentext:
Es ist ein Deal, um ihren Vater zu retten. Amy liefert sich Ace, dem dämonischen Präsidenten der Dead Riders aus. Doch schon bald genießt sie diese neue und gefährliche Welt des gefürchteten Rockerclubs. Das vollkommene Ausgeliefertsein, Aces Gier und der harte, bedingungslose Sex führen sie in immer neue Höhen. Aber die Schatten der Vergangenheit drohen das neue Glück zu zerstören. Gewalt bricht über die Familie der Riders herein und führt in ein tödliches Blutbad. Prickelnde Erotik, gnadenlose Härte und Dominanz und wahre Freundschaft zeichnen diese spannende Geschichte aus, die mehr als eine Lovestory ist: furchteinflößend, dabei sexy, verdammt heiß und voller Gefühl!

Taschenbuch ISBN: 978-3-95573-549-4
eBook ISBN: 978-3-95573-550-0

Klarant Verlag

Lernen Sie die Titel des Klarant Verlages kennen und besuchen Sie uns im Internet unter:

www.klarant.de

Sie können dort Näheres über unsere Autoren erfahren, viele weitere interessante Bücher und eBooks finden und Leseproben herunterladen.

Mit dem kostenlosen Newsletter unter

www.liebe-lesen.de

erhalten Sie aktuelle Informationen rund um das Verlagsprogramm, wie beispielsweise spannende Neuerscheinungen und Gewinnspiele.